Jason Rohan

Kuromori
Das Juwel des Lebens

Jason Rohan

Band 3

Aus dem Englischen
von Jacqueline Csuss

Ravensburger Buchverlag

Bibliografische Information der Deutschen Nationalbibliothek:
Die Deutsche Nationalbibliothek verzeichnet diese Publikation
in der Deutschen Nationalbibliografie.
Detaillierte bibliografische Daten sind im Internet
über http://dnb.d-nb.de abrufbar.

1 2 3 4 5   E D C B A

Deutsche Erstausgabe
© 2018 Ravensburger Buchverlag Otto Maier GmbH

Die Originalausgabe erschien 2017
unter dem Titel *The Stone of Kuromori*
bei Egmont UK Limited, The Yellow Building,
1 Nicholas Road, London W11 4AN.
The author has asserted his moral rights. All rights reserved.

Copyright © 2017 Jason Rohan

Umschlagillustration: Miriam Weber unter Verwendung von Motiven von
Fotolia/robertharding, Fotolia/grandfailure und Fotolia/soramushi
Katana: CanStockPhoto/oorka
Alle Rechte dieser Ausgabe vorbehalten durch
Ravensburger Buchverlag Otto Maier GmbH,
Postfach 1860, D-88188 Ravensburg
Printed in Germany

ISBN 978-3-473-40815-3

www.ravensburger.de

Für Anoop,
die von Anfang an dabei war

1

»Kenny! Hier!«

Kenny Blackwood schloss die Tür zu dem Café und bahnte sich zwischen den voll besetzten Tischen einen Weg zu seiner Schulkollegin Stacey Turner, die halb verborgen in einer Nische an der verspiegelten Wand saß.

»Du bist spät dran«, nörgelte sie, noch ehe Kenny auf die gegenüberliegende Bank geschlüpft war. »Und erzähl mir nicht, der Zug hatte Verspätung – die Züge in Japan sind nie verspätet.« Sie musterte ihn mit zusammengekniffenen Augen. »Lass mich raten ... du hast die Haltestelle verpasst? Nein? Etwas vergessen? Wie oft –«

»Bin am falschen Exit raus«, fiel ihr Kenny ins Wort. »Ich habe es nicht gleich gemerkt und musste den ganzen Weg noch mal zurück. Du hättest mir sagen sollen, dass es der südliche Exit ist.«

»Und du hättest dich vorher informieren können.« Aus Staceys Mund wuchs eine rosa Kaugummiblase, während sie mit dem Finger die Speisekarte entlangfuhr. »Was nimmst du? Du bist eingeladen.«

Kenny lehnte sich zurück und verschränkte die Hände hinter dem Kopf. »Du bist abnormal nett. Was willst du?«

»Kenny Blackwood, also wirklich! Wie kommst du darauf?«, antwortete Stacey mit gespielter Empörung. »Warte kurz, ich sag es dir gleich.«

Sie winkte der Kellnerin, um zu bestellen.

»Ich nehme den Filterkaffee und ein Stück vom Grüntee-Käsekuchen«, sagte sie. »Und für ihn einen Tee Latte Royal.«

»Also, was soll die Geheimnistuerei?«, wollte Kenny wissen, als die Kellnerin weg war. »Kaffee hätten wir auch in der Schule trinken können. Warum hier?«

Stacey hob die Speisekarte auf und tat so, als würde sie sie studieren. »Weil es hier spukt.«

»Hä?« Kenny blickte sich in dem Café um. An den Tischen saßen fast ausschließlich junge Leute.

»Ich schwöre«, sagte Stacey und ließ die Karte sinken. »Du kennst mich. Wann habe ich mich je geirrt?«

»Also, das eine Mal –«

»Das war eine rhetorische Frage. Hier, ich hab dir etwas mitgebracht.« Stacey zog eine dünne Mappe aus ihrem Rucksack und schob sie Kenny hin.

Er schlug sie auf und blätterte durch die Zeitungsausschnitte. »Ich kann das nicht lesen«, brummte er. »Mein Japanisch ist auf Kleinkindniveau.«

»Ich weiß. Deshalb habe ich den ganzen Kram übersetzt. Schlag hinten auf.«

Kenny beschloss, sich vorläufig auf keine Diskussion einzulassen. Stacey war in allen Fächern Klassenbeste und außerdem mit einem Selbstbewusstsein gesegnet, das nicht von schlechten Eltern war.

Als er das Dossier fertig gelesen hatte, hatte Stacey ihren Kaffee ausgetrunken und ihren Kuchen vernichtet. »Und?«, sagte sie, während sie noch rasch die letzten Krümel mit dem Finger aufpickte. »Was denkst du?«

»Dass du eine morbide Vorliebe für bestimmte Nachrichten hast. Zwei Typen begehen in der Toilette einer Bar Selbstmord. Na und? Warum soll mich das interessieren ... Moment ... du glaubst, es ist beide Male hier passiert? Stimmt aber nicht.« Kenny schlug die Mappe auf und zeigte auf einen Schnappschuss vom Tatort. »Hier, das sieht völlig anders aus.«

Stacey seufzte. »Kenny, Kenny, Kenny. Wann hörst du endlich auf, an mir zu zweifeln?« Sie beugte sich vor und senkte die Stimme. »Nach dem ersten Selbstmord ging das Geschäft eine Zeit lang schlecht, hat sich aber wieder erholt. Als der zweite Selbstmord passierte, blieben die Gäste aus und die Bar musste schließen. Dann wurde sie verkauft, umgebaut und als Café unter neuem Namen wiedereröffnet. Es ist derselbe Ort. Ich habe die Adresse überprüft und im Firmenverzeichnis nachgesehen.«

»Echt? Du bist ja noch verrückter, als ich dachte.« Statt einer Antwort ließ Stacey eine Kaugummiblase platzen. »Also: Vor exakt zwei Jahren, um Punkt 16 Uhr 44, musste Mr Kishibe aufs Klo. Er geht in die letzte Kabine ganz hinten. Sechs Stunden später, zur Sperrstunde, bemerkt der Besitzer, dass die Tür abgesperrt ist. Er verschafft sich Zutritt und entdeckt Mr Kishibe.«

»Ja, ich hab's gelesen.« Kenny schlürfte seinen Tee und wollte sich die schaurige Szene lieber nicht vorstellen.

»Letztes Jahr, gleicher Tag, gleiche Zeit, geht Mr Moteki aufs Klo. Auch er entscheidet sich für die letzte Kabine, schließt sich ein und wird später mausetot gefunden.«

»Für die Polizei war es in beiden Fällen Selbstmord. Wozu sind wir also hier?«

»Kenny, wer bringt sich auf einem öffentlichen Klo um? Außerdem: In beiden Fällen wurde keine Klinge gefunden … wie sollen sie sich also umgebracht haben?«

Kenny neigte den Kopf zur Seite. »Du glaubst, dass da drin ein *yokai** verrücktspielt?«

---

* Die Übersetzungen zu den japanischen Begriffen findest du in alphabetischer Reihenfolge im Glossar ab Seite 369.

»Ich weiß es. Und da du zu den wenigen gehörst, die diese Kerlchen sehen können, meine Frage: Ziehst du jetzt dein Ding durch und kümmerst dich um ihn, oder muss ich deinen Freund Sato anrufen?«

»*Pst.*« Kenny blickte sich rasch um, dann beugte er sich so weit vor, dass sich ihre Stirnen berührten, und flüsterte: »Darüber darfst du nicht sprechen, wie oft soll ich dir das noch sagen?«

»Reg dich ab. Als ob sich hier irgendwer für uns interessiert. Hör zu, es ist dein Job, diese Monster zu stoppen. Du bist so eine Art Ein-Mann-*yokai*-Sonderkommando.«

»Ich bin nicht der Einzige –«

»Über *sie* sprechen wir nicht.«

Kenny kramte nach seinem Handy. »Ich muss trotzdem erst mit Kiyomi reden.«

»Können wir deine Psychofreundin da rauslassen?«

»Sie ist nicht meine Freundin.«

»Wenigstens streitest du nicht ab, dass sie komplett Psycho ist.« Stacey pochte auf ihre Armbanduhr. »Es ist jetzt 16 Uhr 38. Noch sechs Minuten. Geh und verteidige diese Kabine. Wenn ein Monster aufkreuzt, soll es sein blaues Wunder erleben.«

»Vergiss es.« Kenny trank seinen Tee aus und stand auf. »Danke für die Einladung, Stace. Wenn ich gewusst hätte, was du vorhast, wäre ich nicht gekommen. Du hast kein Recht, dich in diese Dinge einzumischen.«

»Kenny, da drin sind Leute gestorben. Denk darüber nach. Wenn ich mich irre, passiert gar nichts. Niemand kommt zu Schaden. Wenn ich aber recht habe und du haust jetzt ab und es passiert etwas, dann ist es deine Schuld. Möchtest du morgen über einen Toten in der Zeitung lesen und wissen, du hättest es verhindern können?«

»Ja, ja«, brummte Kenny. »Ich sehe mal nach.«

Kenny atmete tief durch, dann betrat er die schmale Kabine mit dem traditionellen Hockklosett und schloss sich ein.

Er schüttelte den Kopf. *So was Idiotisches,* dachte er, *nicht zu fassen, dass ich mich von Stacey zu so einem Quatsch überreden lasse.*

Seit sie Kennys Geheimnis auf die Spur gekommen war und wusste, dass er der Träger eines göttlichen Schwerts war und einen Eid geschworen hatte, die Dämonen in Schach zu halten, hatte Stacey nur noch eins im Sinn: sich einzumischen. Sie durchsuchte die Nachrichten nach ungewöhnlichen Geschichten, recherchierte im Netz nach urbanen Mythen und ging Kenny damit auf die Nerven. Er warf einen Blick auf seine Uhr: 16:43. Noch eine Minute.

Wenn er hier also schon seine Zeit vergeudete, konnte er das stille Örtchen auch gleich nutzen. Er hatte kaum den Reißverschluss an seinem Hosenschlitz aufgezogen, als eine eiskalte Hand nach seiner Schulter griff und eine

Stimme in sein Ohr raunte: »Möchten Sir die blaue oder die rote Alternative?« Übler, nach Kloake stinkender Mundgeruch stieg ihm in die Nase.

Kenny schrie auf vor Schreck, platschte mit einem Fuß versehentlich in das Klosett und bespritzte sein Hosenbein. Er zog rasch seinen Reißverschluss hoch, wirbelte herum – und starrte die graue Wand an.

Wieder wurde er von hinten an den Schultern gepackt und wieder hörte er die Stimme. »Ich wiederhole, welche Wahl werden Sir treffen? Die rote oder die blaue?« Diesmal klang sie schon schärfer.

Kenny drehte sich stolpernd um, doch das Ding blieb unsichtbar. »Was bist du?«, fragte er. »Zeig dich.«

In der kleinen Kabine flimmerte es und dann schien sich die Luft zu einer menschlichen Gestalt zu verdichten, die in einen langen roten Umhang gehüllt war und deren Gesicht im Schatten der weiten Kapuze verborgen blieb. Sie schwebte ohne Beine über dem Boden.

»Zum letzten Mal: blau oder rot?«

»Wie wär's mit tot?« Kusanagi, das Himmelsschwert, lag in Kennys Händen. Er schwang es von der Seite, um die geisterhafte Kreatur in zwei Hälften zu hauen. Sie schimmerte kurz, als die Klinge eindrang, doch dann glitt das Schwert hindurch, ohne Schaden anzurichten, und traf klirrend auf die Fliesenwand.

Das monströse Rotkäppchen wurde wieder fest und

schob zwischen den Falten des Umhangs seine Hände hervor, deren Finger sich zu rasiermesserscharfen Klingen verflachten und immer länger wurden.

Kenny drehte sich um die eigene Achse und schlug noch einmal zu, glitt in dem beengten Raum aber aus und fiel auf ein Knie. Die Gestalt wich dem Schwert durch Verlagerung ihrer Dichte aus und ging mit blitzschnell durch die Luft säbelnden Klingenkrallen zum Angriff über.

»Darf ich darauf hinweisen, dass Sir hier weder genug Platz haben noch schnell genug sind, um mir zu schaden?«, sagte Rotkäppchen. »Ich hingegen verfüge über beides.«

Um die Klingen abzuwehren, die wie ein Wirbelwind auf sein Gesicht losgingen, riss Kenny instinktiv die Arme hoch und kniff die Augen zusammen. Er hörte ein Kreischen wie von einer Kettensäge, die in Eisen schneidet, und spürte ein Kribbeln in den Armen.

Als er vorsichtig ein Auge öffnete, wich Rotkäppchen mit zu Blechhaufen verbogenen Krallenfingern zurück. Seine eigenen Arme ragten aus den zerfetzten Ärmeln seines Hemds und waren mit einer glänzenden Chromschicht überzogen. Ohne nachzudenken, hatte er das Element Metall kanalisiert und seine Arme verwandelt.

»Sir sind im Besitz einiger Tricks«, anerkannte Rotkäppchen. »Ich aber auch.« Das Wesen verblasste zu einem Schatten, ehe es sich mit reparierten Klingen wieder verfestigte.

Kenny sprang auf die Beine und schwang das Schwert in weitem Bogen. Kusanagi traf wieder ins Leere, stieß in die Fliesenwand und schnitt durch die Kupferrohre in der Mauer. Als er das Schwert zurückzog, sprühte zischend Wasser aus der Wand.

»Das war unvorsichtig«, bemerkte Rotkäppchen mit tadelndem Skalpellfinger.

»Das ist doch sinnlos«, meinte Kenny über das Zischen hinweg. »Du kannst mir nichts tun und ich dir nicht. Sagen wir einfach, wir sind quitt, du verschwindest und lässt die Leute hier in Ruhe.«

»Oh nein. Es sind die Schuldigen, die zu mir kommen, um bestraft zu werden. Niemand ist unschuldig – auch du nicht.« Die Dolchfinger einer Hand schossen vor und zielten auf Kennys Brust. Er wich ihnen mit einem Satz nach hinten aus und knallte in die Klotür. »Davon abgesehen, hat mir ein *gaijin* gar nichts zu befehlen.«

»Sag nicht, ich hätte dich nicht gewarnt.« Kenny hustete und wischte sich das Wasser aus den Augen. »Wenn du eine Nase hättest, wäre dir inzwischen aufgefallen, dass hier was nicht stimmt. Hörst du das Zischen? Das ist nicht nur Wasser. Mal sehen, wie du dem hier ausweichst.« Er schnippte mit den Fingern und erzeugte einen Funken.

Als sich das Gas entzündete, flog die Kabine mit einem lauten Knall in die Luft. Kenny, der immer noch in der Metallrüstung steckte, wurde von der Druckwelle durch die

Tür geschmettert. Als er einen Blick hineinwarf, flammten die letzten Reste des Umhangs auf, dann war er weg.

Kenny wankte mit tränenden Augen und sausenden Ohren aus der Toilette und stieß die nur noch an einem Scharnier hängende Tür zum Café auf. Die Leute waren verstummt und starrten ihn mit offenem Mund an. Seine Kleider waren in Fetzen und im Gang hinter ihm loderten Flammen.

»Puuhh!«, sagte er mit vor der Nase fächelnder Hand. »Da würde ich erst mal nicht reingehen.«

Noch ehe jemand reagieren konnte, stand Stacey neben ihm, packte ihn an der Hand und zerrte ihn zur Tür hinaus.

BAMM-BAMM-BAMM-BAMM!

»*Häh? Wasnlos?*« Kenny stützte sich auf den Ellbogen auf, während sein verschlafener Verstand noch größte Mühe hatte, in die Gänge zu kommen. Er blinzelte, zwickte sich in die Nase und tastete nach seiner Uhr.

04:09. In der Früh.

Er setzte sich auf, unterdrückte ein Gähnen und überlegte, ob er nachsehen gehen oder weiterschlafen sollte. Der Schlaf gewann die Oberhand; er fiel zurück und zog sich die Decke über den Kopf.

BAMM-BAMM-BAMM! Die Eingangstür schepperte unter dem Hämmern.

Endgültig wach, warf Kenny seine Decke zurück und stand auf. Durch den Türspalt drang Licht herein, dann hörte er seinen Vater Charles durch den Flur schlurfen.

Charles rieb sich kurz die Augen und entriegelte die Tür. Sie knallte nach innen, erwischte ihn am Knöchel, und ein japanisches Mädchen im Biker-Outfit stürmte an ihm vorbei in die Wohnung.

»Au! Kiyomi, was soll das?« Auf einem Bein hoppelnd rieb Charles seinen Knöchel. »Weißt du überhaupt, wie spät –«

»Wo ist Kenny?«, presste Kiyomi zwischen zusammengepressten Lippen und mit vor Zorn blitzenden Augen hervor.

»Kiyomi?« Kenny war im Flur aufgetaucht. »Was ist passiert?«

»Sag du es mir.« Sie hatte die Hände in die Hüften gestemmt und blickte ihn wütend an.

»Ähm, Dad, alles okay«, beschwichtigte Kenny, als er die besorgte Miene seines Vaters sah. »Ich hab das im Griff.«

»Wirklich?«, erwiderte Charles. »Sieht nicht danach aus.«

»Wir müssen reden«, zischte Kiyomi Kenny zu. »Unter vier Augen.«

»Na schön«, murrte Charles und deutete zum Wohnzimmer. »Obwohl ich nicht verstehe, warum das nicht bis zum Morgen warten konnte.«

Ohne ihre Stiefel auszuziehen, marschierte Kiyomi an ihm vorbei.

Charles neigte den Kopf näher an Kenny heran. »Ihr zwei kriegt euch jetzt nicht in die Haare, oder? Ich meine, buchstäblich?«

»Dad, echt jetzt!«, rief Kenny und warf die Arme hoch. »Man wird ja noch fragen dürfen. Bei euch weiß man nie. Am Ende schlagt ihr mir die Wohnung kurz und klein.« Charles unterdrückte ein Gähnen. »Ich lege mich noch mal hin. Wenn ihr schon streiten müsst, seid wenigstens leise.«

Kenny tappte ins Wohnzimmer, wo Kiyomi wie ein Tiger im Käfig auf und ab lief. Sie trat auf ihn zu und stocherte mit dem Finger vor seiner Nase herum. »Was hast du getan?«

»Wieso?«

»Spiel jetzt nicht den Blöden.«

»Das ist kein Spiel.« Kenny wich dem anklagenden Finger aus und ging rasch die vielen Gründe durch, warum Kiyomi wütend auf ihn sein könnte. War ihr sein Alleingang mit Rotkäppchen zu Ohren gekommen? Hatte er vergessen, auf eine SMS zu antworten?

Kiyomi packte ihn an seinem T-Shirt, schob ihn im Rückwärtsgang zum Sofa und warf ihn darauf. »Bleib da sitzen, halt die Klappe und hör dir an, was wir zu sagen haben.«

»Wir?« Kenny sah sich rasch um und erblickte prompt den dicken, an einen Waschbär erinnernden *tanuki*, der aufrecht gehend und mit einer Packung Chips in den Pfoten aus dem Küchenbereich gewatschelt kam.

»Hey, die habe ich mir extra aufgehoben!«

Poyo spuckte einen Batzen zerkauter Chips auf seine Pfote und streckte sie Kenny hin.

»Nein, danke.«

»Also wirklich!«, fuhr Kiyomi den *tanuki* an, der auf der Stelle kehrtmachte und hinter dem Küchentresen verschwand.

Kiyomi trat an das Balkonfenster und starrte in die dunkle Nacht von Tokio hinaus. »Ich habe geträumt«, sagte sie. »Besser gesagt, ich hatte einen Albtraum.« Ein Schaudern erfasste ihren schlanken Körper und sie verschränkte die Arme, als müsse sie sich wärmen.

Kenny saß sofort aufrecht da; er war jetzt hellwach. Träume waren nicht zu unterschätzen. Er hatte das auf die harte Tour lernen müssen.

Kiyomi setzte wieder zu sprechen an, die Stimme flach und emotionslos. »Ich bin schon einmal in *Yomi* gewesen … nur ein paar Minuten, aber lange genug, um die Hölle zu erkennen, wenn ich sie sehe.« Wieder schauderte es sie. »Eine dunkle, verlassene und trostlose Wüste voller Abschaum und Ungeziefer.«

»Du hast von *Yomi* geträumt?«, fragte Kenny alarmiert.

»Ich hab gesagt, du sollst zuhören.« In Kiyomis dunklen Augen spiegelten sich die Lichter der Stadt. »Im Traum bin ich durch das Reich der Toten geflogen, bis ich auf diesen Palast stieß. Er ist aus Knochen und das einzige größere Gebäude dort. Es war also klar, wem er gehört: dem Herrn der Unterwelt. Weißt du, wer das ist?«

Kenny musste schlucken. Er spürte ein Donnerwetter auf sich zurollen und wusste, dass er nichts tun konnte, um ihm auszuweichen.

»Du darfst antworten«, knurrte Kiyomi.

»Nein, äh, hab nie von ihm gehört«, log Kenny in der Hoffnung, sie damit zu schützen.

Kiyomi wirbelte auf dem Stiefelabsatz herum. »Ist ja seltsam. Weil er dich nämlich kennt. Verdammt gut sogar! Er nennt dich beim Vornamen!«

Kenny spürte seinen Mut sinken. Das wurde ja immer schlimmer. »Äh, wie geht dein Traum weiter?«

Kiyomis Blick wanderte wieder zum Fenster. »Das Palasttor reicht irre weit nach oben. Es ist so hoch, dass ich die Spitze nicht sehen kann. Jedenfalls stehe ich davor und rundherum heult so ein eiskalter Wind. Und dann ... dann höre ich dieses Stöhnen und Klagen, das von den Toten stammt – und rate mal, was dann passiert.«

»Der Pizzalieferant taucht auf?«

Kiyomi griff nach einem Radiergummi auf dem Schreibtisch neben sich und schleuderte ihn Kenny an die Birne.

»Autsch!«, protestierte er. »Okay, tut mir leid, konnte es mir nicht verkneifen.«

Kiyomi holte tief Luft. »Also. Das Tor schwingt auf und dieses ... verwesende Ding ... so eine Art Zombiebutler winkt mich herein und sagt, sein Herr und Meister erwartet mich.« Sie streckte Kenny die Hände entgegen, als flehte sie ihn um Hilfe an. »Kapierst du nicht? Ich wurde vorgeladen ... ich persönlich.«

Kenny wischte sich den kalten Schweiß von der Stirn.

»Der Palast ist eine baufällige Ruine«, fuhr Kiyomi fort. »Vermodernde Pracht. Ich folge dem Zombie durch einen Irrgarten aus Gängen immer höher hinauf in den Thronsaal. Und dort erwarten mich lauter *oni*, Tausende von ihnen.«

Kenny stellte sich die Szene vor.

»Und weißt du, was sie tun?« Kiyomis Stimme wurde um eine Oktave höher und ihrem Gesicht war das kalte Grausen anzusehen. »Sie verneigen sich. Alle. Sie verneigen sich vor mir, als wäre ich eine von ihnen.«

Kenny drehte sich der Kopf und ihm wurde schwindlig. »Aber ... ich dachte ...«

»Nein, Ken-*chan*, du dachtest eben nicht. Weil du nie über die Folgen deiner Taten nachdenkst.«

»Was für Taten? Was genau soll ich getan haben?« Kenny zuckte die Achseln. »Äh, zurück zu den *oni* ...«

»Ja, genau, die *oni*. Eigentlich sollte sich die Hälfte von ihnen anstellen, um mich in Stücke zu reißen. Immerhin war ich es, die ihre traurigen Ärsche in die Hölle zurückgetreten hat. Aber nein. Sie behandeln mich wie eine seit Langem verloren geglaubte Schwester, als gehörte ich zur Familie. Dann gehen die Türen auf und herein kommt der Sturmgott und Beherrscher der Unterwelt.«

»Susie?«, murmelte Kenny mit einem scharfen Blick in Poyos Richtung.

»Susano-wo in Person. Er kommt zu mir, nimmt mein Kinn in seine Hand und küsst mich auf den Kopf. Das ist so ekelhaft ... durch seine Mähne krabbelt ein Tausendfüßer und dann plumpst eine Schabe auf meine Schulter.«

Kiyomis Augen waren fest geschlossen und ihr Gesicht verzog sich vor Abscheu.

»Sagt er was?«, fragte Kenny und fürchtete die Antwort.

Kiyomi nickte. »Und ob. Er sagt: ›Willkommen, Kind. Die Freunde Kuromoris sind auch meine Freunde. Wie geht es dem jungen Kenny? Hat er mich und unsere Abmachung vergessen?‹«

Kenny lief es kalt über den Rücken. »Aber das ist nur ein Traum. Das ist deine Fantasie – post-traumatischer Stress oder –«

»Du sollst den Mund halten«, fuhr Kiyomi ihn an. »Denkst du denn, nach den Träumen, die du hattest, weiß ich nicht, wann die Götter eine Botschaft schicken?«

»Aber ...«

»Ich bin noch nicht fertig. Als Nächstes holt er einen bronzenen Spiegel hervor, so groß in etwa.« Mit den Händen deutete sie eine Länge von ungefähr einem Meter an. »Und richtet einen Lichtstrahl darauf.«

»Lass mich raten«, unterbrach Kenny sie. »Er sagt: ›Spieglein, Spieglein, an der Wand, wer ist der Schönste im ganzen Land?‹«

»So ähnlich«, antwortete Kiyomi mit kalter Stimme. »Er sagt: ›Zeig mir den Aufbewahrungsort des *Yasakani no Magatama*.‹«

»Des was?«

»Das ist das Juwel des Lebens. Das Bild im Spiegel verändert sich und zeigt die Oberfläche des Meeres, dann schwenkt es auf den Meeresboden.«

»Auf den Meeresboden?«

»Ja. Und jetzt sieht Susano-wo mich an und sagt: ›Bestelle Kuromori, er hat vier Tage Zeit, um mir das Juwel zu bringen, oder unsere Abmachung gilt nicht mehr. Mir reißt allmählich der Geduldsfaden.‹ Und da öffnet er seine Hand und an seinem Finger steckt ein weißer Jadering. Er sieht genauso aus wie der Ring, den du mir geschenkt hast – der rote. ›Sag ihm, er soll an unsere Vereinbarung denken und sie einhalten, oder ich verlange meinen Preis zurück.‹ Und dann«, Kiyomi stockte, als bekäme sie keine Luft mehr, »und dann … dann rammt er mir die Krallen in den Bauch und reißt diesen … diesen weißen glänzenden Nebel heraus.«

»Deine Seele?«, hauchte Kenny.

»Mein *ki*«, korrigierte Kiyomi ihn. »Da bin ich aufgewacht.«

Kenny rieb sich mit beiden Händen das Gesicht. »Was für ein Albtraum.«

Kiyomi blieb zitternd am Fenster stehen. »Das war kein Traum, Ken-*chan*. Das war eine Botschaft – von einem Gott.«

»Wie kannst du dir so sicher sein?«

»Weil ...« Kiyomi holte ihr Handy hervor und scrollte durch die Fotogalerie. »Als ich aufwachte, war das da.« Sie reichte Kenny das Telefon.

Er starrte darauf, ohne gleich zu begreifen, bis sein Verstand dem Bild einen Sinn abgewann. Auf dem Foto war die Wand eines Schlafzimmers zu sehen und darauf hatte jemand in roter Fingerschrift mehrere große Zeichen und Symbole hingeschmiert:

二十四.二十五.五十五.二北,
百二十三.〇〇.三十九.六東

Als Kenny das Foto heranzoomte, wurde ihm kurz schlecht, denn jetzt erkannte er die klebrigen Tropfen und Spritzer, aus denen sich die Schrift zusammensetzte. Die Botschaft war in Blut geschrieben.

Kenny spürte einen bitteren Geschmack im Rachen. »Von wem ist das Blut?«, krächzte er.

Kiyomi entriss ihm ihr Telefon. »Von mir jedenfalls nicht. Obwohl ich es überall an den Händen hatte. Hat ewig gedauert, es abzuwaschen und die Wand mit Bleichmittel zu säubern. Nette Art, eine Botschaft zu hinterlassen.«

Kenny war blass geworden. »Wenn es nicht dein Blut ist, dann –«

»Mach dir nicht gleich ins Hemd. Ich hab im Kühlschrank nachgesehen, ein *wagyu*-Steak hat gefehlt.«

»Das hast *du* geschrieben?«

»Wer sonst? Sieht so aus, als könnte mich jemand im Schlaf zum Kühlschrank schicken und zum Schreiben bringen. Bin ich begabt oder was?«

Kenny fuhr sich mit der Hand über das Gesicht. »Darf ich jetzt aufstehen?«

Kiyomi deutete ein Nicken an. Kenny ging zum Arbeitsplatz seines Vaters am Fenster. Er nahm sich einen Notizblock, bat Kiyomi noch einmal um ihr Handy und schrieb rasch die Symbole ab.

»Die Ziffern«, sagte er. »Was bedeuten sie? Ist das ein Geheimcode? Eine alte Schrift?«

Kiyomi verdrehte die Augen. »Gib schon her, du Flasche.« Kenny reichte ihr den Block und einen Moment lang war nur das Kritzeln des Stifts und das knirschende Kauen des verfressenen *tanuki* aus der Küche zu hören.

»Da«, Kiyomi hielt ihm den Block hin.

Kenny nahm ihn und las:

24°2'55.2"N 123°00'39.6"O

Kenny kratzte sich am Kopf. »Mann, was ist das? Eine Matheaufgabe? Soll ich das jetzt zeichnen oder was?«

»Das sind Koordinaten«, sagte Kiyomi. »Damit findet man sich auf einer Karte zurecht.« Sie nahm ihm den Block wieder ab, blätterte um und malte einen Kreis. »Das ist die Erde.« Sie teilte den Kreis mit einer vertikalen und eine horizontalen Linie in vier Teile. »Hier ist der Äquator. Die seitlichen Linien nennt man Breitengrade. Die Gerade durch die beiden Pole ist der Längengrad. Der

Nullmeridian befindet sich in Greenwich in London. Alles klar?«

»Ja. Und weil die Erde eine Kugel ist, sind es dreihundertsechzig Grad in jede Richtung, stimmt's?«

»Nein. Das gilt für den Längengrad, aber östlich oder westlich von Greenwich wird mit hundertachtzig Grad gezählt, weil man nur so einen vollständigen Kreis erhält.« Sie zeichnete zwei Pfeile, die nach links und nach rechts wiesen. »Für den Längengrad gilt neunzig Grad nördlich oder südlich vom Äquator.«

Kenny runzelte die Stirn und schloss die Augen, um sich den Planeten vorzustellen. »Das heißt, vierundzwanzig Grad nördlich vom Äquator müsste ungefähr ein Viertel der Strecke nach oben sein … und einhundertzwanzig Grad östlich von London ungefähr zwei Drittel der Strecke bis zur Datumsgrenze …«

Kiyomi nickte in Richtung Bildschirm. »Warum benutzt du nicht die Zauberkiste, auch Computer genannt, bevor dir die Sicherungen durchbrennen?«

»Ja, ja«, brummte Kenny und fuhr den klobigen Rechner seines Vaters hoch. Er öffnete den Browser, rief eine Karte auf und gab die Koordinaten ein. Der blinkende Cursor landete auf einer blauen Fläche.

»Zoom es heran«, riet Kiyomi.

Kenny vergrößerte den Maßstab, bis am oberen Rand des Bildschirms ein grauer muschelförmiger Klecks auftauchte. Er verkleinerte die Insel und zoomte weiter, bis linker Hand Taiwan zu sehen war.

»Mach weiter«, sagte Kiyomi.

Kenny fuhr fort, bis am oberen rechten Rand Japan ins Bild kam. Dann lehnte er sich zurück und stieß einen leisen Pfiff aus. »Das liegt direkt an der Grenze zu China. Näher an Korea als hier.« Er klickte auf Drucken. »Wieso teilen sie dir diese Koordinaten mit? Wo liegt das überhaupt?«

Kiyomi verschränkte die Arme. »Ich sag gar nichts mehr, bevor du mir nicht erzählst, was zur Hölle los ist.«

»Hölle stimmt schon mal«, murmelte Kenny betreten und zog das Blatt mit der Karte aus dem Drucker.

Kiyomi fixierte ihn. »Also?«

Kenny zögerte. Er hatte geschworen, nie auch nur ein Sterbenswörtchen von dem Deal zu erwähnen, auf den er sich mit dem gefürchteten Herrn der Unterwelt Susano-wo eingelassen hatte. Andererseits, was zählte das jetzt noch? Susano-wo hatte sich Kiyomi immerhin selbst gezeigt. Und Kenny dabei nicht nur erwähnt, sondern ihr auch noch eine Nachricht für ihn mitgegeben.

Kenny seufzte. »Es stimmt«, sagt er. »Susano-wo hat mir einen Deal angeboten.«

»Ich wusste es!« Kiyomis Augen blitzten vor Zorn. »Und worum ging es?«

Kenny wandte den Blick ab. »Um dich. Deine Seele.«

Kiyomi starrte ihn an. »Was?«

Kenny rieb sich die brennenden Augen. »Damals im Juli, als du ... als du gestorben bist, ist nur ein Teil von dir zurückgekommen. Der fehlende Teil stammt von Taro. Es war seine *oni*-Seele, die immer mehr die Kontrolle übernahm.«

»Oh Gott!«, stieß Kiyomi entsetzt hervor. »Der rote Jadering – er ist von Susano-wo.«

Kenny nickte. »Ja, das war die eine Hälfte deiner fehlenden Seele. Deshalb ging es dir zuletzt wieder besser. Der *oni*-Teil in dir ist durch den Ring schwächer geworden.«

»Und was musstest du dafür tun?«, flüsterte Kiyomi mit entsetzter Stimme. »Was verlangte er als Gegenleistung?«

Kenny reagierte mit einem Achselzucken, das jedoch steif und ungeschickt ausfiel und das genaue Gegenteil der Unbekümmertheit war, die er vermitteln wollte. »Nur irgend so ein alter Schatz.«

Kiyomis Hand lag auf ihrem Mund. »Du hast ihm den Spiegel der Amaterasu gegeben. Bitte nicht. Bitte sag mir, dass das nicht wahr ist.«

»Ich habe es für dich getan. Um dein Leben zu retten ... etwas musste ich doch unternehmen.« Kenny streckte die Hände nach ihr aus.

Kiyomi zuckte vor ihm zurück. »Wir müssen auf der Stelle zu Inari«, sagte sie und wandte sich zur Tür.

»Was? Nein!«

Kiyomi blieb stehen. »Warum nicht?«

»Weil sie alles tun wird, um mich aufzuhalten.«

»Gut. Irgendwer muss es tun.«

»Und dann? Was wird dann aus dir?« Kenny blinzelte die Tränen weg, die plötzlich in seine Augen gestiegen waren. »Und aus mir? Ohne dich kann ich ... hier nicht überleben.«

Kiyomi biss sich auf die Lippe und kehrte zu ihm zurück. Sie legte eine Hand auf seinen Arm. »Es ist das Beste.«

Er zog seinen Arm zurück. »Sagt wer? Und außerdem: Was soll das Theater überhaupt?«

»Kenny ...« Kiyomis Stimme nahm einen warnenden Klang an. »Du weißt nicht, worauf du dich da eingelassen hast. Und in welche Scheiße du uns alle damit geritten hast.«

Kenny starrte sie trotzig an. »Dann erkläre es mir.«

»Dieser Spiegel ist nicht bloß noch so ein Artefakt wie die, die dein Großvater gerettet hat. Er ist heilig. Er enthält etwas vom Wesen der Sonnengöttin, er ist aber auch – und das ist der wichtigste Punkt – einer der drei Heiligen Schätze des Kaiserhauses, der Throninsignien.«

»Ja, und?«

Kiyomi packte Kenny an den Schultern und unterdrückte den Drang, ihn zu erwürgen. »Hast du überhaupt eine Ahnung, wie gefährlich Susano-wo ist? Wie gerissen, unberechenbar, manipulativ und vollkommen gestört? Er hält sich nicht an seine Abmachung. Er wird dich bei erstbester Gelegenheit aufs Kreuz legen.«

»Nein, wird er nicht«, erwiderte Kenny. »Bis jetzt hat er sein Wort gehalten – er hat dich geheilt – und wenn nicht … dann sind Kusanagi und ich bereit für ihn.«

»Ja, genau.« Kiyomi ließ ihn los und neigte den Kopf. Ihre langen schwarzen Haare fielen vor und verhüllten ihr Gesicht wie ein Vorhang. »Du hast den Deal also gemacht, um meine Seele wiederherzustellen? Du bist zum Herrscher der Unterwelt gegangen … und das alles für mich?«

Kenny lächelte. »Ja.«

Kiyomi streichelte seine Wange. »Das ist so lieb …« Kenny schloss die Augen und entspannte sich ein wenig. »… und sagenhaft blöd.«

Die Ohrfeige war so heftig, dass Kenny mit den Zähnen knirschte und seine Ohren sausten. Vor seinen Augen tanzten schwarze Punkte.

»Lieber bin ich tot, als dass du diesem Dreckskerl von einem Verräter hilfst, diesem verlogenen Stück –«

»Falsch«, schoss Kenny zurück. »Mir kannst du nichts vormachen. Ich weiß noch genau, wie du vorher warst … du wolltest nicht sterben. Du wolltest leben. Normal sein, mit Freunden abhängen, herumalbern und lachen. Du wolltest sogar geküsst werden.« Er wischte sich mit der Hand über die anschwellende Lippe. »Das nehme ich dir einfach nicht ab, dass du lieber in *Yomi* wärst, wo die *oni* schon Schlange stehen und es nicht erwarten können, dich bis in alle Ewigkeit zu foltern.«

In Kiyomis Augen glitzerten Tränen, und als sie sprach, flüsterte sie beinahe. »Trotzdem ... das hättest du nicht tun dürfen.«

Kenny legte den Arm um Kiyomis Schultern und zog sie an sich. »Es war es aber wert«, sagte er leise.

In diesem Moment knatterte ein lautes Furzen in die Stille; die beiden schraken hoch und wandten die Köpfe. Poyo hockte betreten lächelnd auf dem Küchentresen, fächelte mit der Pfote den Gestank aus der Luft, und hob zwei dampfende Tassen mit heißer Schokolade hoch.

»Super, wie du uns immerzu die Stimmung vermasselst«, murmelte Kenny und ging zu ihm, um ihm die Tassen abzunehmen.

Kiyomi gesellte sich zu ihm und sie schlürften das heiße Getränk. »Ich bin nicht auf alles von selbst gekommen«, gestand sie. »Ich hab Poyo gezwungen, mir von eurer Reise nach Matsue zu erzählen.«

Kenny blickte den *tanuki* finster an. »Danke. Bist echt ein toller Partner.«

Poyo ignorierte ihn. Er wälzte sich auf den Rücken, zielte mit der Düse einer Schlagsahnedose in sein offenes Maul und drückte ab.

»Also, damit das klar ist: Ich gehe nicht zu Inari«, sagte

Kenny und beobachtete Kiyomi. »Außerdem hat Susie gesagt, dass ich noch vier Tage Zeit habe, um das Juwel für ihn zu finden. Wenn nicht, wirst du zur *onibaba*.«

Kiyomi fuhr unmerklich zusammen und starrte in ihren Becher.

»Kiyomi, du musst mir helfen. Deshalb hat dich Susie im Traum zu sich zitiert. Er weiß, dass ich es allein nicht schaffe. Das ist der Grund, warum er dich ins Spiel gebracht hat. Du sollst mir helfen, das Juwel zu finden.«

»Es ist nicht richtig«, beharrte Kiyomi.

Kennys Griff um seinen Becher verspannte sich. »Was sollen wir sonst tun? Zu Inari gehen und sie um Vergebung bitten?«

»Du kannst deine Pflicht tun, wie sie es von dir erwartet.«

»Nicht, wenn es bedeutet, dass ich dich verliere.«

Er glitt vom Stuhl, ging zum Schreibtisch und hob den Ausdruck auf. Nachdem er sich die Karte noch einmal genau angesehen hatte, trat er an den Bildschirm und passte den Maßstab noch einmal an.

»In deinem Traum sagte der Spiegel, dass der Stein auf dem Grund des Ostchinesischen Meers liegt. Wenn ich das hier richtig verstehe, befindet sich die Stelle irgendwo vor der Küste von Taiwan, etwa hundert Kilometer östlich. Mann, wieso muss das immer so kompliziert sein?«

»Weil uns Susano-wo sonst nicht brauchen würde«,

antwortete Kiyomi und kam zu ihm, um sich die Karte anzusehen.

»Stört es euch, wenn ich einen Blick darauf werfe?« Kennys Vater war im Flur aufgetaucht. Er gähnte und schloss die Tür zu seinem Schlafzimmer »Ich habe mich wirklich bemüht, nicht zu lauschen, aber ihr seid nicht zu überhören. Und du …« Er wandte sich an Poyo. »Du machst hier sauber. Verstanden? Mir reicht es langsam, ständig *tanuki*-Haare in meinem Essen zu finden.«

Poyo richtete sich auf, salutierte und fiel ins Spülbecken.

»Dad …«

»Ich weiß. Die alte Leier. Das alles geht mich nichts an. Ist nur zu meinem Besten. Bla-bla-bla.« Charles streckte die Hand nach der Karte aus. »Diesmal nicht. Beim letzten Mal bist du mir auch so gekommen und dann hast du dich im Gebirge verirrt, bevor du dich in die Umlaufbahn schießen hast lassen. Wäre ich nicht gewesen, wärt ihr beide jetzt Weltraumstaub. Ich würde also sagen, ich habe mir das Recht verdient, zu wissen, was los ist. Und davon abgesehen, sehe ich nicht ein, warum immer nur mein Vater und du den Spaß haben sollt.«

Kiyomi pflückte die Karte aus Kennys Fingern und reichte sie mit einem Lächeln und einer kleinen Verbeugung an Charles weiter. Charles holte seine Lesebrille vom Schreibtisch und überflog die Karte.

»Das ist halb so schlimm«, sagte er. »Technisch gesehen, liegt es noch in japanischen Gewässern. Die kleine Insel heißt Yonaguni. Sie liegt im äußersten Westen der Ryuku-Inseln und kann angeflogen werden. Das kann ich arrangieren.«

»Einfach so?«, meinte Kenny. »Ohne Diskussion? Ohne mir zu sagen, ich darf da ohne Begleitung nicht hin?«

»Das ist nicht nötig«, erwiderte Charles und nahm seine Brille ab. »Denn ich komme mit. Wenn dir das nicht passt, rufe ich Harashima-*san* an und die Reise ist abgeblasen.«

Bei der Erwähnung ihres Vaters wurde Kiyomis Miene wieder ernst.

»Dad«, protestierte Kenny. »Wir müssen da hin.«

»Gut«, sagte Charles. »Dann hast du sicher nichts dagegen, wenn ich mitkomme.«

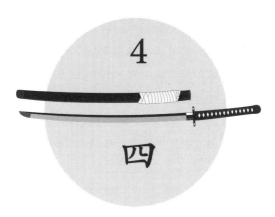

4

Am nächsten Tag setzte die zweimotorige Maschine um die Mittagszeit auf dem kleinen Flughafen von Yonaguni auf. Verglichen mit anderen Flughäfen, die Kenny kannte, verdiente dieser hier kaum den Namen. Er bestand aus einer einzigen Start- und Landebahn und einem ebenerdigen weißen Terminal-Gebäude.

Beim Verlassen des kleinen klimatisierten Flugzeugs hatte Kenny das Gefühl, in die schwüle Hitze eines Dampfbads zu treten. Nach der Kälte in der Kabine empfand er die warme tropische Brise wie einen wunderbaren Willkommensgruß.

»Du hast hoffentlich ein Deo eingepackt«, raunte Kiyomi ihm auf der Treppe zu. »Hier hat es fast dreißig Grad.«

»Die Insel liegt ja auch auf dem ungefähren Längengrad

von Hawaii«, bemerkte Charles hinter ihnen. Er schirmte seine Augen gegen das gleißende Sonnenlicht ab und warf einen Blick zum saphirblauen Ozean im Norden.

Kenny folgte seinem Blick. »Müssen wir dorthin?«

»Nein, eure Koordinaten befinden sich im Süden der Insel. Aber lasst uns erst einmal ankommen.«

Sie gingen zur Gepäckabholung und von dort in die kleine Ankunftshalle, wo ein Taxifahrer mit einem Schild in den Händen auf sie wartete. Sein Wagen stand vor dem Gebäude und sie stiegen ein.

»Ein Glück, dass ich den Wagen im Voraus gebucht habe«, sagte Charles, nachdem sie losgefahren waren. »Auf der ganzen Insel gibt es nur drei Taxis.«

Die schmale Straße verlief neben verdorrten gelben Wiesen und folgte der Küste. Kenny fiel auf, dass die Insel relativ flach war. In ihrem bewaldeten Inneren waren ein paar steile Hügel und Felsspitzen zu sehen und nur ab und zu höhere Bäume – ein Beleg für die Gewalt der Taifune, die in den Sommermonaten hier ihr Unwesen trieben.

Die Straße machte eine Biegung nach links und erreichte den oberen Rand der senkrechten schwarzen Klippen, ehe sie zu dem kleinen Hafen von Kubura abfiel.

»Wir sind da«, sagte Charles, als das Taxi in ein Seaside-Resort einbog, das hinter einer weißen Mauer lag.

Kenny stieg aus und versuchte, das japanische Schild über dem Eingang zu entziffern: »Ta…ka…«

»*Takahashi Minshuku*«, las Kiyomi vor. »Sieht gemütlich aus.«

Charles zuckte die Achseln. »Das hier reicht völlig. Außerdem können wir von hier sofort aufbrechen und bleiben unauffällig.«

Kennys Augenbraue wanderte nach oben. »Das wäre mal was zur Abwechslung.«

Das *minshuku* entpuppte sich als helle freundliche Frühstückspension, und es dauerte nur ein paar Minuten, bis sie eingecheckt waren, ihr Gepäck verstaut hatten und an einem der Tische saßen, die im Schatten von Zierpalmen auf der Veranda aufgestellt waren.

»Gar nicht so übel, oder?«, sagte Kenny zu Kiyomi. Sein Blick wanderte zu den Palmwedeln, in denen sich das glitzernde Sonnenlicht brach. »Ich meine, verglichen mit der Kanalisation oder dem Steinbruch.«

»Ja«, murmelte Kiyomi. »Könnte schlimmer sein.«

Charles brachte ein Tablett mit kalten Getränken und setzte sich zu ihnen. »Wir haben Glück«, sagte er. »Takahashi-*san*, der Besitzer, konnte mir eine Tauchschule empfehlen. Sie nimmt uns morgen zur Südseite mit.«

»Tauchschule?«, fragte Kenny.

»Das Juwel liegt auf dem Meeresboden. Wie willst du ihn sonst bergen?« Charles genehmigte sich einen großen Schluck von seinem kalten Bier und schloss zufrieden die Augen.

»Wollt ihr morgen raus zu den Ruinen?«, dröhnte von der anderen Seite der Terrasse eine männliche Stimme zu ihnen.

Kenny drehte sich um. Zwei braun gebrannte Muskelpakete waren aufgestanden und kamen jetzt zu ihrem Tisch. Sie trugen Badehosen, hatten kurz geschorene Haare und waren beide mit keltischen Knotenmustern tätowiert. Charles schüttelte ihre Hände und lud sie ein, sich zu ihnen zu setzen.

»Ich heiße Matt und das ist Dwayne«, sagte der eine und lächelte mit strahlend weißen Zähnen.

»Wir sind von der US Navy«, fügte Dwayne in einem tiefen Bariton hinzu. »Stationiert in Okinawa und hier auf Erholungsurlaub. Was bringt euch hierher?«

»Oh, mein Sohn möchte tauchen lernen«, reagierte Charles rasch.

»Und ich bin seine Lehrerin«, meinte Kiyomi zwinkernd und rückte näher an Dwayne heran.

»Was? Nein, du – *Autsch!*« Kenny rieb die Stelle an seinem Knöchel, in die ihn Kiyomis Stiefelspitze getreten hatte.

»Ihr habt Ruinen erwähnt«, ignorierte Charles Kennys Aufschrei.

»Ja. Deshalb kommen doch die meisten hierher«, antwortete Dwayne.

»Sind auch echt was Besonderes«, bemerkte Matt. »Kennen Sie diese Inseln? Sie gehören zur Ryuku-Inselkette. Ich habe Ryuku gegoogelt. *Ryu* bedeutet ›Juwel‹. So gesehen, kann Ryuku nur ein Archipel aus Edelsteinen sein.«

»Ja, das ist eine schöne Auslegung«, stimmte Charles zu. »Aber wissen Sie, was *ryu* noch heißt?« Charles schaltete in den Lehrermodus: »Es hat mehrere Bedeutungen, das hängt vom *kanji* ab und vom Kontext, der –«

»Es bedeutet ›Drache‹«, fiel ihm Matt ins Wort. »Ursprünglich hießen diese Inseln Ryugu-jo – ›Palast des Drachengottes‹. Irre, was?«

»Sie sagen es«, erwiderte Charles. Er nahm einen Schluck von seinem Bier und fragte sich, wie viel die beiden Soldaten schon intus haben mochten.

»Eben, und da kommen die Ruinen ins Spiel«, erzählte Dwayne weiter. »Dort draußen liegt eine uralte Stadt unter Wasser. Sie wissen schon, mit Mauern, Treppen, Toren, Statuen, Tempeln – völlig verrückt. Manche Leute behaupten, es muss sich um Atlantis handeln. Das glaube ich aber nicht. Dürfte eher auf eine alte Zivilisation zurückgehen, die untergegangen ist. Ist doch der Hammer, oder?«

Charles lehnte sich mit hinter dem Kopf verschränkten Händen zurück. »Ich erinnere mich, einmal gelesen …«

»Warte, Dad«, ließ Kenny ihn nicht aussprechen. »Das ist doch sicher nur eine Legende. Wie könnt ihr so etwas glauben?«

»Weil wir sie gesehen haben«, antwortete Dwayne, als

handelte es sich um die selbstverständlichste Sache der Welt. »Matt und ich sind da unten sicher schon über fünfzig Mal rumgetaucht.«

»Wie Amateurarchäologen seht ihr aber nicht aus«, sagte Charles und sah sich die beiden genauer an. »Wieso interessiert ihr euch für die Ruinen?«

»Das ist ein Geheimnis«, sagte Matt und trank sein Bier aus. »Aber als wir hörten, dass ihr morgen raus wollt, dachten wir, wir fragen mal, ob ihr uns vielleicht mitnehmt – als Anhalter.«

»Und warum sollten wir?«

»Weil wir die Stelle gut kennen. Es geht da dreißig Meter in die Tiefe. Ziemlich heftig für einen Anfänger.«

»Die Strömungen sind auch nicht ungefährlich«, meinte Dwayne. »Offene See, kein Riff weit und breit.«

»Ganz zu schweigen von den Haien«, fügte Matt hinzu. »Tausende Hammerhaie um diese Jahreszeit. Paarungszeit.«

»Hm.« Charles trank sein Glas aus. »Das ist ein nettes Angebot. Und danke für die Warnung. Ich mache euch einen Vorschlag: Ich muss das noch besprechen. Mal sehen, was wir tun können.«

»Da-ad!«, zog Kenny die Silbe in die Länge. »Woher willst du wissen, dass wir –?«

»Klingt gut«, meinte Matt und drückte Charles die Hand, der aufgestanden war.

Kenny folgte seinem Vater in die Lobby und bemerkte erst dort, dass Kiyomi immer noch auf der Terrasse war. Er kehrte zurück, hakte sich bei ihr unter und zog sie mit sich.

»Hast du die Oberarme von diesem Dwayne gesehen?«, sagte sie und drehte den Kopf noch einmal um. »Ich schwöre, sein Bizeps ist dicker als mein Oberschenkel.«

»Na und?«, brummte Kenny. »Stopft sich wahrscheinlich mit Steroiden voll.«

»Ich habe mir etwas überlegt«, sagte Charles, als sie ihn am Eingang eingeholt hatten. »Aber zuerst muss ich mit den Leuten von der Tauchschule reden. Ihr beide könnt einstweilen zum Cape Irizaki raufwandern und ein bisschen Dampf ablassen.« Er wies zu einem Hügel auf der anderen Seite der Bucht. »Ist nur einen Kilometer von hier und der westlichste Punkt Japans, so ähnlich wie Land's End in England. Ihr könnt euch einfach an dem Leuchtturm orientieren.«

»In Ordnung.« Kenny wollte so rasch wie möglich weg von den beiden Amerikanern und stapfte sofort los.

Kiyomi holte ihn ein und griff nach seiner Hand. »Ken-chan, auf diese Schwachköpfe brauchst du doch nicht eifersüchtig zu sein.«

Kenny errötete. »Warum sollte ich auf sie eifersüchtig sein?«

»Eben. Nur weil ich die Muskeln von dem Typ bewundere, heißt das noch lange nicht, dass ich ihn als Person mag. Denkst du denn im Ernst, die beiden würden in ein brennendes Haus rennen und Leute rausholen? Oder beinahe einen Hai ersticken? Oder einen Deal mit einem Gott machen?«

Kiyomi lächelte ihn an und er spürte, wie sich sein Ärger in Luft auflöste.

»Nein … schätze nicht … ich meine, so gesehen.«

»Oder dass sie Millionen Menschenleben retten würden, darunter meines?« Kiyomi nahm seine Hände und zog ihn an sich.

Kennys Herz schlug schneller, er wollte sie küssen und näherte sich ihr mit einem Lächeln und geschlossenen Augen … als ihn mit einem Klatschen etwas Schweres und Kaltes seitlich am Kopf traf und umwarf.

»Ah-ah, Großer. Bleib, wo du bist, wenn du weißt, was gut für dich ist«, befahl eine quiekende Stimme.

Kenny rieb sich die Schläfe und blickte sich um. Aus dem hüfthohen Gras am Straßenrand traten der Reihe nach fünf kindergroße menschenähnliche Gestalten, die bis auf ihre Baströcke nackt waren. Sie hatten dichtes feuerrotes Haar, das auf die Hüften fiel, und lange spitze Ohren. Zwei von ihnen waren mit kurzen Speeren bewaffnet, zwei andere hielten ihre gespannten Bogen halb auf ihn gerichtet und einer pulte geistesabwesend ein Auge aus einem toten Fisch.

»Ken-*chan*, alles in Ordnung. Tu ihnen nichts«, sagte

Kiyomi. Sie hob beide Hände und machte einen Schritt zurück. »*Kijimuna* sind harmlos.«

Kenny stand auf und wäre beinahe auf einer zu seinen Füßen liegenden Seebrasse ausgerutscht. »Sag mal, hast du mir eben eine mit dem Fisch verpasst?«, fuhr er den Kerl mit dem Fischauge an.

»Mit dir haben wir keinen Streit, aber das Mädel da, das muss weg«, sagte der Fischwerfer. Er schob sich das glitschige Auge in den Mund und zerkaute es.

Kiyomi zog sich immer weiter von den Wesen zurück, bis sie die Erde unter ihren Füßen locker werden spürte und den Rand der Klippe erreicht hatte.

»Wieso? Was hat sie getan?«, fragte Kenny und schätzte die Lage ein.

»Das Mädel ist unrein«, sagte der *kijimuna*. »Auf diese Insel kommt kein *oni*. Sie muss weg.«

In diesem Moment tauchten im Gras neben Kiyomi noch zwei dieser Kreaturen auf. Eine warf ein an beiden Enden mit einem Stein beschwertes Seil, während die andere in die Luft sprang.

Kenny sah entsetzt zu, wie sich das Seil blitzschnell um Kiyomis Beine wickelte und sie in der nächsten Sekunde mit einem Tritt über den Klippenrand befördert wurde und kopfüber in die Tiefe stürzte.

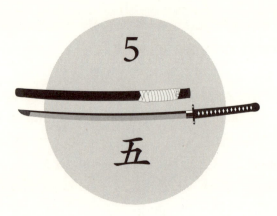

Kiyomis jahrelanges Training trat ganz von selbst in Aktion. In einer einzigen fließenden Bewegung zog sie die Knie an, griff mit der Rechten nach dem Dolch in ihrem Stiefel und schnitt durch das Seil um ihre Beine, packte das lose Seilende mit der Linken und streckte ihren Körper wieder aus.

Die hundert Meter unter ihr schäumende Brandung war zu weit weg, um im Wasser zu landen – doch dann sah sie eine stämmige Kiefer, die aus der Felswand ragte …

Kiyomi schleuderte das beschwerte Seilende in Richtung des Baums. Der Stein prallte am Stamm ab, verhakte sich in einer Astgabel und wickelte sich herum. Als das Seil schlagartig straff wurde, riss es ihren Körper mit einem stechenden Ruck in den Schultern und Armen kurz nach oben und schwang sie zur Felswand hin. Sie drehte sich im

Flug um, zog die Beine an und stieß sich mit den Füßen ab. Mit schmerzverzerrter Miene schrie sie: »Kenny! Alles in Ordnung! Mach jetzt keinen Blödsinn!«

»Was ist? Bist du taub?«, krächzte der *kijimuna*, der sich unter Kennys Turnschuh krümmte. Seine Augen schielten auf die Schwertspitze an seiner Kehle. Die anderen *kijimuna* standen regungslos am Klippenrand.

»Hör mal, dem Mädel geht's gut«, sagte jetzt einer der Speerhalter. »He-he. War nicht bös gemeint.«

»Wir spielen nur«, fügte ein anderer hinzu.

»Dann helft ihr herauf«, befahl Kenny. »Und keine Tricks. Mir rutscht gleich das Schwert aus.«

Die beiden, die Kiyomi von der Klippe gestoßen hatten, verschwanden über den Rand, kehrten gleich darauf zurück und zerrten Kiyomi über die Felskante in Sicherheit.

»Sind wir wieder Freunde?«, sagte der Anführer der *kijimuna* und winkte den anderen, damit sie ihre Waffen herunternahmen.

»Ken-*chan*, mir ist nichts passiert«, sagte Kiyomi. Sie neigte den Kopf von einer Seite zur anderen und rotierte dazu mit den Schultern. »Morgen früh werden mir die Arme höllisch wehtun, aber ich werd's überleben.«

Kenny nahm den Fuß vom Oberkörper des kleinen Manns, ging in die Hocke und stützte sich auf sein Schwert, um ihn sich genauer anzusehen. »Hat dir schon mal wer gesagt, dass du wie eine Trollpuppe aussiehst?«

Der *kijimuna* kam auf die Beine und verneigte sich vor Kenny. »Der Name ist Tomba«, sagte er, schlug sich mit der Hand auf die Brust und gestikulierte seinen Kumpanen, sich ebenfalls zu verbeugen. Als sie es taten, fegten ihre langen Haare über den Boden.

»Ihr könnt damit aufhören«, sagte Kenny. »Ich hab's kapiert. Es tut euch leid. War alles nur ein großes Missverständnis.«

»So ist es. Schwerer Fehler«, stimmte Tomba ihm zu. Er zeigte auf die Klinge in Kennys Hand. »Ich kenne dieses Schwert. Wer bist du, Großer?«

»Kenny, ich meine, Kuromori.«

»*Ahhhh!*«, tönte es aus den *kijimuna* wie aus einem Mund. Dazu nickten sie mit den Köpfen, als sei nun alles klar.

»Wenn ich mich nicht irre, bist du der, der die Sonne zurückbringt?«, fragte Tomba.

»Ja, so ungefähr«, meinte Kenny achselzuckend. Das Schwert schimmerte kurz und löste sich in Luft auf.

»Aber warum bringst du das *oni*-Mädel auf die Insel?«

»Hörst du endlich auf, mich so zu nennen?«, wurde Kiyomi wütend und stemmte die Hände in die Hüften.

»Wir sind auf der Suche nach einem verlorenen Gegenstand«, sagte Kenny. »Vielleicht könnt ihr uns helfen.«

Die *kijimuna* kamen mit zuckenden Ohren näher. »Bist du auf Schatzsuche?«

»Ja. Also nein. Kann sein. Ich weiß es nicht.«

»Halte dich von der versunkenen Stadt fern«, sagte Tomba.

»Dann stimmt es also? Es gibt sie wirklich, die Unterwasserstadt?«

Tomba schüttelte warnend den Kopf. »Ein schlechter Ort. Voller Gefahren. Geh da nicht hin, Kuromori.«

»Ich muss aber. Wenn nicht, wird das *oni*-Mädel –«

»Hey«, fuhr Kiyomi ihn an. »Ich hab gesagt, ihr sollt mich nicht so nennen.«

»Sorry«, brummten jetzt alle gleichzeitig.

»Wird sie was?«, bohrte Tomba mit vor Neugierde zuckender Nase.

»Langsam verrückt«, antwortete Kiyomi mit tonloser Stimme. »Weil der Geist eines *oni* die Kontrolle in mir drin übernimmt und mich in eine Tötungsmaschine ohne Hirn und Verstand verwandelt.«

»Ah, dagegen weiß ich ein Mittel«, sagte Tomba und lächelte sie freudestrahlend an. »Wir bringen dich gleich um und die Sache ist erledigt.«

»Eigentlich sind wir auf der Suche nach einer Heilung«, sagte Kenny rasch. »In der versunkenen Stadt.«

»Oh.« Tomba strich mit den Fingern über sein Kinn. »Ich weiß, nach wem du suchst.«

»Nach wem denn?«

Tombas Augen suchten rasch das hohe Gras rundherum ab, als fürchtete er, sie würden beobachtet.»Das sage ich nicht, aber ich warne dich. Du darfst ihm nicht trauen. Er wird dich reinlegen.«

Einer der *kijimuna* stieß plötzlich einen lauten Pfiff aus. Die Gruppe sprengte in alle Richtungen davon und war im nächsten Augenblick im hohen Gras verschwunden. Als Kenny nach dem Grund für ihre Flucht Ausschau hielt, erkannte er seinen Vater, der die Straße heraufkam.

»Da seid ihr ja«, sagte Charles.»Ich dachte, ihr wärt längst oben. Kommt, bis zum Sonnenuntergang schaffen wir es noch. Mit etwas Glück sieht man sogar bis Taiwan.« Er blieb stehen und richtete den Blick zu Boden.»Wie kommt der Fisch hierher?«

Um halb sechs am nächsten Morgen verließen Charles, Kiyomi und Kenny in aller Stille den *minshuku* und folgten der Küstenstraße in nördlicher Richtung zum Hafen hinunter. Am noch dunklen Himmel erstreckte sich die Milchstraße wie ein glitzernder Schleier, weiter unten knisterte der Strand unter dem leisen Plätschern der Wellen und der Horizont schimmerte im silbernen Licht des untergehenden Vollmonds. Trotz des wunderschönen Anblicks war Kenny insgeheim froh, dass der Mond unterging. Nach den jüngsten Erlebnissen waren ihm die mondlosen Nächte lieber.

Charles ging voran. Beim Hafen angekommen, überquerten sie eine Böschung zu einem kleinen Parkplatz und gelangten von dort auf einen Anlegesteg aus Beton.

»Das ist es«, sagte er, als sie sich einem kleinen Tauchboot näherten. Ein stämmiger Japaner mit sonnengegerbter Haut und kurz geschorenen, grau gesprenkelten Haaren war damit beschäftigt, die Drucklufttanks festzuzurren.

»Kinder, das ist Captain Mike«, sagte Charles und ging an Bord.

»Jo! Wartet!«, dröhnte von der Ufermauer eine tiefe Stimme zu ihnen.

»Mist«, brummte Kenny, als er Matt und Dwayne sah, die bereits auf dem Steg waren und auf das Boot zu rannten. »Ich dachte, die sind wir los.«

»Sie müssen draußen geschlafen haben«, murmelte Charles. »Um uns nicht zu verpassen.«

»Fahrt ihr raus?«, fragte Dwayne, dem nicht anzumerken war, dass er gerade einen Hundertmetersprint mit schwerem Seesack hingelegt hatte.

»Ja«, antwortete Charles.

»Was dagegen, wenn wir mitkommen? Wir müssen heute noch zur Basis zurück und würden vorher noch gerne ein paar Tauchgänge machen.«

Charles nahm seine Brille ab und putzte sie. »Na ja, eigentlich wollten wir es entspannt angehen. Ich weiß ja nicht, wann euer Flug geht, und ob wir bis dahin zurück sind ...«

»Kein Problem«, sagte Matt rasch. »Zur Not schwimmen wir zurück.«

»Mit der ganzen Ausrüstung?«, fragte Charles skeptisch.

»Klar. Außerdem ist Ihr Junge noch nie tauchen gewesen. Streng genommen, darf er gar nicht aufs offene Meer raus.«

»Ich schaff das schon«, presste Kenny mürrisch hervor.

Matt grinste. »Sicher, aber so steht es nicht in den Vorschriften. Wäre ein Jammer, wenn sich jemand verplappert und der Captain wegen so einer Kleinigkeit seine Lizenz verliert. Wenn Dwayne und ich mitkommen, hättest du gleich zwei erfahrene Tauchkumpane dabei, falls was schiefgeht.«

»*Drei* erfahrene Taucher«, fügte Kiyomi mit einem Zwinkern hinzu. Kenny schoss einen finsteren Blick auf sie ab.

»Also gut«, sagte Charles, nachdem er darüber nachgedacht hatte. »Kommt mit.«

Captain Mike startete den Motor, das kleine Boot setzte sich tuckernd und eine Schaumspur hinter sich herziehend in Bewegung und nahm Kurs nach Westen um das Cape Irizaki herum.

»Wir haben eine knappe Stunde, um dich vorzubereiten«, sagte Kiyomi zu Kenny. »Als Erstes brauchen wir eine passende Ausrüstung.«

Kiyomi trat an die Kiste mit der Ausrüstung und stöberte darin herum, bis sie für Kenny eine passende Maske, einen Taucheranzug, eine Tarierweste und ein Paar Flossen gefunden hatte.

»Du weißt doch, dass ich den Krempel nicht brauche«, sagte Kenny selbstgefällig. Dann senkte er die Stimme. »Ich kann unter Wasser atmen.«

»Werde nur nicht übermütig«, warnte Kiyomi. »Das eine Mal warst du in einem Teich und das andere in einem Aquarium. Hier sind wir auf offener See und es geht dreißig Meter in die Tiefe. Da gibt es Strömungen, Haie, Korallen, eingeschränkte Sicht … Okay, hier, probier das mal aus.« Sie hielt ihm das Mundstück eines Atemreglers hin, der an eine der Druckluftflaschen angeschlossen war. »Das ist Druckluft. Steck das Gummiteil in den Mund und atme nur durch den Mund. Atme regelmäßig ein und aus, bis du dich daran gewöhnt hast.«

Kenny tat wie geheißen und spürte, wie die trockene Luft in seine Lunge drang. Er stieß die Luft aus und atmete wieder ein. Es fühlte sich seltsam an und löste in seinem Rachen ein Brennen aus, doch sein Blick lag auf Kiyomi, die mit den Fingern den Takt vorgab. Schließlich entspannte er sich und seine Atmung wurde regelmäßig.

Auf Kiyomis Signal zog er das Mundstück heraus.

Kiyomi nickte. »Nicht schlecht für den Anfang. Denk dran, wenn du im Wasser bist. So musst du atmen – langsam und regelmäßig. Halt nie die Luft an, und wenn deine Ohren verstopft sind oder wehtun, dann machst du das.« Sie klemmte ihre Nase zu, schloss den Mund und presste die Luft heraus. »Du kannst auch schlucken oder die Kiefer hin und her schieben.«

»Wie beim Start im Flugzeug?«

»Ja, so ähnlich, nur gehst du runter und da ist der Druck höher.«

Die nächsten zwanzig Minuten brachte Kiyomi ihm die Grundkenntnisse des Tiefseetauchens bei: Handsignale, das Einstellen der Tarierweste, wie er die Maske klärte, wenn Wasser eindrang, wo sich der Notluftvorrat befand und wie er mit einer Hand den Bleigürtel löste.

»Im Fernsehen sieht das immer wie ein Kinderspiel aus«, meinte Kenny.

Charles gesellte sich zu ihnen »Wisst ihr, wonach ihr sucht?«, fragte er und wies mit einem Finger nach unten.

»Nein.« Kiyomi schüttelte den Kopf. »Aber Susano-wos Botschaft war eindeutig. Der Stein muss irgendwo da unten sein. Aber wer weiß, vielleicht findet der Stein ja uns.«

Als Captain Mike den Motor drosselte und das Boot tuckernd zum Stillstand kam, tauchte die Morgendämmerung den Himmel in sanfte Pastellfarben.

»Wir sind da.« Kiyomis Blick wanderte nach Norden zu den Steilklippen von Yonaguni.

Kenny lag auf dem Rücken und zerrte grunzend an dem

Neoprenanzug. Seine Beine steckten drin, aber so sehr er sich auch streckte und an dem Gummianzug zog, er bekam ihn einfach nicht über seine Taille. »Dieser ... Anzug ... passt nicht«, schimpfte er.

»Warte, ich helfe dir«, bot Kiyomi an.

»Hände weg, ich schaff das schon«, erwiderte Kenny und wurde knallrot.

Fünf Minuten später war er zwar auf den Beinen, aber völlig außer Atem und in Schweiß gebadet. Einen Ärmel hatte er an, während der andere wie ein Elefantenrüssel von der Mitte seines Rückens baumelte.

»Hättest dir von ihr helfen lassen sollen«, meinte Dwayne mit einem Fuß auf dem Seitendeck. Er hatte seine Ausrüstung angelegt, Matt hingegen war immer noch in Shorts.

»Er will bloß Eindruck schinden«, lachte Matt und zog den Reißverschluss einer großen Leinentasche auf. »Machst dich echt gut, Kleiner.«

Kiyomi sah die beiden zornig an, streckte die Hand aus und brachte den Anzug mit einem festen Ruck bis zu Kennys Hals.

»Autsch!« Er zuckte zusammen, schaffte es dann aber endlich in den Ärmel.

»Hier«, Kiyomi half ihm in die Tarierweste, die zugleich das Traggestell für die Druckluftflasche war, und legte ihm den Bleigürtel um.

Kenny hielt sich an der Reling fest. »Mann, das wiegt ja eine Tonne.«

Kiyomi zog ihre eigene Tarierweste an, brachte den Atemregler in Position und überprüfte die Anzeigeeinheit.

»Was habt ihr vor?«, fragte Dwayne. »Bloß eine Spritztour um die Ruinen oder wollt ihr noch was anderes unternehmen?«

»Nein, nur ein Tauchgang«, sagte Kiyomi und nahm sich ein Tauchermesser, um es an ihrem Bein festzubinden.

»Na-ah«, sagte Matt auf einmal in unmissverständlich drohendem Tonfall. »Keine Messer da unten. Du könntest dich verletzen.«

Kiyomi richtete sich auf. »So ein Quatsch«, sagte sie. »Jeder Taucher nimmt ein Messer mit. Für den Fall, dass er sich verheddert –« Sie wandte sich zu ihm um und stockte, als sie die Harpune sah, die auf sie gerichtet war.

»Aber nicht du. Gib mir das Messer. Schön langsam. Dann passiert auch niemandem was«, befahl er.

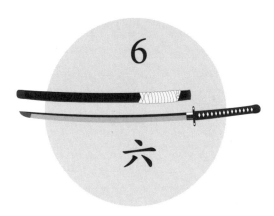

6

»Nix bewegen!« Captain Mike hatte eine Leuchtpistole auf Matt gerichtet. »Mein Boot«, bellte er. »Ich Boss.«

»Jetzt nicht mehr.« Dwayne zog ein großes Messer und machte einen Schritt auf den Kapitän zu.

»Kenny, mach keinen Blödsinn«, sagte Kiyomi leise.

»Als ob.« Kenny krümmte sich unter dem Gewicht der Tauchausrüstung.

Charles wandte sich wütend an Matt. »Was soll das? Wenn das eine Geiselnahme ist, dann seid ihr an die Falschen geraten. Bei uns gibt es nichts zu holen. Ich habe euch freundlicherweise mitfahren lassen und –«

»Reg dich ab, Opa!«, bellte Matt ihn an. »Oder soll ich Professor sagen?«

»Woher –?«

»Echt jetzt. Nur weil ich Gewichte stemme, bin ich noch

lange kein Trottel. Es leben nicht viele *gaijin* in Japan. Als Erstes habe ich mir das Melderegister im Hotel angesehen, dann habe ich Ihren Namen gegoogelt, und schon wusste ich, wer Sie sind.«

»Ein Professor für Geschichte, der den weiten Weg hierher auf sich nimmt, um sich Ruinen anzusehen? Das kann nur eines bedeuten«, sagte Dwayne. »Einen Schatz.«

»Das ist doch absurd«, winkte Charles ab.

»Ach ja? Und warum haben Sie dann über ein Juwel auf dem Meeresboden gesprochen, hm?«, wollte Matt wissen.

Charles hob beschwichtigend die Hände. »Kiyomi, leg das Messer auf den Boden und schieb es zu Dwayne. Matt, nimm den Finger vom Abzug. Sonst passiert noch was.«

Kiyomi giftete Matt an. »Du hast Glück«, sagte sie. »Vor einem Monat wäre ich verrückt genug gewesen, um herausfinden zu wollen, wie gut du mit dem Ding da umgehst.« Sie bückte sich und ließ das Messer über die Planken schlittern. Dwayne hielt es mit dem Fuß auf.

Matt nahm die Harpune herunter. »Dann wärst du jetzt tot. Ich treffe immer.«

Captain Mike fluchte auf Japanisch und legte die Leuchtpistole in die Kiste zurück.

»Wir machen Folgendes«, erklärte Dwayne. »Ich und die beiden Kids gehen auf Tauchgang. Sie zeigen mir, wo der Schatz liegt, und als Gegenleistung sorge ich dafür, dass sie sicher wieder hochkommen.«

»Ich und Britney«, sagte Matt und tätschelte die Harpune, »bleiben an Deck. Wir passen auf, dass niemand auf dumme Gedanken kommt.«

»Und wenn es gar keinen Schatz gibt?«, fragte Kenny, dem der Schweiß aus den Haaren rann.

»Sagen wir so: Kommt Zeit, kommt Rat.«

»Ich hab gleich gesagt, dass wir diesen Schwachköpfen nicht trauen dürfen«, murrte Kenny, während Kiyomi seine Ausrüstung noch einmal überprüfte.

»Ernsthaft? Denkst du wirklich, das ist jetzt der richtige Moment, um den Besserwisser raushängen zu lassen?« Kiyomi kochte vor Wut. »Rein mit dem Regler und fang an zu atmen.« Kenny zog sich die Maske über das Gesicht und watschelte zum Rand des Sprungbretts.

»Hier machst du normalerweise einen großen Schritt und lässt dich fallen, aber in deinem Fall ... Augen zum Horizont!« Kiyomi versetzte Kenny mit dem Fuß einen Schubs in den Hintern.

»AAAHHHH!« Kenny hielt die Maske und den Atemregler fest und versank inmitten einer Bläschenwolke im saphirblauen Ozean. Seine Maske füllte sich mit Wasser. Er trat sofort mit den Beinen aus, um zur Wasseroberfläche zurückzukommen, bis ihm einfiel, dass er ja atmen konnte.

Kiyomi tauchte neben ihm auf und bedeutete dem Boot mit erhobenem Daumen, dass alles in Ordnung war. Captain Mike winkte als Antwort, dann hisste er eine rote Flagge mit einem weißen diagonalen Streifen, um anderen Booten zu signalisieren, dass Taucher im Wasser waren.

Dwayne sprang als Nächster. Kiyomi zeigte Kenny noch einmal, wie er seine Maske durch Hineinblasen klar bekam, dann stellte sie die Luft an seiner Tarierweste ein und gab mit nach unten gerichtetem Daumen zu erkennen, dass sie so weit waren.

Sie packte Kennys Hand, ließ aus ihrer eigenen Weste Luft aus und senkte den Kopf, um abzutauchen. Kenny machte ihr jede Bewegung nach, bis er wie die beiden anderen durch das klare Wasser glitt.

Kenny musste sich entspannen. Er war ständig versucht, mit den Armen auszuholen und so zu schwimmen, wie er es gewohnt war, aber hier, im türkisblauen Meer, war es, als schwebte er schwerelos dahin, und bis auf den hypnotisierenden Rhythmus seiner eigenen Atmung herrschte vollkommene Stille. Fischschwärme glitzerten im von oben hereinstechenden Sonnenlicht, eine Lederrückenschildkröte kam Kenny so nahe, dass er die Rankenfüßer auf ihrem Panzer sehen konnte, und als sie sich einem Glasbarschschwarm näherten, zerfiel er in einen funkelnden Splitterregen.

Je tiefer sie gelangten, umso unangenehmer empfand er den Druck in seinen Ohren. Wie er es von Kiyomi gelernt hatte, presste er die Luft aus seiner abgeklemmten Nase und schob die Kiefer hin und her, bis es in seinen Ohren knallte. Als sich plötzlich ein Schatten über ihn legte, verrenkte er den Kopf und erkannte die unverwechselbare Gestalt eines großen Hais.

Dwayne schwamm voraus. Ab und zu warf er einen Blick hinter sich, um sich zu vergewissern, dass Kiyomi und Kenny das Tempo hielten. Sein Arm zeigte auf etwas.

Weiter vorne tauchte ein dunkles Rechteck auf dem Meeresboden auf und kurz darauf konnte Kenny trotz der Entfernung Steinblöcke und massive Treppenabsätze erkennen. Die Struktur sah aus wie die gestutzte Vorderseite einer Maya-Pyramide.

Die Unterwasserruine nahm allmählich Gestalt an. Kenny erkannte eine noch stehende Säule, dann schälten sich schmale Kanäle aus dem Dunkel, er machte eine Art Straße aus, Treppen und Absätze – und Haie. Tausende ausgewachsene Hammerhaie kreisten träge und wie in Zeitlupe über den Trümmern. Ihre stämmigen Silhouetten bildeten einen Ring um die Ruine, als bewachten sie sie.

Dwayne hatte angehalten. Er ließ Luft aus seiner Tarierweste und winkte Kiyomi und Kenny herbei, während er auf den Meeresboden sank. Dann glitt er weiter, wirbelte mit jedem Flossenschlag Sand auf und schwamm unter den Haien hindurch bis zu einem Treppenaufgang, der aussah, als wäre er in den Fels gehauen.

Er bedeutete Kiyomi, die Führung zu übernehmen. Mit

einer kreisförmigen Bewegung ihres Fingers gab sie ihm zu verstehen, dass sie die Ruine umrunden wollte, und schwamm mit Kenny an der Hand gegen den Uhrzeigersinn um die Stadt herum. Sie kamen an einer großen sternförmigen Steinplatte vorbei, die wie eine Schildkröte aussah, stießen auf ein kleines dreieckiges Becken, sahen Zwillingssäulen, die direkt aus Stonehenge hätten stammen können, und blickten in ein nur noch teilweise erkennbares Antlitz aus Stein.

Kenny wandte den Blick hierhin und dorthin und war vollkommen verzaubert von dieser Unterwasserwelt. Wer mochte das alles erbaut haben? War es vor langer Zeit untergegangen oder immer schon unter Wasser gewesen? Zeugte es von einer uralten Zivilisation, so wie Atlantis?

Dass dieser Ort die Schatzjäger anzog, war offensichtlich, aber gab es überhaupt einen Schatz? Und falls ja, wie standen die Chancen, ihn je zu bergen? Andererseits, warum sollte Susano-wo sie ausgerechnet an diesen Ort schicken?

Kiyomi holte ihn mit einem Ruck an seiner Hand aus seinen Gedanken und deutete nach oben. Kenny erkannte lediglich die Silhouette der Lederrückenschildkröte von vorhin, die sich als schwarzer Schatten von der hellen Oberfläche abhob, doch dann begriff er: Wo waren die Haie hin? Kenny schluckte. Was wäre in der Lage, Tausende Haie in die Flucht zu jagen?

Wie als Antwort darauf bemerkte er weiter vorne eine Bewegung: eine Ansammlung silberner Punkte, die von Sekunde zu Sekunde größer wurde. Kiyomi griff nach Kennys Gürtel und zerrte ihn zurück. Ihr Finger wies auf eine schmale Spalte im Felsen, die sich hinter einem rechteckigen Steinblock befand.

Dwayne entfernte sich, um sich die rasch näher kommenden Objekte genauer anzusehen. Offenbar mochte er nicht, was er sah, denn er zog zwei große Kampfmesser aus ihren Scheiden und hielt sie in Bereitschaft.

Die Punkte entpuppten sich als fünf Meter lange, silberblaue zylindrische Körper mit Rückenflossen, ausdruckslosen schwarzen Augen und offenen, die spitzen Zahnreihen bleckenden Mäulern: Makohaie.

Kenny warf noch rasch einen letzten Blick zurück, ehe er von Kiyomi in die Spalte gezerrt wurde. Als wäre ein Schwarm jagender Makohaie nicht beängstigend genug, trug jeder von ihnen ein menschenähnliches Wesen auf dem Rücken. Ihre Haut war grau, die Köpfe liefen nach oben hin spitz zu, sie waren mit Speeren bewaffnet ... und sie hatten es auf den unglückseligen Dwayne abgesehen.

Kiyomi tauchte so weit in die Felsspalte hinein, wie es ging. Kenny folgte ihr blindlings. Als er mit dem Gesicht gegen ihre Schulter stieß, verschob sich seine Maske. Salzwasser drang ein. Er wollte die Maske gerade klären, als Kiyomi ihren Griff um seine Hand verstärkte. Er blinzelte sie durch seine vom Salzwasser brennenden Augen an und sah, dass sie die Luft anhielt und mit einem Finger nach oben deutete. Aus seinem Auslassventil sprudelten silberne Luftbläschen, so offensichtlich wie ein Rauchsignal.

Kenny konzentrierte sich, kanalisierte sein *ki* und sammelte die aufsteigenden Bläschen, bis sie sich zu einer einzigen Blase verbunden hatten und er sie nach unten in die Tiefe der Spalte dirigieren konnte. Jetzt mussten sie nur so lange warten, bis die Makohaie das Interesse verloren hatten und weiterzogen.

Als Kenny eine Berührung an seinem Kopf spürte, langte er hin und bekam einen flachen harten Gegenstand zu fassen. In der Dunkelheit sah er nicht gleich, was es war, doch dann erkannte er eines von Dwaynes Messern. Er drehte es herum, um es am Griff zu halten, und hatte auf einmal eine abgerissene Hand vor Augen, die sich immer noch an das Messer klammerte.

Kenny schrie auf vor Schreck, spuckte sein Mundstück aus und verlor die Konzentration. Die Bläschen schossen augenblicklich nach oben.

Er tappte nach seinem Regler und atmete aus, um in seine Maske zu blasen. Als er wieder klar sah, drohte Kiyomi ihm wütend mit der Faust und drückte sich mit nach oben gerichtetem Blick in die Wand der Spalte.

Über ihnen sammelten sich Schatten. Einer der Haireiter stieg ab und stellte sich breitbeinig auf den Felsblock.

Als er in die Düsternis hinabspähte, hatte Kenny das Gefühl, als würde er von seinem stechenden Blick durchbohrt. Er schrak zurück und drückte sich jetzt auch so flach wie möglich an den Felsen.

Das Wesen über ihm hielt einen langen Speer mit beidseitig gezackter Klinge in der Hand. Es positionierte seine Beine, hob den Speer an und zielte.

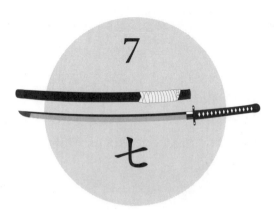

»Irgendwas stimmt da nicht«, murmelte Matt und starrte vom Heck des Boots auf das spiegelglatte Wasser.

Charles trat auf ihn zu. »Wieso?«

»Geben Sie mir das Unterwasserteleskop.« Matt zeigte auf eine dicke Röhre neben den Druckluftflaschen.

Charles holte das Instrument, gab es ihm aber nicht gleich. »Mein Sohn ist da unten. Ich muss wissen, ob er in Gefahr ist.«

»Dem passiert schon nichts«, brummte Matt und streckte die Hand aus. »Ich habe gerade einen Schwarm Hammerhaie aus dem Wasser springen sehen.«

»Ist das ungewöhnlich?«

»Und wie. Gehört zu den Dingen, die theoretisch möglich sind, aber noch nie beobachtet wurden. Frage ist, warum tun sie das gerade jetzt?«

Matt nahm das Teleskop und legte sich der Länge nach auf das Sprungbrett. Er drückte das Gesicht an die gepolsterte Sichtscheibe und schob das andere Ende ins Wasser. Offenbar mochte er nicht, was er sah, denn er kam fluchend auf die Beine und holte rasch seine Harpune.

»Was ist?«, fragte Charles, dessen Magen sich immer mehr verkrampfte.

»Makohaie«, antwortete Matt. »Große Biester. Hab so was noch nie gesehen. Sie jagen im Rudel und schwärmen aus wie ein Suchkommando.«

»Suche? Nach was?«

»Drei Mal dürfen Sie raten. Hey! Da ist einer!« Matts ausgestreckter Finger folgte der silbernen Rückenflosse eines Hais, der am Boot entlangglitt. Er stand am Rand des Sprungbretts, hob die Harpune und zielte.

»Stellen Sie sich lieber woanders hin«, warnte ihn Charles.

»Keine Sorge, Prof, ich weiß genau, was ich tue. Wenn ich den da erwische, zieht sein Blut die anderen an. Dann fressen sie ihn bei lebendigem Leib auf und wir gewinnen Zeit für unsere Leute.«

Die dreieckige Flosse verschwand. Matt stieß einen Fluch aus.

»Ist das wirklich eine so gute Idee?« Charles hielt sich an der Reling fest und spähte ins Wasser. »Ich meine, wenn wir sie raufholen wollen, kann ich mir nicht vorstellen, dass ein Rudel Haie beim Fressen besonders hilfreich ist.«

Matts Blick wanderte über die glitzernde Oberfläche. »Haie fressen nicht viel. Sobald sie satt sind, verlieren sie das Interesse. Je schneller sie fressen, desto eher verschwinden sie.« Wieder schnitt die Rückenflosse durch die Wellen. »Oh-oh. Da. Schön stillhalten, du hässlicher ...«

Er schwang die Spitze der Harpune in weitem Bogen, folgte dem Hai und drückte auf den Abzug. Der Metallstift schoss davon und drang unterhalb der Rückenflosse ein.

»Wer sagt's denn! Volltreffer!«, krähte Matt. Während sich auf der Wasseroberfläche ein roter Fleck ausbreitete, griff er rasch nach dem nächsten Pfeil, schob ihn in die Harpune und behielt das Wasser im Auge. »Geht gleich los ... Hmm. Seltsam. Sie fressen ihn nicht.«

Die Flosse zog eine Blutspur hinter sich her und entfernte sich. Eine zweite Flosse tauchte auf, schnitt kerzengerade durch das Wasser auf das Boot zu und tauchte plötzlich wieder ab.

»Hey, wo ist der hin?«, rief Matt und hob die Harpune an.

»Weiß nicht«, meinte Charles. »Aber ist der andere nicht auch zuerst in unsere Richtung geschwommen?«

RUMMS! Durch das Boot ging ein Ruck, so abrupt, als wäre es auf einen Felsen aufgefahren, und so heftig, dass es mit ächzendem Rumpf nach vorne kippte und das Heck zwei Meter in die Höhe schnellte. Als der Boden unter seinen Füßen wegkippte, hakte Charles einen Ellbogen unter die Reling.

Matt war kopfüber ins Wasser geschleudert worden, wo ihm der verletzte Hai auflauerte. Laut schreiend und mit den Füßen strampelnd, versuchte er noch die Harpune anzulegen, da war der riesige Mako bereits bei ihm und erledigte ihn mit einem einzigen Biss.

Als sich das Boot wild schaukelnd wieder gerade richtete, stolperte Captain Mike von der Brücke. »*Nandayo?*«, knurrte er und sah sich nach Matt um. »*Sono bakayaro wa dokoda?*«

»Den hat es erwischt«, murmelte Charles. »Ein Hai rammt das Boot, der andere bekommt seine Rache. Das sieht nicht gut aus.«

In dreißig Metern Tiefe hatte Kenny genau den gleichen Gedanken. Der Speer, mit dem der Haireiter in die Spalte stach, schrammte an seinem Kopf vorbei und kratzte über den Felsen. Jetzt nahm die Gestalt eine andere Position ein und holte wieder aus. Kenny krümmte sich noch mehr zusammen, die Klinge sauste herunter und stieß auf eines der Bleigewichte an seinem Gürtel.

Kiyomi sah mit Schrecken zu, wie sich die Kreatur an den Bläschen aus Kennys Auslaufventil orientierte und zum dritten Mal ausholte. Da es nur eine Frage der Zeit war, bis Kenny sein Glück verlassen würde, stieß sich Kiyomi mit beiden Händen ab und beförderte sich nach oben und aus der Spalte heraus.

Um den Felsblock neben der Spalte hatte sich ein Dutzend Makohaie mit ihren Reitern gruppiert, die zum Teil noch aufsaßen und sich an der Rückenflosse festhielten, während die anderen abgestiegen waren und gebannt in die Felsspalte starrten. Ihre langen Köpfe setzten ohne erkennbaren Hals direkt an den Schultern an, die großen runden Augen lagen seitlich am Kopf, wo sich normalerweise die Ohren befanden, und die breiten, mit spitzen Zahnreihen besetzten Münder standen offen. Ihre menschliche Gestalt wurde durch die breiten Oberkörper und die muskulösen Gliedmaßen noch verstärkt, und dennoch waren sie eindeutig Meereswesen.

Kiyomi kannte diese Wesen, man nannte sie *gyojin*. Sie winkte mit den Armen, um auf sich aufmerksam zu machen, und jagte mit kräftigen Kraulbewegungen und flatternden Flossen davon. Zwei Speere schossen an ihr vorbei, ehe sie abtauchte und hinter einem quadratischen Steinblock in Deckung ging.

Die halbe *gyojin*-Schwadron saß auf und jagte ihr hinterher. Unterdessen machten die anderen einem Neuankömmling Platz, der aus der Tiefe zu ihnen gestoßen war. Drei Riesenmuränen schlängelten sich schäumend durch das Wasser, jede mit einem Brustgeschirr ausgestattet, von dem ein Seil aus Seetang abging. Ein Fischmensch hielt die Seile wie Zügel in seinen Händen. Die Füße in den sandigen Meeresboden gestemmt, zog er zwei Mal kräftig an den Zügeln. Die Muränen ließen sich fallen und hielten mit auf- und zuschnappenden Mäulern und bebenden Kiemen an.

Der Muränenbändiger spähte in die schmale Felsspalte, erteilte seinen lebenden Waffen den Befehl zum Angriff und ließ mit stolzem Lächeln die Seile los. Die drei Muränen schossen wie Pfeile in die Finsternis hinein.

Kiyomi blieb hinter dem Felsblock in Deckung und erwog ihre Möglichkeiten. Das halbe Makorudel machte jetzt Jagd auf sie, während Kenny immer noch in der Spalte festsaß. Sie hatten keine Waffen, bald keine Luft mehr und vorläufig auch keinen Spielraum, um sicher zur Oberfläche zurückzugelangen. Es sah nicht gut aus. Als die Haie über ihr kreisten, ging sie mit dem Rücken zum Steinblock in die Hocke.

Kenny atmete erleichtert aus, denn der Fischmensch mit dem Speer trat jetzt endlich von der Kante zurück. Die Wesen schienen aufzugeben. Er verrenkte den Kopf, um Kiyomi den erhobenen Daumen zu zeigen, und bemerkte erst jetzt, dass sie nicht mehr da war.

Als er auf der Suche nach ihr den Kopf wandte, gerieten die Schatten dreier dicker Schlangen in sein Blickfeld und dann starrte er in die prähistorischen Gesichter der Muränen, die ihn mit ihren kleinen Augen, den schnappenden Mäulern und den nach hinten gebogenen Zähnen ins Visier nahmen.

Die Makohaie kreisten über Kiyomi, bis einer der Reiter abstieg und auf sie zeigte. Sein Hai griff sofort an. Aus reiner Gewohnheit streckte sich Kiyomis Hand nach dem nicht vorhandenen Messer aus und innerlich verfluchte sie Dwayne, der es ihr abgenommen hatte. Kurz überlegte sie, dem Hai mit dem Finger ins Auge zu stechen, versprach sich aber nicht viel davon. Sie sah zu, wie sich die spitze Nase hob und das tunnelartige Riesenmaul aufging.

In diesem Moment glitt eine dunkle Scheibe zwischen das Mädchen und den Hai. Kiyomis Hand schoss instinktiv vor. Sie packte den oberen Rand des Panzers, zog sich hoch und legte sich flach auf den Rücken der Lederrückenschildkröte. Der Hai schnappte ins Leere.

Beim Anblick der Muränen ergriff Kenny die Flucht. Er stieß sich ab und beförderte sich aus der Spalte in die Falle. Die Haireiter erwarteten ihn mit gezückten Speeren und stürzten sich auf ihn.

Kusanagi, das Himmelsschwert, tauchte blitzartig in Kennys Hand auf und beförderte die Speerspitzen mit einem einzigen Hieb zum Meeresboden. Die Muränen hatten sich verteilt und griffen jetzt aus drei Richtungen an. Das Schwert reagierte sofort. Mit einem Schnitt nach unten stellte es Kenny auf den Kopf, dann schnellte es zurück und glitt in einem Bogen durch das Wasser. Blut strudelte nach oben und färbte das Wasser rosa, während die in Stücke gehackten Muränen nach unten sanken.

Als die Riesenschildkröte an ihnen vorübersegelte, waren die Haie und ihre Reiter noch zu verblüfft, um zu reagieren. Kenny erspähte das verschwommene Gelb der Druckluftflasche auf ihrem Rücken, stieß sich ab und jagte ihr hinterher. Sie war erstaunlich schnell. Kenny, der befürchtete, sie nicht einholen zu können, überlegte gerade, ob er sich von einer Strömung antreiben lassen sollte, als Kusanagi in seiner Hand bockte, ihn herumwirbelte und einem Mako, der gefährlich nahe gekommen war, durch die Nase und Teile des Unterkiefers hackte.

Mit einem Schnippen ihrer enormen Flossen, änderte die Lederrückenschildkröte plötzlich die Richtung und schwamm auf die Ruinen der Stadt zu. Kenny folgte ihr. Die Haie und ihre Reiter waren immer noch hinter ihm, blieben jetzt aber auf Abstand.

Die Schildkröte folgte der oberen Terrasse bis zur Kante. Dort ließ sie sich kerzengerade nach unten fallen und peilte eine Lücke im Felsen an. Davor bildete eine auf zwei Blöcken aufliegende Steinplatte einen schmalen rechteckigen Durchgang. Kenny fragte sich, was die Schildkröte vorhatte. Sie musste vom Kopf bis zum Schwanz mindestens drei Meter messen, dazu kamen die Flossen, die noch einmal so breit waren – sie würde niemals durch die Lücke passen.

Als sich die Schildkröte auf die Seite legte und geradewegs auf die Lücke zuschoss, sah er, dass Kiyomi losließ. Zugleich verteilte sich das Hairudel und umzingelte ihn. Während Kusanagi ausschlug und den ersten Speer abwehrte, bedeutete er Kiyomi, sich zu ihm zu gesellen, doch ihr Blick war wie hypnotisiert auf die Schildkröte gerichtet.

In der Sekunde, in der sich der Schatten des Durchgangs auf die Schildkröte legte, zog sie den Kopf ein, legte die Flossen an und segelte in die Lücke hinein, wo sie mit einem Flackern verschwand.

Jetzt wandte Kiyomi Kenny den Kopf zu. Sie sah die Haie, die ihn eingekreist hatten, und weiter weg die silbernen Gestalten, die Verstärkung ankündigten. Wild gestikulierend gab sie Kenny zu verstehen, dass er ihr folgen sollte, und schwamm auf den Durchgang zu. Zwei der Haireiter lösten sich aus der Gruppe und nahmen die Verfolgung auf.

Kenny musste etwas unternehmen. Er kniff die Augen zu, konzentrierte sich und stellte sich einen über den Meeresboden rollenden Unterwassertsunami vor. Ein Donnern in seinen Ohren ließ ihn die Augen öffnen. Er sah gerade noch, wie sich die Haie in der Strömung überschlugen und in die Mauern der Ruine geschleudert wurden, dann wurde er selbst von der Welle erfasst und raste mit ihr auf die Felsen zu.

Als Kiyomi einen Blick hinter sich warf, schrak sie zusammen, doch da pflügte Kenny bereits in sie hinein, packte sie am Traggestell ihrer Druckluftflasche und machte eine Drehung, um sie mit seinem Körper zu schützen. In letzter Sekunde steuerte er die Welle in den schmalen Durchgang und schoss mit Kiyomi durch die Lücke.

Einen Moment lang fühlte Kenny sich schwerelos, doch dann fiel er wie ein Stein herunter und schlug so hart auf, dass er den Atemregler ausspuckte. Panisch fuchtelte er nach dem Notregler – und hielt inne. Er atmete auch so. Kiyomi lag im feuchten Sand neben ihm. Kenny setzte sich unter dem bleiernen Gewicht der Ausrüstung mühsam auf. Er öffnete den Verschluss seines Gürtels, warf das Traggestell mit der Druckluftflasche ab und erhob sich auf die Knie. Kiyomi hatte ihre Ausrüstung jetzt ebenfalls abgelegt und sah sich mit vor Verwunderung großen Augen um.

Sie waren immer noch auf dem Meeresboden, befanden sich aber im Trockenen. Über ihren Köpfen bildete eine Membran einen schimmernden Bogen und schloss sie in eine geräumige Luftblase ein. Von draußen, jenseits der Blase, blickten die Meereswesen herein und betrachteten sie, als wären sie die jüngste Attraktion im Zoo. Fische aller Größen und Formen – Riesenzackenbarsche, majestätische Rochen, Kugelfische, durchscheinende Quallen, Blauflossenthunfische, flattrige Seepferdchen – sie alle drängten an die glänzende Oberfläche und spähten neugierig herein.

»Kenny, hast du das gemacht?«, flüsterte Kiyomi und nahm ihre Maske ab.

Kenny schob seine Maske jetzt auch nach oben. »Nein, das war ich nicht ... glaub ich wenigstens.«

»Wer dann?«

Plötzlich erfüllte ein Summen das Innere der Luftblase,

wurde zum Gesang und ging abrupt in einen hohen schrillen Ton über. Auf der Suche nach der Geräuschquelle warf Kenny einen Blick nach oben und starrte mit offenem Mund einen Wal an, der über ihren Köpfen schwebte.

»Ist das eine Art Empfangskomitee?«, fragte er.

»Schön wär's«, murmelte Kiyomi. »Sieht eher nach der Schlange am kalten Buffet aus. Und wir liegen auf den Tellern ... Hey, was ist jetzt los?«

Ein schimmerndes Beben erfasste die Blasenwand hinter ihnen, dann wölbte sie sich nach innen.

»Oh-oh«, sagte Kenny. »Schrumpft das Ding etwa? Weil wir die Luft aufbrauchen?«

»Nein.« Kiyomi kniete sich hin, um sich die Membran näher anzusehen. »Dann würde der Sauerstoff von Kohlendioxid verdrängt werden. Das würde sie nicht zum Schrumpfen bringen. Sie verändert ihre Gestalt. Sieh nur. Hier zieht sie sich zusammen und dort, auf der anderen Seite, breitet sie sich aus. Sie zieht sich in die Länge.«

Die Blase verwandelte sich vor Kennys Augen und dehnte sich zu einem breiten, tunnelförmigen und amöbenartigen Arm aus. In seinem Rücken hatte die Membran seine Füße fast erreicht. Er schlüpfte aus den Flossen und folgte dem sich in die Länge ziehenden Arm.

»Was machst du?«, fragte Kiyomi.

»Die Blase bewegt sich. Wenn wir nicht mit ihr mitgehen, werden wir zu Fischfutter.«

»Und unsere Ausrüstung?« Kiyomi wies auf die Druckluftflaschen im Sand. »Willst du sie einfach hier liegen lassen? Wie kommen wir dann wieder zurück?«

»Das Ding wartet nicht auf uns.« Und ganz so, als wollte die Blase seine Worte unterstreichen, glitt die Wand über eine von Kennys Flossen. Sie wurde augenblicklich von einem größeren Fisch geschnappt, der sich damit aus dem Staub machte.

Kiyomi, die immer noch nicht überzeugt war, blieb stur stehen, bis die Wand der Membran ihren Hinterkopf berührte und sie das kalte Wasser in ihren Haaren spürte. »Okay, okay!«, schrie sie, schlüpfte aus ihren Flossen und rannte Kenny hinterher. Sie griff nach seiner Hand und gemeinsam stapften sie über den Meeresboden, eingehüllt in einen Lufttunnel, der ihnen den Weg wies.

Kurze Zeit später veränderte sich der Sand unter ihren Füßen und machte einem breiten Streifen aus feinkörnigerem rosa Material Platz.

»Denkst du, das ist eine Straße?«, fragte Kenny.

Kiyomi nickte. »Aus Korallensand. Sieht so aus, als ob sie durch den Felsen da vorne geht.«

Die Blase wummerte gegen den höhlenartigen Eingang einer niedrigen Klippe, erschauderte und quetschte sich hinein. Kenny machte sich bereit, eine Lichtkugel zu schaffen, was aber nicht nötig war, da der Tunnel mit biolumineszentem Plankton ausgekleidet und in ein leuchtendes blaues Licht getaucht war. Ein rötlicher Schimmer markierte das Ende des Tunnels. Als sie ihn erreichten und durch die Öffnung traten, tat sich vor ihren Augen eine Szenerie auf, die sie vollends in Staunen versetzte.

Weiter vorne, inmitten einer weitläufigen Ebene, ragte ein Palast aus weißen und roten Korallen in die Höhe, der mit seinen Türmchen und Turmspitzen, Zinnen und Balkonen, Fenstern und Bogengängen, Treppen und Winkelgängen wie ein Märchenschloss anmutete. Die Fassade war mit Intarsien aus Kristall übersät, die im Sonnenlicht glitzerten und das Blau des Ozeans mit ihrem Strahlenmuster verzierten. Überall wimmelte es von Meereswesen.

»Oh mein Gott«, flüsterte Kiyomi ehrfürchtig. »Das ist Ryugu-jo.«

»Ryu-was?«, erwiderte Kenny. »Du weißt, wo wir sind?«

»Das muss sein Palast sein.«

»Ich sehe selbst, dass es ein Palast ist«, wurde Kenny ungeduldig. »Aber wem gehört er?«

»Ryujin. Er ist der Herrscher der Meere.«

»Und? Ist das schlimm?«

»Er ist auch der König der Drachen.«

Vor Kennys innerem Auge tauchte der Drache Namazu auf, der Erdbebenbote und Zerstörer der Welten, mit dem er gekämpft und den er nur knapp bezwungen hatte.

Und jetzt sollte er auf Namazus Oberbefehlshaber treffen.

Die rosa Sandstraße endete an einem Treppenaufgang, der zu einem prächtigen Korallenbogen hinaufstieg und von zwei *gyojin* auf Riesenseepferdchen bewacht wurde. Kenny und Kiyomi blieben am Fuß der Treppe stehen.

Als das laute TA-TA-RA-TA-TA-TA-TA-RA-TA! einer Fanfare erklang, die von Fischmenschen auf unterschiedlich großen Meeresschnecken geblasen wurde, und auf dem oberen Treppenabsatz ein Schatten auftauchte, neigten alle Fische, Wale, Mollusken und Krebstiere ihre Köpfe.

Kiyomi, die sich ebenfalls verneigte, zog an Kennys Hand. »Los, verbeug dich!«, zischte sie. »Wir stecken auch so schon bis zum Hals in Schwierigkeiten.«

Kenny verfluchte im Stillen den Anzug, der an seinem Nacken klebte, und zwang seinen Oberkörper in eine ungeschickte Verbeugung.

»Seid willkommen, hochverehrte Gäste!«, tönte eine Stimme von oben. »Bitte erhebt euch doch, damit ich mich angemessen mit euch unterhalten kann.«

Kenny richtete sich auf und war überrascht, als er auf dem Treppenabsatz einen großen schlanken Japaner mittleren Alters erblickte. Er hatte lange rote Haare, die über seine Schultern fielen, und einen Oberlippenbart, dessen Spitzen bis zur Brust reichten. Er trug einen grün schillernden, mit Muscheln bestickten Kimono und seinen Kopf schmückte ein goldenes Diadem, das einen Drachen darstellte, der sich in den eigenen Schwanz biss.

»Bitte«, sagte er und winkte sie zu sich herauf. »Verzeiht meine schlechten Manieren, ich bekomme so selten Besuch. Mein Name ist Ryujin. Die Sterblichen nennen mich auch den Drachenkönig.« Die Luftblase geriet flimmernd in Bewegung und dehnte sich die Treppen hinauf aus. Kenny blickte Kiyomi an. Sie zuckte die Achseln und sie gingen los.

Als die Blase Ryujin erreichte, ließ er zu, dass sie ihn aufnahm, dann streckte er seinen Gästen beide Hände hin und führte sie in seinen Palast.

Kenny betrachtete staunend die Pracht in seinem Inneren. An den Decken schwebten Kronleuchter aus Licht spendenden Quallen, die Böden waren mit Perlmutt verlegt und gaben einen regenbogenfarbenen Glanz ab, aus den Wänden wuchsen kunstvoll gearbeitete Korallenskulpturen und hoch oben befanden sich Luken aus Kristall, durch die das Sonnenlicht hereinfiel. Fischdienstboten, manche von ihnen in Roben, wichen mit einem Fegen ihrer Schwänze aus, um ihrem König Platz zu machen.

Kenny wandte sich an den König. »Drachenkönig, hm? Ist das ein Spitzname oder so?«

»Lass dich von der menschlichen Gestalt nicht täuschen«, antwortete Ryujin mit einem verschmitzten Lächeln.

Kenny starrte ihn an. »Heißt das, Sie sind wirklich ein Drache?«

»Und der Herrscher der Meere.«

»Oh.«

»Ich habe schon viel von dir gehört, Kuromori.«

»Tatsächlich? Man soll nicht alles glauben, was einem erzählt wird«, murmelte Kenny.

»Oh, aber ich hörte es von Namazu – aus seinem Drachenmund, wenn du so willst. Er sagt, du seist ein formidabler Gegner, und dass es ein schwerer Fehler wäre, dich zu unterschätzen.«

»Ähm, ja, tut mir echt leid. Wie geht es ihm?«

»Er leidet immer noch unter Kopfschmerzen und sein linkes Auge will nicht mehr so recht. Doch davon abgesehen, würde er dich gerne wiedersehen.«

Von der Eingangshalle gelangten sie durch einen Flur in

ein großes Atrium, das eine Art Thronsaal zu sein schien, denn auf einem Podium stand ein riesiger Korallenstuhl. Zu seinen Füßen und im ganzen Saal verstreut tummelten sich alle möglichen Fische.

Ryujin setzte sich auf den Thron und bat seine Gäste, sich neben ihn zu stellen.

»Meine treuen Untertanen«, wandte er sich an die Menge und ließ den Blick durch den Saal schweifen. »Wie ihr seht, ist die Stunde der Erlösung gekommen.«

Durch die Membran drang gedämpft der Applaus der Fische, die mit ihren Flossen klatschten.

»Wir flehten die Götter um Hilfe an, und siehe da, sie haben uns erhört.«

Kenny und Kiyomi wechselten rasch einen Blick. In Kennys Kopf schrillten die Alarmglocken.

»Ich habe zu Ehren unserer geschätzten Gäste ein Festmahl angeordnet«, fuhr der König fort. »Erweist ihnen Hochachtung und erfüllt jeden ihrer Wünsche, denn morgen werden sie uns von dem großen Übel befreien, das über unser Reich gekommen ist.«

Wieder war das dumpfe Klatschen zu hören, bis die Meereswesen auf ein Zeichen des Königs mit zuckenden Schwänzen davonschnellten.

Ryujin bedachte seine Gäste mit einem strahlenden Lächeln und dehnte die Luftblase mit einem Winken seiner Arme auf die ganze Halle aus.

»Äh, Hoheit«, setzte Kenny an, »darf ich fragen, was Sie eigentlich mit ›Erlösung‹ und dem ›großen Übel‹ gemeint haben?«

Ryujin lachte leise. »Oho. Dir ist doch gewiss bekannt, warum ihr hier seid?«

»Also, nein, eigentlich nicht …« Kennys Blick flog zu Kiyomi, da er nicht wusste, wie er sich verhalten sollte. »Die, äh, Götter haben uns nicht eingeweiht.«

»So ist es, großer König«, fügte Kiyomi hinzu. »Es ist reiner Zufall, dass wir Ryugu-jo gefunden haben.«

»Aber nein«, antwortete Ryujin. »Eure Ankunft wurde vorausgesagt.«

»Bitte nicht«, murmelte Kenny in seinen Bart.

»Du bist Kuromori, der Auserwählte der Inari. Und das ist Harashima, die Mutter deiner künftigen Kinder.«

»Ha!«, lachte Kiyomi laut auf. »Welcher Idiot hat das denn vorhersagt?«

Kenny war rot wie eine Koralle geworden. »Genau. Ich finde das ein bisschen übereilt, ich meine …«

Ryujin ignorierte ihre Einwände. »Tatsache ist, ob zufällig oder nicht, hier seid ihr nun. Ihr wart zu keinem Zeitpunkt einer Gefahr durch meine *gyojin* ausgesetzt. Sie hatten strikte Order, euch hierherzulotsen, sobald ihr euch nahe genug an das Tor zwischen den Reichen gewagt hattet. So lange von euch keine Gefahr für sie ausging, durften sie euch nichts zuleide tun.«

»Das solltet Ihr dem Typ erzählen, der uns begleitet hat«, warf Kiyomi ein.

Ryujin zuckte die Achseln. »Er war unbedeutend. Ein echter Krieger hätte sich als würdig erwiesen, so wie ihr es tatet. Für Narren habe ich nichts übrig.«

»Ziemlich kaltschnäuzig«, konnte sich Kenny die Bemerkung nicht verkneifen.

»Ich würde gerne auf das ›große Übel‹ zu sprechen kommen«, sagte Kiyomi und schoss einen warnenden Blick auf Kenny ab. »Warum haben uns die Götter hierhergesandt?«

»Vater! Es schickt sich nicht, unsere Gäste ganz für dich allein in Anspruch zu nehmen«, machte sich eine sanfte weibliche Stimme bemerkbar.

Ein japanisches Mädchen glitt auf das Podest zu. Es sah aus wie sechzehn und trug einen schiefergrauen Kimono, der mit schimmernden Silbertupfen bedeckt war.

»Hochverehrte Gäste«, sagte Ryujin strahlend. »Darf ich euch meine geliebte Tochter Otohime vorstellen?«

Die Prinzessin verneigte sich vor Kiyomi und Kenny, die ihre Begrüßung erwiderten.

»Es ist lange her, seit wir Besuch aus der Oberwelt hatten«, sagte Otohime. »Und gewiss noch nie so hübschen.« Sie warf Kenny einen verschmitzten Blick zu, und als sie lächelte, tauchte auf ihrer Wange ein zauberhaftes Grübchen auf.

Kenny wurde knallrot. Die Prinzessin war so hübsch, dass er sich zwingen musste, sie nicht anzustarren, obwohl er nichts lieber getan hätte, und sei es nur, um sich zu vergewissern, dass sie keine Einbildung war.

Kiyomi verdrehte die Augen. »Männer«, murmelte sie.

Kenny wischte sich mit der Hand über die klamme Stirn. »Echt warm hier drin«, stammelte er.

»Das muss an deiner sonderbaren Kleidung liegen«, flötete Otohime und deutete auf den Neoprenanzug.

»Meine Tochter hat recht.« Ryujin klatschte in die Hände. »Ihr müsst euch für das Festmahl umziehen. So seht ihr aus wie zwei Robben und das könnte zu Missverständnissen führen. Meine Diener werden euch in eure Gemächer geleiten, wo ihr andere Kleidung vorfindet.«

Otohime hielt Kenny die Hand hin. »Ich begleite euch«, sagte sie. »Und helfe dir, die nassen Sachen auszuziehen.«

»Oh, das ist wirklich nicht nötig.« Kiyomi trat zwischen die beiden und hakte sich mit einem freundlichen Lächeln bei Kenny unter. »Wollen wir?«

Die Blase schrumpfte und das Atrium füllte sich wieder mit Wasser. Zwei Seebrassen mit arroganter Miene tauchten auf und schwammen durch die unter Wasser stehenden Flure voran, bis sie vor einer großen Jakobsmuschel anhielten. Als Otohime mit der Hand winkte, glitt die Muschel zur Seite. Dahinter schimmerte die Membran einer anderen Lufttasche. »Dieser Raum wurde für euch bewohnbar gemacht«, sagte sie. »Bitte.« Sie trat ein und schien sich mühelos zwischen Wasser und Luft zu bewegen.

Von dem geräumigen Zimmer, das größer war als ihre Wohnung in Tokio, gingen noch andere Räume ab. Die Einrichtung war exquisit: Eine erlesene Wohnlandschaft aus Seidendiwanen und niedrigen Polsterschemeln, großen Vasen aus feinstem Porzellan, Kissen und Wandbehängen und weichen Teppichen auf dem Boden.

»Kommt«, sagte Otohime und brachte sie in eines der anschließenden Schlafzimmer. Dort zog sie den Vorhang zu einer Garderobe mit kostbaren Gewändern, Roben und Kimonos auf. »Such dir etwas aus«, sagte sie an Kiyomi gewandt. »Und für dich, Kuromori-*san* ...«

Sie winkte ihn durch eine andere Öffnung in ein weiteres Schlafzimmer. Auf dem Bett lag ein dunkelblauer *kamishimo*-Anzug aus Seide, der mit silbernen und goldenen Bambusmustern bestickt war.

»Ich ließ ihn eigens für dich anfertigen«, sagte die Prinzessin. »Brauchst du Hilfe?«

»Ken-*chan* schafft das schon alleine«, sagte Kiyomi, die im Türrahmen aufgetaucht war. »Nicht wahr?«

»Klar«, brummte Kenny und zerrte an seinem Taucheranzug. »War ja auch total easy, das Ding anzuziehen.«

Otohime verneigte sich. »Ich warte vor der Tür auf dich, Kuromori-*san*. Wenn du fertig bist, zeige ich dir den Palast.«

»Hrrmp«, räusperte sich Kiyomi.

»Und dir, Harashima-*san*, schicke ich einen Arzt, er soll nach deiner Erkältung sehen.«

Zwanzig Minuten später rief Kiyomi: »Bist du angezogen?«

»Äh, ja.«

Als sie sein Zimmer betrat, brach sie in Gelächter aus. Kenny hatte es zwar geschafft, den Kimono und den Mantel darüber anzuziehen, aber die langen Bänder der weiten gefältelten Hose waren zu einem dicken Knäuel über seinem Bauch verknotet. »Keine Ahnung, wie man die richtig anlegt«, klagte er mit hochroten Ohren.

»Lass mich mal.« Kiyomi trug einen roten Kimono, der bei jeder Bewegung leise raschelte. Sie löste die *hakama*-Bänder und legte sie um Kennys Hüften, faltete sie gekonnt und verknotete sie. »Da, viel besser. Jetzt kannst du dein Date treffen.«

»Das ist nicht witzig.«

Kiyomi blickte ihn verstohlen an. »Aber du findest sie hübsch, oder?«

Kenny war sich nicht sicher, wie er darauf antworten sollte. »Schätze, sie ist ganz in Ordnung.«

Kiyomi lächelte. »Die Arme dürfte schon seit Ewigkeiten keinem ... *Männchen* mehr begegnet sein. Deshalb ist sie auch nicht wählerisch.«

»Hey!«

»Bleib einfach auf dem Teppich, mehr will ich nicht sagen. Ich finde sie sehr nett und wahrscheinlich ist es gar nicht schlecht, wenn du sie besser kennenlernst und herausfindest, was sie von uns wollen. Und falls sich die Gelegenheit ergibt, frag sie auch gleich nach dem Juwel.«

Kenny wollte die Hände in seine Taschen stopfen, musste aber feststellen, dass er keine hatte. »Ist das alles? Du bist nicht ... eifersüchtig ... oder so?«

»Auf eine Schildkröte?« Kiyomi lachte über Kennys erschrockenen Gesichtsausdruck. »Was? Hast du das Muster auf ihrem Kimono nicht erkannt? Sie hat uns hierhergebracht, du Flasche.«

Kenny beschloss, das Thema zu wechseln. »Und du? Was machst du in der Zwischenzeit?«

Kiyomi kniete sich hin und hob den Tauchcomputer und die Anzeigeeinheit auf, die auf Kennys Anzug lagen. »Ich überlege mir, wie wir hier wieder rauskommen.«

»Das klingt ja fast so, als wären wir Gefangene.«

»Was denn sonst? Lass dich von dem ›Hochverehrte Gäste‹-Quatsch nicht täuschen. Ken-*chan*, wir stehen unter Daueraufsicht, und ohne Ausrüstung schaffen wir es nicht zur Oberfläche zurück. Wir sitzen hier in der Falle und die Uhr tickt.«

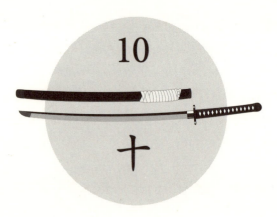

Prinzessin Otohime hielt Kenny an der Hand und tat das mit so erstaunlicher Kraft, dass Kenny nicht sicher war, ob er sich losreißen könnte, selbst wenn er es wollte. In Wirklichkeit fühlte er sich in ihrer Gesellschaft aber wohl: Sie war lebhaft und quirlig, hatte ein ansteckendes Lachen und einen scharfen Verstand.

Sie hatten auf einem Balkon mit Aussicht auf grüne Wiesen und bunte Blumenbeete gestanden, von dem sie ihn gerade wieder fortzog. »Schließ die Augen«, sagte sie, während sie durch einen langen Flur liefen. Da die Luftblase sie überallhin begleitete, waren die Palastdiener, mehrheitlich Fische, gezwungen, entweder kehrtzumachen und Fersengeld zu geben oder sich in die erstbeste Nische zu drücken, bis sie vorüber waren. »Und ja nicht mogeln!«

»In Ordnung.« Kenny schloss die Augen und ließ die durch seinen Kopf schwirrenden Eindrücke vom Palast Revue passieren. Er hatte herrschaftliche Räume gesehen, prächtige Säle und Galerien, eine stattliche Bibliothek, das Trophäenkabinett, einen Konzertsaal, ein Museum, den Rathaussaal – und alles war so exquisit eingerichtet wie ihre Gemächer.

Der Korallenpalast, der um einen großen quadratischen Innenhof herum gebaut war, wirkte, als wäre er auf organische Weise aus dem Meeresboden gewachsen. Alles war voller Leben, angefangen von winzigen Anemonen bis hin zu Riesenkrabben, und die äußeren Palastgründe wurden von weitläufigen Gärten eingenommen, die bis an die Festungsmauern reichten. In der Ferne erstreckte sich sogar ein Gebirge mit hohen Gipfeln.

»Du darfst jetzt die Augen öffnen.«

Kenny schlug sie auf und war so verblüfft, dass er blinzelte. Wieder stand er auf einem Balkon mit Blick auf die Palastgründe und Bäume jeder erdenklichen Sorte, die zum Teil in der Strömung hin und her schwangen, während andere, die Kenny nur vom Festland kannte, in Luftkissen verpackt waren. Doch das Erstaunlichste waren die Eiskristalle, die zu Boden fielen.

»Ist das …? Schneit es hier etwa?«

»Ja. Ist das nicht wunderschön? Und so romantisch.«

»Aber … da hinten«, sagte Kenny und deutete in die

Richtung, aus der sie gekommen waren, »da war doch eben noch Sommer.«

»Das ist richtig. Jede Palastseite blickt auf eine andere Jahreszeit. Im Osten ist es Frühling. Und hier haben wir das ganze Jahr hindurch *sakura*.«

»Und nach Westen hin ist es Herbst? Wow.«

»Du kannst das ganze Jahr jedes Obst essen, nach dem dir der Sinn steht – frisch gepflückt.« Doch jetzt senkte sie den Blick und ihre Stimme wurde leiser. »Ich habe viele Tage damit zugebracht, durch diese Gärten zu wandeln.«

»Du klingst traurig. Ich dachte, du liebst diesen Ort.«

Otohime berührte Kennys Wange. »Kuromori-*san*, wie nett von dir, dass du danach fragst. Ich bin glücklich hier, es ist nur … ich habe niemanden, mit dem ich mein Glück teilen kann.«

Als Kenny betreten den Blick abwandte, nahm er im Augenwinkel eine Bewegung wahr. Um besser sehen zu können, beugte er sich über die Balkonbrüstung, und tatsächlich, jenseits der Festungsmauern, am Fuß der Berge, türmten sich Schlammwolken auf.

»Ist das eine Lawine?«, fragte er und meinte plötzlich, eine im Licht glitzernde Oberfläche zu erkennen, die mit dem Erdrutsch den Hang herunterglitt. Wegen des vielen Gerölls war er sich nicht sicher, aber es sah so aus, als steuerte das Ding auf den Palast zu. »Was ist das?«

»Das ist der Grund, warum du gekommen bist, Kuromori-*san*.« In Otohimes Blick leuchtete Hoffnung auf.»Es ist das Böse, das du bezwingen sollst.«

Selbst aus dieser Entfernung konnte Kenny deutlich erkennen, wie ungeheuer groß das Wesen war.»Das ist jetzt nicht dein Ernst ...«

Kiyomi kniete auf ihrem Bett und schaltete den Tauchcomputer ab. Damit maß man üblicherweise die Dauer und Tiefe eines Tauchgangs und überprüfte den Luftverbrauch, um die Druckentlastung beim Auftauchen steuern zu können und nicht an Dekompression zu erkranken; allerdings herrschten hier unten völlig andere Bedingungen.

Sie befanden sich auf dem Grund des Meeres und müssten sich über die Dekompression keine Gedanken machen, solange sie in der Luftblase blieben. Sollten sie jedoch einen Fluchtversuch wagen, bei dem sie möglichst rasch zur Oberfläche zurückmüssten, wäre das das reinste Himmelfahrtskommando. Ryujin hatte sie in der Hand.

Ein lautes Pochen an der Tür unterbrach sie in ihren Überlegungen.»Ken-*chan*? Das ging ja schnell.« Sie stand auf, um zu öffnen.

Beim Anblick der im Flur hockenden riesigen Fischgestalt, die sie mit schwarzen kleinen Augen, einem offen stehenden Maul und der spitz zulaufenden Schnauze anstarrte, machte sie vor Schreck einen Satz in die Luft, vollführte einen Rückwärtssalto, trat mit dem Fuß eine Chaiselongue um und ging mit einer Obstschale in der Hand in Deckung. Die ganze Zeit über verwünschte sie den Kimono, der sie bei ihren Bewegungen behinderte.

»Wartet! Ich will Euch nichts Böses!«, sagte der Hai-*oni* mit tiefer Stimme. Er fiel auf die Knie und neigte den Kopf bis zum Boden.

»Sekunde«, meinte Kiyomi und stellte die Schüssel ab. »Dich kenne ich doch.«

»Ja«, sagte das Ungeheuer. »Als ich versuchte, euch zu töten, hat Kuromori mich verschont. Ich stehe mit meinem Leben in seiner Schuld.«

Kiyomi kam näher und betrachtete den Hai-*oni* durch die Lufttasche. »Hast du damals nicht gesagt, sie würden dich töten, wenn du deinen Auftrag nicht erfüllst?«

»Ja. Deshalb bin ich nach Ryugu-jo gekommen. Ich musste mich verstecken.«

»Was willst du?«

Der Hai-*oni* hob den Kopf und blickte sich rasch nach beiden Seiten um. »Kuromori ist in großer Gefahr«, flüsterte er. »Ich komme, um ihn zu warnen.«

»Er ist nicht hier. Aber ich kann es ihm ausrichten.«

Die Kiemenspalten des *oni* flatterten vor Aufregung. »Ich spreche nur mit Kuromori.«

»Wie du willst.« Kiyomi machte Anstalten, die Tür zu schließen.

»Warte!« Er schüttelte traurig den Kopf. »Ryujin ist kein guter König. Er hat keine Ehre und ist so launisch und wankelmütig wie das Meer. Still an einem Tag, stürmisch am nächsten. Ihr dürft ihm nicht trauen. Er wird euch verraten.«

»Das ist zwar nichts Neues, aber danke«, sagte Kiyomi. Dann fiel ihr etwas ein. »Du bist schon länger hier. Kennst du einen Ausgang? Irgendeine Abkürzung, eine geheime Passage? Ein Palast von dieser Größe kann nicht nur einen Eingang haben.«

»Das weiß ich nicht, aber ich will es herausfinden.« Der Hai-*oni* stand auf und verneigte sich.

»Moment noch«, sagte Kiyomi. »Wie heißt du?«

»Kakichi.« Er zuckte mit dem Schwanz und war weg.

Otohime kehrte mit Kenny zurück, erklärte ihm und Kiyomi, dass das Festmahl in Kürze beginnen würde, und zog sich mit einer Verbeugung zurück. Sie war kaum gegangen, als Kiyomi ihm von dem Hai-*oni* und seiner Botschaft erzählte.

»Können wir ihm trauen?«, fragte Kenny.

»Nicht mehr als sonst jemandem hier«, erwiderte Kiyomi. »Aber er ist ein Außenseiter wie wir und er schuldet dir sein Leben. Das zählt etwas.«

»Mag sein.« Kenny ging auf dem dicken Teppich auf und ab.

»Wie war dein Date? Konntest du etwas herausfinden?«

Kenny machte eine verdrießliche Miene. »Dieser Ort ist riesengroß. Und es gibt so viele erstaunliche Dinge zu sehen, dass du dein ganzes Leben damit zubringen könntest, dir alles anzuschauen, und es würde trotzdem nicht reichen.«

Kiyomi zuckte mit den Schultern. »Logisch. Siebzig Prozent der Erdoberfläche liegt unter Wasser. Und wenn du alle Schiffe zusammenzählst, die im Laufe der Zeit gesunken sind, dann weißt du auch, woher sie die Ausstattung haben.« Kiyomi strich mit den Fingern über den Seidenbezug des Diwans, auf dem sie saß.

»Ich weiß jetzt auch, dass Ryujin eine Vorliebe für Edelsteine hat: Smaragde, Rubine, Diamanten, Saphire – alles, was glänzt. Kann angeblich nicht genug davon kriegen.«

Kiyomis Augen blitzten. »Hast du sie gesehen?«

»Nein, das gehörte nicht zum Rundgang.«

»Was noch?« Kiyomi konnte Kennys Unbehagen deutlich spüren. Dieses Auf- und Ablaufen war untypisch für ihn.

»Ich weiß, warum sie uns hergebracht haben.«

Kiyomi richtete sich auf.

»Wegen so einer gigantischen Kreatur, die den Palast angreift und jeden Tag ein Stück näher kommt. Ryujins Armee hat schon mehrmals versucht, das Ding zu erledigen, aber seine Soldaten konnten es nur ein wenig aufhalten. Bis morgen soll es hier sein. Ich hab es gesehen – es ist groß.«

Kiyomi stand auf und legte ihre Hände auf Kennys Schultern. »Wie groß?«

Kenny lächelte schwach. »Erinnerst du dich an Namazu?«

»Was?« Kiyomi sah ihn erschrocken an. »Aber ... er war über einen Kilometer lang.«

»Genau. Das Ding ist sogar noch größer.«

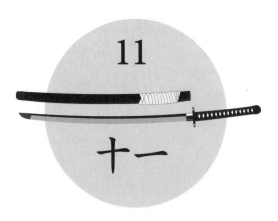

11

»Ich dachte, das soll eine Party sein«, murmelte Kenny, als er und Kiyomi ihrer Seebrassen-Eskorte zum Thronsaal folgten. Musikfetzen drangen in die Luftblase. Sie schienen von einer anderen Welt zu sein und klangen entschieden düster. Vor einem hell erleuchteten Bogengang blieben sie stehen.

»Edle Lords, Ihr Damen, geschätzte Hermaphroditen!«, verkündete ein stattlicher Seekuckuck. »Ich habe die große Ehre, euch unsere hochverehrten Gäste – nein! – unsere ersehnten Retter von der Oberwelt vorzustellen. Die Götter selbst haben sie uns geschickt: die lebende Legende Kuromori Ken und seine, äh, Assistentin.«

Kiyomis lautstarker Protest ging im Applaus und Jubel unter, mit dem sie in Empfang genommen wurden.

Prinzessin Otohime verneigte sich, nahm Kennys Hand

und geleitete ihn zur Plattform, wo sie ihn aufforderte, sich auf ein Kissen neben sie zu knien. Der Beifall wurde noch stärker. Ryujin blickte Kiyomi an und tätschelte ein Kissen neben sich. Sie ging zu ihm und zwang sich zu einem angespannten Lächeln.

Im brechend vollen Saal hatte sich eine bunte Vielfalt aufgeregt zappelnder Meerestiere versammelt, die einander schubsend und rempelnd nach vorne drängten, um einen Blick auf die beiden Besucher zu erhaschen. Sie drückten mit spitzen Fischmäulern gegen die Membran und an anderen Stellen war der Tumult so groß, dass sich die Luftblase bedrohlich nach innen wölbte.

Als Ryujin ein schallendes »Genug!« bellte, kehrten augenblicklich alle auf ihre Plätze zurück. Es war beeindruckend zu sehen, wie sie im Wasser Reihen und Kolonnen bildeten und den gesamten Raum ausfüllten.

Die Musik setzte wieder ein. Gespielt wurde sie von einem kleinen Orchester, bestehend aus einem Kraken, der mit Schlagstöcken auf Muscheln und Wurmschnecken trommelte und mit den anderen Tentakeln Rasseln und Ratschen schwang, einem Bläserquintett aus Kugelfischen, die mit aufgeblähten Backen in Meeresschnecken bliesen und blecherne Klänge erzeugten, und einem Rochenchor, dessen Mitglieder wie die Orgelpfeifen der Größe nach aufgestellt waren und ein Klangspektrum von tief dröhnend bis schrill trillernd erzeugten.

Bei ihrem Anblick konnte Kenny sich das Lachen nicht verkneifen.

»Was erheitert dich so?«, fragte Otohime und legte eine Hand auf seine.

»Das erinnert mich an einen Zeichentrickfilm.«

Otohime lächelte höflich, denn sie hatte keine Ahnung, wovon er redete.

Kurz darauf begann das Festmahl. Ein Schwarm Teufelsrochen mit Muschelplatten voller Speisen auf dem Rücken schwebte herein und verteilte sich im Saal. Als ein Diener einen Teller vor Kenny hinstellte, war er überrascht, neben kleinen Schalen mit Lachseiern und Seetang *sashimi* serviert zu bekommen.

Ryujin saß mit erhobenen Stäbchen da und lächelte ihn erwartungsvoll an. Erst jetzt bemerkte Kenny, dass die Blicke aller Anwesenden auf ihn gerichtet waren.

»Kuromori-*san*«, flüsterte Otohime, »der Brauch will es, dass der Gast als Erster von den Speisen kostet. Niemand nimmt einen Bissen zu sich, ehe du es nicht tust.«

»Aber das ist doch Fisch«, stammelte Kenny entsetzt. »Ich kann das nicht essen, wenn mir alle dabei zusehen. Ich meine, das könnte ja der Cousin von jemandem sein oder so.«

»Essen die Bewohner der Oberwelt denn nicht ihre Cousins?«

»Nein! Was denkst du denn …«

»Säugetiere sind doch auch eine Familie. Die Menschen essen Säugetiere, so wie Fische andere Fische essen.«

»Hm, so gesehen.« Kenny schluckte. »Also gut: *Itadakimasu*.« Er nahm ein Stück rosafarbenes *sashimi* und schob es sich in den Mund.

Im Saal brandete Jubel auf und dann langten alle zu und das Mahl nahm seinen Lauf.

»Majestät, darf ich Sie etwas fragen?«, wandte sich Kenny mit leiser Stimme an Ryujin. »Diese Kreatur, die Ihr Königreich bedroht – was genau ist sie? Warum können Sie nicht … ich meine, Sie sind ein Drache und der König der Meere. Sicherlich …«

Ryujin legte seufzend seine Stäbchen beiseite. »So stimmt es also, was man sich über deine legendäre Weisheit erzählt, Kuromori-*san*.«

Kiyomi, die sich beinahe verschluckt hätte, verbarg ihr Gesicht hinter einer Serviette.

»Die Götter sind in der Tat klug und weise«, fuhr Ryujin ungerührt fort. »Alles ist im Gleichgewicht. Licht und Dunkel, Wasser und Feuer, *yin* und *yang*. Um zu verhindern, dass die Drachen allmächtig wurden und anstelle der Götter die Herrschaft über die Welt übernahmen, schufen sie auch für uns einen Ausgleich: ein Ungeheuer, das so schrecklich ist, dass selbst wir es nicht besiegen können.«

»Warum nicht?«

»Sein Panzer ist hart wie Eisen, es hat ein Maul, mit dem es Felsen zermalmt, doch vor allem speit es ein so tödliches Gift, dass kein Wesen dagegen gewappnet ist.«

»Wenn es ihm gelingt, die Außenmauer zu durchbrechen«, sprach nun Otohime, »wird es alles zerstören.«

»Die Elite meiner *gyojin*-Truppen schwärmt Tag für Tag aus, um es aufzuhalten, aber ihre Reihen sind inzwischen stark gelichtet«, sagte Ryujin. »Die wenigen, die mir noch geblieben sind, werden dich begleiten.«

»Es muss aber auch eine Schwachstelle haben«, sagte nun Kiyomi, die sich wieder gefasst hatte. »Eben weil alles im Gleichgewicht ist.«

»So ist es«, antwortete Ryujin. »Dieses Ungeheuer hat nur einen Feind, der in der Lage ist, es zu bändigen.«

»Und der wäre?«

»Der Mensch selbstverständlich.«

»Ich hab gewusst, dass er das sagen würde«, brummte Kenny.

»Wie viel Zeit bleibt uns?«, fragte Kiyomi.

»Bis zum Morgen wird es die Festungsmauern erreicht haben. Wir werden ihm entgegenreiten.«

»Wenn es uns gelingt und wir das Ungeheuer stoppen –«, setzte Kiyomi an.

»Dann soll Kuromori-*san* meinen größten Schatz zum Geschenk erhalten.«

»Und ich? Was bekomme ich?«

Ryujin sah sie überrascht an. »Dir wird die Ehre zuteil, Kuromoris Banner zu tragen. Gibt es etwas Größeres?«

»Ha! Ist ja super, aber danke, nein«, sagte Kiyomi. »Hört zu: Ken-*chan* kann ohne meine Hilfe gerade mal seine Schuhe selbst binden.«

Kenny nickte.

»Wenn wir das übernehmen, dann will ich meine eigene Belohnung: den *Yasakani no Magatama*, das Juwel des Lebens. Ich weiß, dass Ihr es habt.«

Ryujins Miene verfinsterte sich. »Kommt überhaupt nicht infrage.«

»Wie Ihr wollt. Dann helfen wir Euch eben nicht. Ihr seid auf Euch gestellt und wir lassen es darauf ankommen.«

»Eher lasse ich euch sterben.« Die Luftblase wölbte sich zitternd nach innen, als würde sie jeden Moment in sich zusammenfallen.

»Vater!« Otohime legte eine Hand auf seine Faust. »Es ist ein geringer Preis für unser Königreich. Was ist da schon ein Stein?«

»Na schön«, sagte Ryujin mit harter und eiskalter Stimme. »Einverstanden.«

Das Festmahl ging mit einer märchenhaften Auswahl an frischem Obst zu Ende.

Als Kenny aufstand, griff Otohime nach seinem Arm und blickte ihn verträumt an.

»Kuromori-*san*, ich habe ein Gedicht für dich verfasst, ein *haiku*. Möchtest du es hören, bevor du morgen in die Schlacht ziehst?«

»Ich, äh … klar, warum nicht?«

Otohime zog eine winzige Schriftrolle aus dem Ärmel ihres Kimonos und las:

»*Haar wie Meeressand,*
die Augen tiefblau – er stiehlt
süß lächelnd mein Herz.«

Kiyomis Augen weiteten sich und sie wurde rot vor Anstrengung, nicht in Gelächter auszubrechen.

»Wow, danke«, sagte Kenny. »Das ist … hübsch.«

Otohime strahlte ihn an, während Kenny dachte, vor Scham im Boden versinken zu müssen.

Als sie wieder in ihren Gemächern waren, konnte Kiyomi beim Gedanken an Kennys peinlich berührte Miene nicht mehr an sich halten und wieherte los.

»Das ist nicht witzig«, fuhr Kenny sie an.

»Doch, ist es! Mann, du bist noch schlimmer als James Bond – ziehst die Frauen an wie die Schmeißfliegen.«

»Aber ich will doch gar nichts von ihr«, protestierte Kenny. Dann beschloss er, das Thema zu wechseln. »Woher wusstest du, dass Ryujin das Juwel hat?«

»Weil es auf der Hand liegt. Er rafft alles an sich, was das Meer hergibt, und er ist verrückt nach Edelsteinen. Außerdem hat uns der Spiegel das Tor auf dem Meeresboden gezeigt und uns hierhergelotst.«

»Er wird auf jeden Fall versuchen, uns reinzulegen. Der Hai-Typ hat recht, wir dürfen ihm nicht trauen.«

»Natürlich nicht. Aber darüber zerbrechen wir uns den Kopf, wenn es so weit ist. Wir müssen uns was einfallen lassen, wie wir das Monster erledigen.«

»Ja, klar. Der Drachenkönig mit seiner ganzen Armee ist machtlos gegen dieses Monster, aber wir, wir schaffen das ... oh Mann, wir sind so was von tot.«

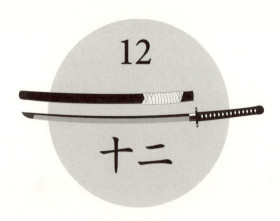

12

Am nächsten Morgen summte der Palast von den Vorbereitungen für die Schlacht.

In einem der weitläufigen Säle, der zu einer behelfsmäßigen Waffenkammer umfunktioniert worden war, tummelten sich *gyojin*-Krieger in Rüstung. Sie nahmen ihre Speere von den Gestellen und suchten sich aus Kisten und Schränken noch andere Waffen aus.

»Ist das alles?«, fragte Kiyomi aus dem Inneren der Luftblase. »Irgendwann muss doch auch mal eine Stinger-Rakete über Bord gegangen sein.«

»Die alten Waffen haben uns stets gute Dienste erwiesen«, brummte ein Soldat in ihrer Nähe. »Schusswaffen taugen unter Wasser nichts.«

»Nicht mal ein klitzekleiner Torpedo?«, fragte Kiyomi hoffnungsvoll.

»Harashima-*sama*, seid Ihr sicher, dass Ihr keine Rüstung anlegen wollt?«, fragte ein anderer *gyojin* mit skeptischem Blick auf Kiyomis Tauchanzug.

»Ja«, antwortete sie und schnallte sich ein Paar *katana* um. »Wir müssen uns schnell und ungehindert bewegen können. Außerdem glaube ich nicht, dass eine Rüstung in diesem Fall hilft.«

Als Ryujin den Raum betrat, nahmen die Krieger Haltung an. Auch er hatte sich für die Schlacht umgezogen, trug aber nur eine zeremonielle Rüstung.

»Wie stehen die Vorbereitungen?«, wandte er sich an Kenny, als er in der Luftblase war. »Hast du alles, was du brauchst?«

Kenny kratzte sich am Kopf. »Ich habe Kusanagi. Ich brauche aber auch ein Transportmittel.«

»Dafür ist gesorgt, es erwartet dich. Meine Kundschafter halten Wache und erstatten Meldung, sobald sich die Bestie in Bewegung setzt.«

Prinzessin Otohime kam durch einen anderen Eingang herein. Auch sie trug eine Rüstung, die oft getragen und ramponiert aussah. »Harashima-*san*, ich habe gefunden, worum du gebeten hast«, sagte sie und reichte Kiyomi eine kleine Holzschachtel.

»Danke.« Kiyomi öffnete die Schachtel und entnahm ihr zwei in braunes Packpapier gewickelte Blöcke mit der Aufschrift *C4 Hochexplosiv*. »Perfekt.«

»Und hier ist der *yumi*«, erklang die tiefe Stimme Kakichis. Der Hai-*oni* hielt ihr einen über zwei Meter langen Bogen und einen Köcher mit Pfeilen hin.

Kiyomi nahm den Bogen, wog ihn in der Hand und zog mehrmals an der straff gespannten Hanfschnur. Sie nickte anerkennend.

»Etwas muss ich noch für euch tun«, sagte Otohime und winkte mit der Hand. Die lebenserhaltende Blase teilte sich und schrumpfte, bis sie sich wie ein eng anliegender Kokon um die beiden Menschen gelegt hatte.

»Okay«, meinte Kenny an Kiyomi gewandt. »Was haben wir? Eine Handvoll Krieger ... mich und Kusanagi ... dich und ein paar Schwerter und einen Bogen ...«

»Und mich«, sagte Kakichi und strich sich über die Brust.

»Auch ich kämpfe an Kuromoris Seite, um mein Reich zu schützen«, fügte Otohime hinzu.

»Nein!«, bellte Ryujin. »Das verbiete ich. Es ist viel zu gefährlich.«

»Aber Vater, wir werden ohnehin alle sterben, wenn –«

»Hoheit, es ist so weit! Es ist da!«, stieß ein keuchender Schwertfisch an der Tür hervor. »Begebt Euch in Sicherheit.«

»Bring uns hin!«, rief der Anführer der *gyojin*. Die Krieger schlossen sich ihm an und folgten dem Kundschafter.

Kakichi legte seine Arme um Kiyomi und Kenny und

fegte mit ihnen davon. »Hier entlang sind wir schneller«, sagte er, während sie durch Korridore und Flure zum Haupteingang flitzten, wo er sie auf dem oberen Treppenabsatz wieder absetzte.

»Oh nein!«, stieß Kiyomi hervor, als ihr Blick auf die Schlammwolke fiel, die sich vor ihren Augen auftürmte und wie ein wabernder Pilz aus vulkanischer Asche den Horizont verdeckte. Sie war noch gut zwanzig Kilometer entfernt, kam aber rasch näher. In den schlammigen Schwaden regte sich etwas und schrie schrill vor Wut.

Kiyomi wandte sich an Otohime, die neben ihnen aufgetaucht war. »Dieses Ding – atmet es Luft?«

»Ja«, antwortete die Prinzessin. »Es ist vor einer Woche dem Meeresboden entstiegen und es gibt nichts, das ihm etwas anhaben kann.«

»Eure Reittiere«, sagte Kakichi und wies auf zwei schlanke silbergraue Gestalten mit spitzen Nasen und lächelnden Mäulern. Jeder der beiden Delfine war mit einem einfachen Sattel ausgestattet, der sich hinter der Rückenflosse befand, das Zaumzeug und die Zügel waren aus Seetang.

»Darf ich vorstellen«, sagte Otohime und streichelte die beiden. »Shachi und Iruka. Sie haben sich freiwillig gemeldet.«

Kenny wandte den Kopf noch einmal zum Palast um. Ihm schien, als hätte sich das Unterwasserkönigreich bis hin zu seinem letzten Bewohner versammelt. Das Leben jedes Einzelnen von ihnen lag nun in ihren Händen.

Kiyomi drückte ein letztes Mal seine Hand, dann stiegen die *gyojin* auf ihre Haie.

»Sind wir bereit, unsere Ahnen zu treffen?«, schrie der Anführer. »Unser Heim zu schützen und dafür zu sterben? Dann los!« Die Fischmänner flogen auf ihren Haien durch einen Bogengang davon und dem Monster entgegen.

Kenny setzte sich mit verkrampftem Magen auf seinen Delfin und gab ihm die Sporen. Shachi schoss beinahe senkrecht den Treppenaufgang hinunter und folgte den Haien ins offene Meer hinaus. Kenny, der sich an die Zügel aus Seetang klammerte, als hinge sein Leben davon ab, behielt die Punkte im Auge, die sich silbern gegen die bedrohliche Wolke abhoben. Kiyomi war rechts von ihm, Kakichi zu seiner Linken und hinter ihnen folgte eine gepanzerte Riesenschildkröte – Otohime.

Die in der Schlammwolke aufschäumenden Wellen und das nächste markerschütternde Kreischen waren das Signal, dass die Schlacht begonnen hatte.

»Pass auf!«, schrie Kiyomi. »Von rechts!«

Kenny riss die Zügel in dem Moment herum, als ein riesiger Schatten aus der Wolke geschleudert wurde und in seine Richtung trudelte. Er sah aus wie ein grauer Felsen von der Größe eines U-Boots. Shachi duckte sich und wich dem Geschoß blitzschnell aus.

Kenny warf einen Blick zurück und zuckte zusammen, als er realisierte, dass es sich bei dem Felsen um die vordere Hälfte eines Pottwals handelte. Was für ein Monster war imstande, einen Wal in zwei Hälften zu zerbeißen? Die Antwort ließ nur den Bruchteil einer Sekunde auf sich warten, denn plötzlich riss die Wolke auf und aus dem Schlamm barst ein Schädel, der direkt aus der Hölle zu kommen schien. Zwei aus der Stirn ragende Hörner bogen sich nach hinten, die kleinen Augen glühten vor Hass und aus dem aufgerissenen Schlund ragten gewaltige Fangzähne, während der gepanzerte Segmentkörper nach oben stieg wie eine in Rage versetzte Kobra.

Shachi wich dem Ungeheuer mit einem pfeilschnellen Schwenk aus. Es stürzte sich auf den toten Wal und riss ihn in Stücke. Kenny lenkte seinen Delfin in einem großen Bogen um das Biest herum, um sich ein Bild von seiner Größe zu machen. Sein Segmentkörper erstreckte sich wie ein extrem langer Zug über einen Kilometer, doch anstelle von Rädern hatte es mächtige drahtige Beine, die paarweise unter seinem Rumpf hervorragten.

»Das ist ein *mukade*!«, rief ihm Kiyomi zu. »Ein Riesentausendfüßer!«

Die *gyojin* griffen das Monster von allen Seiten an. Eine Gruppe schlug mit Äxten auf die Vorderbeine ein, während eine andere über dem Kopf dahinschoss und ihn mit ihren Speeren attackierte. Als die scharfen Spitzen an ihm abprallten, riss das Monster mit nach hinten gerecktem Schädel das Maul auf und offenbarte seine Unterseite.

»Zieht euch zurück!«, schrie Kenny. »Zurück!«

Doch es war sinnlos. In ihrem Eifer, dem Ungeheuer einen entscheidenden Schlag zu versetzen, konzentrierten die *gyojin* ihre Attacke auf den Hals, nur um festzustellen, dass ihre Waffen gegen die gepanzerte Haut machtlos waren. Das Monster spürte ihren Bewegungen mit seinen langen Antennen nach, schnappte blitzschnell nach allen Seiten und machte mit den Kriegern und ihren Haien kurzen Prozess.

»Wir müssen ihnen helfen!« Kenny rief Kusanagi und lenkte Shachi abwärts zu den mächtigen Beinen. Otohime folgte ihm, Kiyomi und Kakichi schossen aufwärts zu dem gewaltigen Schädel.

Der endlos lange Körper flog mit schwindelerregender Geschwindigkeit an ihm vorbei, aber Kenny hatte nur Augen für den Wald an Beinen, die den Meeresboden aufwühlten. Auf sein Kommando schwamm Shachi unter das Biest und im Slalom um die Gliedmaßen herum, während Kenny sein Schwert schwang und auf sie einhieb.

KLACK-KLACK-KLACK-KLACK! Zu seinem Entsetzen prallte selbst die Klinge des Himmelsschwerts an den baumstammdicken Beinen ab.

Zweihundert Meter höher folgte Kiyomi auf Iruka dem Rücken der Kreatur zu seinem albtraummäßigen Schädel.

Sie legte einen Pfeil auf ihren Langbogen, spannte ihn und wartete, bis sie über der Stelle war, aus der die Antennen wuchsen. Sie zielte auf die winzigen Augenflecke direkt dahinter und ließ los. Der Pfeil prallte einfach ab ...

Der *mukade* spuckte den Hai aus, den er gerade zermalmte, wandte sich dem fliehenden Delfin zu und schnellte ihm mit zuckenden Antennen hinterher.

Kenny musste sich festhalten, als Shachi mit einem unvermuteten Schwenk nach Iruka Ausschau hielt.

Kiyomi warf einen Blick zurück. Die entsetzlichen Fangzähne waren direkt hinter ihr. »Nein!« Sie zerrte an den Zügeln und verriss ihren Körper, als die Spitze des Zahns herunterkam und haarscharf an ihr und dem Delfin vorbeischnitt. Der Tausendfüßer wartete kurz, sorgte für einen besseren Halt auf seinen Beinen und wollte gerade wieder angreifen, als ihm eine dunkle Masse mitten ins Gesicht flog. Unter dem Aufprall der Lederrückenschildkröte geriet er kurz ins Wanken, doch dann schleuderte er Otohime mit einem raschen Ruck seines Kopfs von sich und riss das Maul auf.

»Pass auf!«, schrie Kakichi und warf sich auf Kiyomi.

Das Maul der Kreatur spie zwei violette Giftstrahlen auf Iruka. Der Hai-*oni* stieß Kiyomi mit der Schulter aus dem Sattel, packte sie am Bein und schnellte mit ihr aus der Schusslinie. Iruka hatte nicht so viel Glück.

Kenny musste mit aller Kraft an den Zügeln zerren, um

Shachi daran zu hindern, näher heranzuschwimmen. Mit Schrecken sah er zu, wie sich der getroffene Delfin vor seinen Augen in Luft auflöste.

Der *mukade* riss das Maul zu einem triumphierenden Kreischen auf und setzte seinen stampfenden Marsch auf den Palast fort.

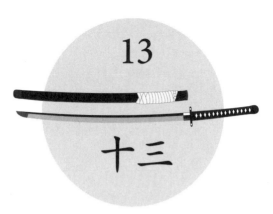

13

»Das ist vollkommener Wahnsinn!«, brach es aus Kenny hervor, der die Tränen nur mit Mühe zurückhalten konnte. »Wir können ihn nicht aufhalten.«

Er stand in einer der Dellen, die die Beine des Tausendfüßers hinterlassen hatten, und wagte es kaum, den Blick zu heben, denn überall lagen die Gefallenen von Ryugu-jo: tote Haie, zerfetzte Wale und Riesenkraken, *gyojin*.

Kiyomi, Shachi, Kakichi und Otohime, die wieder ihre menschliche Gestalt angenommen hatte und mit blauen Flecken übersät war, duckten sich aneinandergedrängt in den Schatten der hoch aufragenden Wolke aus Schlamm und Schlick, die der *mukade* hinter sich herzog.

»Es muss einen Weg geben«, sagte Kiyomi. »Du hast Ryujin gehört. Die Götter sind nicht blöd. Es gibt auch für diesen Mistkerl einen Ausgleich. Wir müssen nur –«

»Und mich nennst du stur?«, rastete Kenny jetzt aus. »Wir sind gerade besiegt worden, falls du es nicht bemerkt hast. Nichts funktioniert. Das Schwert kann ihm nichts anhaben. Dein Pfeil traf ihn ins Auge und ist einfach abgeprallt. Er spuckt Säure. Was bleibt uns noch?«

»Das weiß ich auch nicht, aber es muss etwas geben.«

»Harashima-*san* hat recht«, polterte Kakichi. »Wir dürfen nicht aufgeben. Zu viele sind gestorben.«

»Kuromori-*san*«, sagte Otohime. »Du wurdest nicht ohne Grund hierher gesandt. Ich weiß, dass du das Monster besiegen kannst. Das Überleben meines Volks hängt davon ab.«

Kenny seufzte. »Also gut. Ist ja nicht so, als hätte ich gerade was Besseres zu tun. Hat einer von euch einen Plan, der nicht selbstmörderisch ist?«

Shachi stieß einen leisen Pfiff aus und ließ eine knisternde Abfolge von Klickgeräuschen folgen.

»Er sagt, dass du wütend bist und deshalb im Zweikampf gegen ihn antreten solltest«, übersetzte Kakichi.

»Ha! Der ist gut«, doch dann hielt Kenny inne, weil ihm eine Idee kam. »Wartet mal. Wenn ich die Strömung nutze, bin ich schneller als ihr. Vielleicht kann ich ihn wenigstens so lange aufhalten, bis ihr den Palast evakuiert habt. Meint ihr, das könnte funktionieren?«

»Ich komme mit«, sagte Kiyomi.

»Okay.« Kenny wandte sich an Kakichi und Otohime.

»Ihr kehrt um und warnt die anderen. Sie sollen aus dem Palast raus. Im besten Fall kann ich ihn ablenken. Und keine Widerrede. Das ist ein Befehl.«

Otohime und Kakichi neigten die Köpfe und flitzten davon.

Ryujin stand mit steinerner Miene auf der Palasttreppe, den Blick auf die näher kommende Wolke gerichtet.

»Majestät, wir müssen gehen. Er wird in wenigen Minuten hier sein«, flehte ein Diener.

»Hoheit, die Menschen haben versagt. Ihr habt es selbst gesehen. Eure Armee ist vernichtet. Es ist niemand mehr da, um uns zu schützen«, fügte ein anderer hinzu.

»Vater!«, rief Otohime, die mit Kakichi die Treppe heraufschoss. »Es ist vorbei. Du musst dich in Sicherheit bringen.«

»Nein«, erwiderte der Drachenkönig mit fester Stimme. »Ich kenne diesen Kuromori. Solange er noch atmet, haben wir nicht verloren. Ich ergebe mich erst, wenn er es tut.«

»Ken-*chan*, ich habe eine Idee«, rief Kiyomi.

»Und die wäre?«

Sie hielten sich Schulter an Schulter an Shachis Rückenflosse fest und ließen sich von dem jungen Tümmler zur Festungsmauer des Palasts zurückbringen.

»Hör auf zu denken.«

»Was?«

»Das ist mein Ernst. Weißt du noch, im Aquarium, als die Scheibe in die Luft flog, und damals über dem See? Da hast du gehandelt, ohne nachzudenken. So als wüsste dein Geist auch ohne deinen Verstand, was zu tun ist.«

»Ich soll meinen Kopf frei machen?«

»Ja. Vertraue deinen Instinkten.«

Der Tausendfüßer war nicht mehr weit. Kenny konnte das Knirschen seiner Schritte hören.

»Ich soll mich noch blöder als sonst anstellen? Bedenkt man, was ich jetzt gleich tue, dürfte das nicht allzu schwer sein.«

Der *mukade* musste sie gespürt haben, denn er hielt an, wandte sich um und ging mit gebleckten Fangzähnen und ausgefahrenen Krallen in Angriffsstellung.

»Hey, du!«, rief Kenny, während er vor dem Riesen zu Boden sank und mit dem Finger auf ihn zeigte. »Wie wär's, wenn du dich mit Leuten deiner Größe anlegst?«

Die Antennen zuckten und das Monster neigte den Kopf zur Seite.

»Ja, ich rede mit dir. Du hast drei Sekunden Zeit, um dich nach Hause zu trollen. Wenn du das tust, ist alles vergessen und vergeben. Wenn nicht, muss ich dich in dein … äh … Arschsegment treten.«

Kiyomi ließ den Delfin los und machte sich im Schatten der Festungsmauer bereit.

»Eins ...«

»Hat er den Verstand verloren?«, fragte sich Ryujin, der alles beobachtete.

»Zwei ...«

Der *mukade* richtete sich auf und bohrte seine Beine noch fester in den Sand.

»Drei!«, zählte Kenny fertig. »Was ist? Mach dich vom Acker!«

Mit einem wütenden Bellen sauste der riesige Schädel herunter, um den lästigen Winzling zu zerquetschen.

Kenny war bereit. Eine explosionsartige Strömung warf ihn so schnell nach hinten, dass der Kopf des Tausendfüßers krachend auf dem Meeresboden aufschlug und seine Fangzähne im Sand stecken blieben.

»Ha!«, triumphierte Kenny. »Wie schmeckt dir das?«

Der *mukade* warf seinen Schädel hin und her, um ihn freizukriegen. Als er ihn hob, war ein Fangzahn zur Hälfte abgebrochen.

»Bin noch da!«, rief Kenny. »Komm und hol dir dein Happi ... oh-oh!«

Diesmal griff der Tausendfüßer von unten an. Sein Körper schlängelte sich Sand aufwirbelnd über den Boden und kam ihm auf seinen synchronisierten Beinen mit der Kraft eines Schnellzugs hinterher. Kenny stellte sich einen Wasserstrahl vor, der ihn nach oben katapultierte, doch der *mukade* hatte offenbar damit gerechnet, denn er fuhr blitzschnell eine Antenne aus, fing den Jungen und schmetterte ihn zurück auf den Boden.

»Kenny!« Kiyomi sah fassungslos zu, wie er aufprallte und von den Beinen des Monsters in den Meeresboden gestampft wurde.

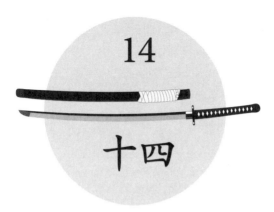

14
十四

Otohime hielt sich starr vor Entsetzen die Hand vor den Mund, während Kakichi langsam den Kopf sinken ließ.

Ryujin schnappte hörbar nach Luft – doch plötzlich riss er die Augen auf. »*Shinji rarenai*«, flüsterte er.

Kenny spürte seine Beine bis über beide Knie im Schlamm einsinken, trotzdem blieb er mit ausgestreckten Armen aufrecht stehen und wehrte das Tausende Tonnen schwere Monster über seinem Kopf ab.

Kiyomi traute ihren Augen nicht. Von Kennys ausgestreckten Händen ging ein kreisförmig schimmerndes Kraftfeld aus, das in den Schlund des *mukade* gerichtet war. Das Ungeheuer drückte dagegen und schob Kenny immer weiter zurück, bis er an die Wand stieß.

»Mit nur noch einer halben Fresse kannst du mich nicht mehr beißen«, reizte Kenny das Monster.

Der Tausendfüßer unternahm einen letzten Versuch, den Jungen zu erdrücken, ehe er sich wieder wie eine zum tödlichen Biss ausholende Kobra aufrichtete.

»Ist das alles? Mach schon, greif an, du Pfeife!«

Leise hissend riss die Kreatur ihren Schlund auf, zielte mit anschwellenden Giftdrüsen und spie violettes Schlangengift auf Kenny.

»Bäh«, grunzte er angewidert. Die Strahlen trafen auf das Kraftfeld, flossen klebrig und dickflüssig daran herunter und beeinträchtigten seine Sicht. Er musste sich anstrengen, nicht die Konzentration zu verlieren, da es sonst aus und vorbei wäre.

Kenny hörte, wie der *mukade* weiter spie, wieder und wieder, bis ihm der Kragen platzte.

»Hey! Das ist ekelhaft. Echt, Mann, ich hab die Schnauze voll von deiner Drecksspucke. Mal sehen, wie du das findest.« Kenny ließ seinen trockenen Mund mit Speichel volllaufen und spie einen Schaumbatzen auf das Ungeheuer.

Die Wirkung war erstaunlich. Ein panisches Kreischen setzte ein und die Beine gerieten stampfend in Bewegung. Durch die Giftschlieren auf dem Energiefeld sah Kenny, dass der *mukade* zurückwich.

»Das gibt's doch nicht!« Er ließ das Kraftfeld fallen und zerrte seine Beine aus dem Schlamm, dann pfiff er nach Shachi.

Der Delfin sauste im Sturzflug herbei, streckte Kenny eine Flosse hin und schnellte dem sich trollenden Tausendfüßer hinterher. »Kiyomi!«, schrie Kenny, als er an ihr vorbeisauste. »Er fürchtet sich vor Spucke!«

»Vor was?«

»Shachi, bring mich zu der Stelle, wo er auf die Schnauze gefallen ist«, sagte Kenny. »Ich muss mir was ansehen.«

Der Delfin schnitt pfeilschnell durch das Wasser und setzte Kenny neben dem Krater ab. Kenny stolperte zu der Stelle in der Mitte, wo die abgebrochene Zahnspitze aus dem Sand ragte.

Er konzentrierte sich, schuf eine Luftblase um seine Hand und hielt sie sich wie eine Schale unter sein Kinn. Er spuckte einen Batzen Speichel hinein und schmierte das Bruchstück des Fangzahns damit ein. Sofort schäumten kleine Bläschen auf und die harte Außenschicht schmolz zischend weg. Shachi schwang anerkennend den Kopf.

Kenny nickte ebenfalls, doch jetzt mit grimmiger Entschlossenheit. Er rief Kusanagi, zog die Luftblase in die Länge und spuckte auf die Klinge. Mit Daumen und Zeigefinger schmierte er sie mit so viel Speichel ein, wie er aufbringen konnte.

»Shachi«, sagte er. »Er gehört uns. Wir machen es wie vorhin, okay?«

Der Delfin ließ Kenny aufsteigen und sauste los, dem fliehenden *mukade* hinterher.

Auf der Palasttreppe brach tosender Jubel aus. Otohime tanzte vor Freude. Ryujin grinste.

»Hey! Ihr da oben!«, schrie Kiyomi, die aus ihrem Versteck im Schatten der Mauer kam. »Es ist noch nicht vorbei. Kakichi, nimmst du mich …? Boah!«

Der Hai-*oni* war in derselben Sekunde bei ihr, streckte seinen kräftigen Arm aus, damit sie sich festhalten konnte, und schoss mit ihr davon.

Shachi holte mit seinem mächtigen Schwanz aus und flog wie ein Torpedo geradewegs auf den Tausendfüßer zu. Er blieb knapp über dem Meeresboden, duckte sich unter dem Schwanz hindurch und schwamm an den Beinen rechterhand entlang. Kenny hielt sich mit einer Hand an der Rückenflosse fest und schwang in der anderen das Schwert. Diesmal schnitt die Klinge durch die massigen Beine, als wären sie aus Butter.

Der *mukade* kippte zur Seite. Er wandte sich kreischend um, dann ließ er sich auf den Bauch fallen und wälzte sich hin und her, um möglichst viel plattzumachen.

Kenny hob den Blick und sah den Schatten des Riesenkörpers auf sich zukommen. Er riss die Zügel nach rechts und steuerte Shachi in die Lücke zwischen zwei Beinen. Der Tausendfüßer lag ausgestreckt da, kam nicht mehr hoch und schnappte vergebens nach dem winzigen Delfin, der aus dem Schlamm unter ihm hervorschoss.

»Ha! Da bleibt dir die Spucke weg, was?«, rief Kenny. Der *mukade* brüllte trotzig und versuchte, sich auf seine noch intakten Beine zu wälzen.

»Ken-*chan*! Ich bin dran!«, rief Kiyomi, die mit Kakichi aufgetaucht war. Sie zog eine in Speichel gehüllte Pfeilspitze aus ihrem Mund, legte den Pfeil auf den Bogen und spannte ihn. Während sie zielte, riss der Tausendfüßer kreischend das Maul auf, um sein Gift auf sie zu speien.

»Jetzt bitte lächeln!« Kiyomi ließ los.

Der in eine Luftblase gepackte Pfeil fegte durch das Wasser und mitten in das Maul des Monsters hinein, wo er im Rachen stecken blieb und der an seinem Schaft befestigte Plastiksprengstoff explodierte. Im Monstermaul blitzte es, dann flog der Schädel weiß schäumend in die Luft.

»*Yatta!*« Kiyomis Jubel war nur von kurzer Dauer, denn die Druckwelle verpasste ihr eine Breitseite, die sie umwarf.

Wie ein langsam umstürzender Mammutbaum krachte der gigantische Rumpf des *mukade* zu Boden und rührte sich nicht mehr.

»Ja!«, rief jetzt auch Kenny, ehe er zu Boden sank und vollkommen ausgelaugt sitzen blieb.

Kakichi nahm Kiyomi auf seine Schultern, Shachi stupste Kenny an, damit er aufsaß, und gemeinsam kehrten sie zum Palast zurück.

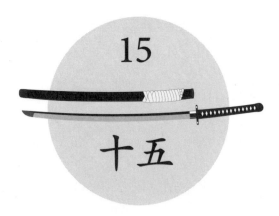

15

Das Festmahl zu Ehren ihres Triumphs war sogar noch opulenter als das zu ihrer Begrüßung und wurde von unzähligen Ansprachen begleitet. Es war, als wollte ihnen jede Muschel, jeder Fisch und jede Krabbe nicht nur persönlich, sondern auch im Namen ihrer vielen und allesamt namentlich genannten Familienmitglieder danken.

Kenny hatte längst den Überblick über die Anzahl der Gänge verloren, die in einem fort vor ihn hingestellt wurden, und als er schon dachte, platzen zu müssen, wurde abgeräumt und der Saal zur Tanzfläche erklärt. Die Meereswesen ließen sich nicht zweimal bitten. Kenny sah ihnen beim Tanzen zu und war fasziniert von ihrem Raumbegriff, in dem es kein Unten und kein Oben gab. Sie warfen sich zur Decke und sanken um die eigene Achse wirbelnd wieder herunter, vollführten elegante Überschläge, wechselten aufeinander abgestimmt die Farbe und klatschten mit den Flossen. Es dauerte nicht lange, bis auch Kiyomi und Kenny, die wieder ihre feinen Sachen anhatten, auf die Tanzfläche gezerrt wurden.

Kakichi entpuppte sich als heimliches Breakdancetalent; er rotierte mit gespreizten Beinen auf dem spitzen Kopf und seine Airtwists waren so schnell, dass er dabei verschwamm. Bei einer langsamen Nummer schmiegte sich Otohime mit seligem Gesichtsausdruck an Kenny und das war auch der Moment für Ryujin, die Musik mit einer Geste zum Verstummen zu bringen. Er erhob sich und bedeutete den Festgästen, zu ihren Plätzen zurückzukehren.

»Die Götter haben unsere Gebete erhört. Sie sandten uns diese Krieger, die den *mukade* bezwungen und unser Königreich vor dem Untergang bewahrt haben«, sagte er zu großem Applaus. »Es ist daher nur rechtens, ihnen unsere Dankbarkeit zu erweisen und sie zu belohnen. Kuromori-*san*, tritt vor.«

Kenny stand verlegen auf und stellte sich vor den König. Ryujin legte beide Hände auf die Schultern des Jungen und lächelte ihn an. »Kuromori, du hast eine wahre Heldentat vollbracht und dich als würdig erwiesen, meinen größten Schatz zum Geschenk zu erhalten ...« Er nahm Kennys Hand. »Ich gebe dir meine Tochter Otohime zur Frau.«

Als Ryujin zum Jubel der Anwesenden seine Hand in Otohimes legte, wich die Farbe aus Kennys Gesicht. »Wenn ich eines Tages nicht mehr bin«, fuhr der König fort, »wird Otohime über dieses Reich herrschen. Allein ein Held wie du ist würdig, an ihrer Seite zu regieren.«

Kiyomi, die die Panik in Kennys Blick sah, verneigte sich vor dem König. »Hoheit«, sagte sie. »Kuromori-*san* wurde, äh, bereits mir anverlobt.«

»Wirklich?« Ryujin hob eine Braue. »Ich sehe keinen Ring an deinem Finger. In diesem Königreich ist mein Wort Gesetz, ich löse also hiermit euer Gelöbnis.«

Otohime himmelte Kenny an.

»Und meine Belohnung?«, ließ sich Kiyomi nicht abwimmeln. »Immerhin war ich es, die das Ungeheuer getötet hat, und dafür verspracht Ihr mir den *Yasakani no Magatama*.«

Ryujin strich sich über den Schnurrbart. »Ich entsinne mich nicht, ein solches Versprechen gegeben zu haben.«

»So ein …« Kiyomi riss sich nur mit Mühe zusammen. »Alle hier haben Euch gehört! Euer Volk war Zeuge, als ich Euch darum bat.«

Ryujin wandte sich an die Menge. »Kann hier jemand bezeugen, dass ich dieses Versprechen gab?«

Die Meereswesen wetzten betreten mit den Flossen, wandten den Blick ab und schüttelten die Köpfe.

»Vater!«, rief jetzt Otohime. »Das gehört sich nicht und ist eines großen Königs nicht würdig. Ich hörte dich das Versprechen geben. Harashima-*san* hat einen ehrenhaften

Kampf geführt, um deinen Thron zu retten. Halte du jetzt dein Versprechen.«

Ryujin biss sich auf die Lippe, dachte kurz nach und seufzte. »Also gut. Sie soll den Stein haben. Seht es als mein Hochzeitsgeschenk.« Er winkte zwei *gyojin* herbei. »Bringt sie in die Schatzkammer. Ihr wisst, was ihr zu tun habt.«

»Ich komme mit«, warf Kenny rasch ein. »Um, äh, aufzupassen, dass sie nichts mitgehen lässt.«

»Das wird nicht nötig sein«, sagte Ryujin.

»Doch, ich möchte es … zum Abschied.«

»Vater, ich begleite sie«, beendete Otohime die Diskussion.

Die Wachen brachten sie durch ein Labyrinth aus unter Wasser stehenden Fluren, Tunneln und Schächten immer weiter in die Tiefe und hielten schließlich vor einer nackten Felswand. Eine Wache schob einen Kristall in den Felsen, in dem sich wie durch Zauberhand ein Spalt zu einer langen Passage öffnete, an die sich eine höhlenartige und luftgefüllte Kammer anschloss.

»Wow, wie tief unter dem Meeresboden liegt das eigentlich?«, fragte Kenny.

»Sehr tief«, antwortete Otohime. »Einen sichereren Ort als dieses Gewölbe gibt es im ganzen Palast nicht. Außerdem ist die Kammer rundherum von Felsen umgeben und es gibt nur diesen Zugang.«

»Und das Juwel ist da drin?«, wollte Kiyomi wissen. »Wer holt ihn?«

Der Anführer der Wachen brummte etwas.

Mit einem scharfen Blick auf die Wache übersetzte Otohime. »Der Befehl meines Vaters lautet, dass das Juwel dir gehört, du es aber selbst finden musst.«

Kenny seufzte. »Na, dann los.« Er betrat die Passage, gefolgt von Kiyomi, und ging voran, bis er realisierte, dass sonst niemand mitkam. »Moment mal, wollte die Prinzessin nicht auch –?«

»Nicht!«, schrie Otohime am Eingang. »Lasst mich los, ihr Rohlinge!«

Als Kenny den Kopf wandte, sah er noch, wie die Prinzessin von den Wachen weggezerrt wurde und die Passage wieder im Felsen verschwand.

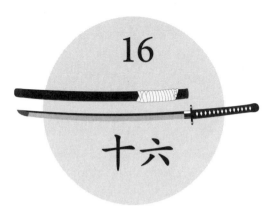

16

»Licht wäre gut«, sagte Kiyomi in der Finsternis, die so absolut war wie in einer Gruft.

»Sekunde.« Kenny schuf eine kleine Leuchtkugel und warf sie nach oben. In ihrem Licht verwandelte sich der Raum in eine Minigalaxie aus Abertausenden glitzernden Sternchen.

Kenny stieß einen leisen Pfiff aus. »Ich dachte, du nimmst mich auf den Arm, aber hier dürften wirklich alle Schätze der Welt angespült worden sein.«

In der Höhle türmten sich Kisten und Truhen, aus denen Geschmeide und Edelsteine quollen, die Gestelle an den Wänden waren mit Silbergeschirr und Kristallgefäßen vollgeräumt, auf dem Boden lagen haufenweise Golddukaten und Silbermünzen herum und dazwischen stapelten sich Seidenteppiche und kostbare Wandbehänge.

»Eins muss man ihm lassen: Er ist gerissen«, anerkannte Kiyomi. »Durch die Luft hier drin bleibt der Klunker erhalten und außerdem muss er sich keine Sorgen machen, dass seine Untertanen auf dumme Gedanken kommen.«

»Und jetzt?« Kenny drehte sich einmal im Kreis herum und fragte sich, wo sie anfangen sollten.

»Suchen wir erst mal das Juwel«, meinte Kiyomi. »Danach sehen wir weiter.«

»Wie willst du hier einen einzelnen Edelstein finden?« Kenny ging in die Hocke und schaufelte eine Handvoll spanischer Dublonen auf, ehe er sie leise klimpernd wieder fallen ließ.

Kiyomi hob den Deckel einer Kiste an, die bis zum Rand mit Opalen gefüllt war. »Ich weiß, dürfte leichter sein, die sprichwörtliche Stecknadel im Heuhaufen zu finden.«

»Mir ist das mal gelungen«, sagte Kenny. »Mein Opa wollte, dass ich einen Heuhaufen auffächere und mit einem starken Magnet drübergehe. Hat funktioniert.«

»Hier wäre das sinnlos«, meinte Kiyomi mit einem Tritt in einen Berg Silbermünzen.

»Wie sieht dieser *tamagata* überhaupt aus?«

»Er heißt *magatama* und ist ein grüner Jadestein, der eine Krümmung macht wie ein Komma, ungefähr so groß ist wie deine Hand und in der Spitze ein Loch hat.«

»Was? Ein Klumpen Jade?«

Kiyomi nickte. »Komm, fangen wir an.«

Zwei Stunden später sank Kenny frustriert auf einen Haufen Münzen.

»Das ist aussichtslos«, klagte er. »Selbst wenn wir einen Monat lang suchen, hätten wir höchstens ein Zehntel geschafft.«

Kiyomi setzte sich auf eine Kiste, stützte die Ellbogen auf die Knie und legte das Kinn in ihre Hände. »Ich weiß. So was Blödes. Der ganze Aufwand für nichts, und jetzt können wir uns aussuchen, ob wir lieber verhungern oder ersticken.«

Kenny dachte kurz nach. »Erzähl mir noch einmal alles«, sagte er schließlich. »Wieso ist der Stein so besonders? Und warum will Susie ihn unbedingt haben?«

»Das weiß ich nicht, aber der Stein ist sehr mächtig. Erinnerst du dich an die Geschichte vom Spiegel?«

»Als sich die Sonnengöttin in einer Höhle einschloss und die anderen Götter sie hereinlegten, damit sie wieder rauskam?«

»Ja. Neben dem Spiegel hing an dem Baum auch eine Halskette mit dem Krummjuwel.«

»Und Susie nannte ihn das Juwel des Lebens.«

Kiyomi nickte.

Kenny dachte wieder nach. »Unlängst hast du von den *Drei Schätzen* gesprochen. Welche sind das?«

»Das Schwert, der Spiegel und das Krummjuwel. Zusammen symbolisieren sie die Macht Japans.«

»Hm. So wie in England die Krone, der Reichsapfel und das Zepter.«

»Ja, die Kaiserlichen Throninsignien. Sie gehören zusammen wie ...«

Kenny sprang plötzlich auf die Beine. »Hey, dann müsste doch ...«

»Was?«

Kusanagi schimmerte in Kennys Hand. »Das Schwert ist einer der Drei Schätze.«

Kiyomi stand auf. »Ja, und?«

Kenny streckte das Schwert aus und bewegte es langsam hin und her. »Das ist unser Magnet!«

»Das ist doch Quatsch.«

»Nein. Denk nach. Kusanagi hat einen eigenen Verstand. Einmal hat es zu mir gesprochen. Außerdem kämpft es für mich und öffnet Türen zu anderen Welten. Wer sagt, dass es nicht auch seine Kumpel findet?« Er machte ein paar Schritte vor, die Schwertspitze wie einen Metalldetektor nach unten gerichtet. »Weißt du noch, was Susie über den Spiegel gesagt hat? Ein Gegenstand führt zum anderen. Komm schon. Zeig mir, wo der Edelstein versteckt ist. Ich weiß, dass du ...«

Kiyomi nahm einen faustgroßen Smaragd in die Hand und hob ihn vor ihr Gesicht, das sich gebrochen darin spiegelte. »Ryujin wird nicht zulassen, dass du hier stirbst«, sagte sie.

»Hä? Wieso nicht?«

»Weil du sein zukünftiger Schwiegersohn bist.«

»Ach so, das. Nein, danke.« Kenny watete durch einen See aus Silbermünzen. »Das wird nicht passieren.«

»Warum nicht? Eines Tages bist du König und dann gehört das alles dir. Kein schlechter Deal im Austausch für dein Leben. Außerdem magst du sie.«

»Hör auf. Ich muss mich konzentrieren.«

»Ich meine es ernst.«

»Ich auch. Sie ist nett und so, aber ... sie ist nicht du.«

»Du meinst, kein verkorkstes, Monster hassendes Ungeheuer.«

»Du bist viel mehr als das. Sie ist in Ordnung, aber in einem Kampf könnte ich mich nicht auf sie verlassen. Du hingegen ... dir vertraue ich mit meinem Leben. Verkorkst sind wir beide. Na und? Wir sind einfach ein gutes Team. Wir ergänzen einander – Boah! Hast du das gesehen?« Kusanagi bockte in Kennys Hand und schwang ihn in einem Halbkreis herum.

»Das warst du«, spottete Kiyomi. »Hab's genau gesehen.«

»Sch! Das ist kein Witz.« Kenny bewegte sich langsam vorwärts und schwang das Schwert hin und her. »Da!« Es wies nach links und ließ sich nicht mehr bewegen. »Ich schwöre, es spürt etwas.«

Kiyomi kam näher. »Unter diesen Münzen hier?« Sie

fing an, die Golddukaten mit beiden Händen wegzuschaufeln, bis sie mit den Fingerspitzen über eine kleine Truhe aus Eichenholz schabte. Sie hob sie heraus. »Verschlossen, war ja klar.«

Kenny schnitt mit einem Streich durch das Vorhängeschloss und hielt den Atem an, während Kiyomi den Deckel öffnete. Die Truhe war mit Jadeschmuck angefüllt, darunter Dutzende gekrümmter Steine.

»Ist es einer von denen?«, fragte sie und hob eine Handvoll heraus.

Kenny bewegte das Schwert von einem zum nächsten, ohne irgendeine Reaktion zu spüren. »Komisch.«

»Und was jetzt?« Kiyomi kippte den Inhalt der Truhe auf den Boden und setzte sich wieder hin.

»So leicht gebe ich mich nicht geschlagen«, brummte Kenny. Er schwang die Klinge wieder hin und her. Über der leeren Truhe hielt sie an. Kenny kniete sich hin, maß mit den Augen die ungefähre Tiefe der Kiste und stellte sie auf den Kopf. Als er auf den Boden pochte, klang er hohl. »Sie hat einen doppelten Boden.« Er schlug mit dem Griff des Schwerts auf eine der Ecken ein, bis sich eine Latte löste. Im Inneren befand sich eine runde Marmorscheibe, deren eine Hälfte weiß und die andere schwarz war, das klassische Yin-Yang-Zeichen. »Ist das alles?« Er zog sie heraus und betrachtete sie. »Der ganze Aufwand für diesen Kitsch?«

»Kenny, warte!«, rief Kiyomi, da war es aber schon passiert. In seinem Frust hatte Kenny die Scheibe wie ein Frisbee an die Wand geschleudert. »Das bringt nichts«, brummte er, entließ das Schwert und stapfte durch die Münzen davon.

Kiyomi bahnte sich einen Weg zu der Stelle, wo die Scheibe zu Boden gefallen und in ihre zwei Hälften zerbrochen war. »Ken-*chan*, du Oberflasche«, sagte sie grinsend. »Komm her und sieh dir das an.«

Kenny trottete zu ihr. Kiyomi hielt die beiden Teile hoch. »*Yin* und *yang*«, sagte sie. »Das Symbol für Harmonie und Gleichgewicht.«

»Ja, und?«

Sie fügte die beiden Hälften zusammen. »Sie sind wie der *magatama* gekrümmt. Das perfekte Versteck.« Sie schlug mit der weißen Hälfte auf den Felsenboden, bis sie auseinanderbrach und ein polierter grüner Stein zum Vorschein kam. »Sehr clever. Jemand hat ihn mit Gips umhüllt und dafür gesorgt, dass die Scheibe aussieht, als wäre sie aus Marmor. Ohne deinen Geistesblitz hätten wir ihn nie gefunden.« Sie hielt ihn Kenny hin.

»Du meinst, das ist es?«, fragte er und betrachtete den Stein. »Das Juwel des Lebens?«

Kiyomi zuckte die Achseln. »Mach die Probe mit dem Schwert.«

Kenny rief Kusanagi und schwang das Schwert über den Stein. Das Krummjuwel sprang hoch und traf mit einem Klirren auf die ihm entgegenkommende Klinge.

»Eindeutig«, meinte Kenny. Er stöberte durch einen Haufen Schmuck, bis er eine schwere Goldkette gefunden hatte, und fädelte sie durch das Loch im Stein. »Wer nimmt ihn an sich?«

»Du«, sagte Kiyomi. »Du musst ihn abliefern.«

Kenny legte sich die Kette um den Hals und verbarg den schweren Anhänger unter seinem Gewand. »Erinnere mich nicht daran. Die Frist lautete vier Tage. Wie lange sind wir schon hier unten?«

»Keine Ahnung, aber viel Zeit haben wir sicher nicht mehr.«

»Wir müssen schleunigst hier raus.«

»Manchmal denke ich, ich hänge schon zu lange mit dir rum«, sagte Kiyomi mit einem schlauen Grinsen.

»Wie kommst du darauf?«

»Weil ich eine Idee habe. Sie ist verrückt und wahrscheinlich gehen wir beide dabei drauf, aber mir fällt sonst nichts ein. Willst du sie hören?«

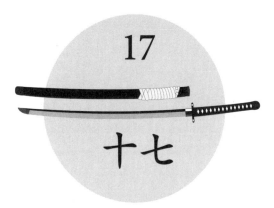

17

»Du willst uns in die Luft jagen?« Kennys Stimme hallte von den Wänden der Schatzkammer. »Bist du verrückt?«

»Nein! Denk doch mal nach. Wir sind hier eingemauert, in einer Kammer im Felsen unter Wasser. Es gibt nur einen Zugang, und den können nur sie öffnen. Damit sie es tun, müssen wir ihnen einen Grund liefern.«

»Und weil Ryujin diesen Klunkerhaufen hütet wie Dagobert Duck seinen Tresor, kommt er angerannt, wenn wir ihn zerstören?«

Kiyomi grinste. »Genau. Außerdem: Wenn es nicht funktioniert, wäre das doch die süßeste Rache.«

»Du hast recht. Das ist so blöd, dass es von mir stammen könnte. Wie erzeugen wir eine Explosion?«

Kiyomi langte zwischen die Falten ihres Kimonos und zog einen Klumpen Plastiksprengstoff heraus. »Damit«, sagte sie. »Geh nie ohne C4 aus dem Haus. Ich hatte zwei Blöcke, einer ging für den Wurm drauf, und der da ...«

»Moment. Ich hab gesehen, was das Zeug anrichtet. Wenn du es hier im geschlossenen Raum hochgehen lässt, überleben wir das garantiert nicht.«

Kiyomi tätschelte Kennys Wange. »Hier kommt der clevere Teil. Warum glaubst du, heißt der Edelstein Juwel des Lebens?«

»Äh ... weil es ein cooler Name ist?«

»Weil derjenige, der ihn am Körper trägt, nicht sterben kann – so heißt es wenigstens in der Legende. Außerdem heilt er jede Wunde.«

Kenny nahm den Edelstein in die Hand und betrachtete ihn. »Echt?«

»Der Legende nach, ja.«

»Zu riskant.«

»Wieso? Hast du einen besseren Plan? Ich weiß was – wir testen ihn einfach.« Kiyomi hob eine schwere Porzellanvase auf und trat damit an Kenny heran.

»Weiß nicht – *hey!*« Kenny versuchte noch auszuweichen, doch da krachte die Vase bereits auf seinen Kopf und mähte ihn um.

Er blieb ausgestreckt liegen. »Mhhh«, stöhnte er. »Ich glaube ... du hast mir ... den Schädel ... eingeschlagen.« Er wurde schlaff und rührte sich nicht mehr.

Kiyomi hatte die Fäuste in ihre Seiten gestemmt und beobachtete ihn. »Kenny? Kenny, lass das. Das ist nicht lustig.« Sie zögerte. »Ich meine es ernst ... Oh nein. Kenny, bitte!« Sie fiel auf die Knie, zog ihn in ihren Schoß und fühlte nach seinem Puls. »Kenny! Das wollte ich nicht, es tut mir –«

»Reingefallen!« Kenny prustete vor Lachen. »Ha! Das war ich dir schuldig.«

»Du – *bakayaro*!« Kiyomi warf ihn ab. »Dafür sollte ich dir die Birne abreißen.«

»Mit Vergnügen.« Kenny rieb sich grinsend den Kopf. »Ich würde es nicht einmal spüren. Wolltest du mich eben von Mund zu Mund beatmen?«

Kiyomi stand auf. »Du kannst mich mal. Komm schon, die Uhr tickt.«

Kenny nahm den Plastiksprengstoff und ging zu der Stelle, wo sie durch die Wand gekommen waren. Er rief Kusanagi, stach in den Felsen und schob die Klinge bis zum Heft hinein. Er drehte sie hin und her, bis er eine lange zylindrische Öffnung geschaffen hatte. Kiyomi reichte ihm einen Goldfaden, den sie aus einem Brokatumhang gezogen hatte.

Kenny drückte ein Ende der Metallfaser in den Plastikklumpen, stopfte den Sprengstoff in das Loch und schob mit dem Griff des Schwerts nach, bis er an der Wand anstieß. Rückwärts gehend wickelte er den Goldfaden aus und hielt schließlich neben Kiyomi an, die eine behelfsmäßige Barrikade aus Truhen, Statuen und Teppichen gebaut hatte.

»Du weißt, dass wir auch einfach abwarten könnten«, meinte Kenny und hielt das Juwel hoch. »Jetzt, wo wir den Stein haben, können wir nicht mehr verhungern oder ersticken.«

»Klar. Es macht dir sicher nichts aus, mit einer hungrigen *onibaba* hier eingeschlossen zu sein.« Sie legte ihre Hand auf Kennys Faust und bedeckte den Stein. »Obwohl, wenn ich deinen Kopf zum Abendessen verdrücke, wächst er vermutlich einfach wieder nach.«

»Tja, dann.« Kenny schnippte mit den Fingern, um einen elektrischen Funken zu schaffen. Er lief knisternd den Goldfaden entlang, erreichte die im C4 verpackte Sprengkapsel und – *KA-WUMMM!*

Im leeren Thronsaal hoch über dem Gewölbe schritt Otohime unruhig auf und ab, während ihr Vater auf seinem Thron saß und sichtlich schlechter Laune war.

»Vater, das geht nicht gut«, redete Otohime auf ihn ein. »Du ziehst den Zorn der Götter auf dich.«

Ryujin lehnte sich zurück und legte die Fingerspitzen aneinander. »Wie oft soll ich es dir noch sagen? Meine Schätze sind zu kostbar, um sie mit den Menschen zu teilen. Sie werden nur korrupt davon. Es ist besser so.«

»Was? Sie so lange hungern zu lassen, bis sie sich ergeben? Und sie danach zu Sklaven zu machen? Nachdem sie dein Königreich gerettet haben? Vater ... das ist ehrlos.«

»Schluss jetzt! Ich habe genug von deinen Unverschämtheiten!«, schrie er sie an. »Du strapazierst meine Geduld, ich –«

In seinen Wutanfall platzte ein unterirdisches Dröhnen, das die Halle erschütterte und ins Schwanken versetzte. Als mit einem lauten Knacken ein tiefer Riss im Boden aufging und die Wände hinauflief, gerieten die Quallen-Kronleuchter in ein nervöses Flimmern.

»Der *mukade*! Er lebt!«, schrie Ryujin und sprang von seinem Thron auf. Er blickte sich verwirrt um. »Oder war das ein Erdbeben?«

»Hoheit!«, rief eine der *gyojin*-Wachen. »Es kam aus Eurem Gewölbe.«

Otohime blickte ihren Vater trotzig an. »Ich habe versucht, dich zu warnen. Das war Kuromori.«

»Arghh!« Kenny warf die Bruchstücke einer schweren Truhe ab, die ihn unter sich begraben hatten, und krabbelte auf die Beine. Dann zog er Kiyomi hoch. »Hey, wir leben noch.«

»Das war irre! Wie im Auge der Sonne.«

Die Kammer war ein Trümmerhaufen. Das viele Gold und Silber war zu Klumpen geschmolzen, die Kisten und

Statuen waren unter der Druckwelle in die Luft geflogen und in der Decke klaffte ein großer Spalt, durch den Meereswasser hereinströmte.

»Sie kommen!«, warnte Kiyomi, den Blick auf die Felswand gerichtet, in der die Passage aufging und die ersten dunklen Schemen sichtbar wurden.

»Bin schon da!«, rief Kenny. Er stellte sich mit zur Kapitulation erhobenen Händen vor die Passage, durch die jetzt auch Wasser hereinströmte.

Der erste *gyojin*, der durch das Portal kam, holte mit seinem zweizackigen Speer aus und durchbohrte die Brust des Jungen.

»Das kitzelt«, sagte Kenny grinsend und wich einen Schritt zurück. Er griff nach dem Stab, zog ihn heraus und warf ihn Kiyomi zu. »Danke«, sagte er zu dem zur Salzsäule erstarrten Fischmann. »Und jetzt ich, okay?« Kusanagi tauchte in seiner Hand auf. »Der Name ist Kuromori. Vielleicht hast du schon von mir gehört.«

Der *gyojin* machte kehrt und bahnte sich rempelnd einen Weg durch seine Kameraden, die hinter ihm in die Kammer drängten.

»*Ki-aii!*« Kiyomi stürzte sich auf die Gruppe, holte mit dem Griff des Speers aus und schlug im Halbkreis zu, ehe sie auf ihrem Fußballen eine Pirouette vollführte, dabei blitzschnelle Tritte austeilte und mit dem Ellbogen noch eins drauflegte. Als die *gyojin* auseinandersprengten, zerbrach Kiyomi den Stab über ihrem Knie in zwei Hälften, und veranstaltete mit den beiden Knüppeln auf den Rücken der Flüchtenden ein Trommelfeuer.

Kenny, der beim Gedanken an die Schläge das Gesicht verzog, schlich sich an dem Chaos vorbei und peilte den Ausgang an. Durch die Passage kamen noch mehr Wachen. Er konzentrierte sich, streckte die Hände aus und stellte sich einen mächtigen Windstoß vor, der die Fluten zurücktrieb. Die Luft drängte mit Macht aus der Kammer und schob das Wasser aus dem Tunnel.

»Kiyomi, Zeit zu gehen!«

»Bin gleich da!«, antwortete Kiyomi und versetzte dem letzten *gyojin* noch rasch einen Hieb.

Als die Fischmänner die Luftblase kommen sahen, wichen sie zurück.

»Wir brauchen Verstärkung!«, rief einer, bevor sich ein Schatten über ihn legte und ihn zum Schweigen brachte.

Am Eingang zum Tunnel wurden sie von einer großen Gestalt erwartet.

»Kakichi!«

»Ich weiß einen Weg hinaus. Aber wir müssen uns beeilen. Der König wütet, er schickt seine Wachen.«

»Wir müssen zur Pforte zurück«, sagte Kiyomi.

»Ich weiß, wo sie ist, aber ich kann sie nicht öffnen.«

»Eins nach dem anderen«, meinte Kenny und sorgte für eine Luftblase um seinen Kopf.

Der Hai-*oni* nickte, packte Kenny und Kiyomi an den Armen und schoss mit ihnen davon. Sein mächtiger Schwanz fegte im engen Gewirr der Gänge und Korridore schäumend durch das Wasser, während er den verschlungenen Wegen der Dienstboten folgte und sich gekonnt durch das Labyrinth manövrierte. Unterdessen schwärmten die *gyojin* auf ihren Haien aus und machten sich auf die Suche nach ihnen.

An einer perlmuttartigen Tür hielt Kakichi an. »Hier geht es hinaus«, sagte er und zog und rüttelte daran, sie gab aber nicht nach.

Kenny hielt sein Schwert bereits in der Hand, schob ihn beiseite und schnitt ein Loch hinein.

»Das werden sie sehen«, sagte Kakichi.

»Dann nutzen wir unseren Vorsprung. Los, weiter!«

Kakichi flog über die Gärten des Palasts und die hohen Festungsmauern, dann schwenkte er nach links ins offene Meer hinaus.

»Wir bekommen Gesellschaft«, murmelte Kiyomi und zeigte auf einen Punkt weiter vorne, der von Sekunde zu Sekunde größer wurde.

»Und von hinten«, meinte Kenny, der einen Blick zurückgeworfen hatte. Ein Geschwader berittener Haie hatte den Palast verlassen und die Verfolgung aufgenommen.

Als die Pforte in Sicht kam, entpuppte sich der Punkt als die riesige Lederrückenschildkröte.

Kakichi ließ ihre Arme los. Er nickte in Richtung ihrer Verfolger. »Ich halte sie auf. Aber ihr müsst jetzt gehen.«

»Danke, Kakichi. Du bist ein guter Freund«, sagte Kenny.

»Kuromori, du hast mein Leben verschont. Ich verschone deines. Jetzt sind wir quitt.« Kakichi machte kehrt und schwamm den Haireitern entgegen.

Die Schildkröte nahm ihre menschliche Gestalt an. »Kuromori-*san*«, sagte Otohime. »Nur ich vermag die Pforte zwischen den Reichen zu öffnen, ich werde es aber nicht tun. Du kommst hier nicht mehr weg.«

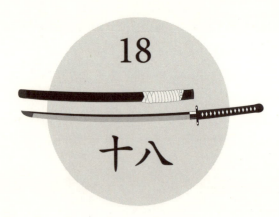

18

»Ken-*chan*, lass mich das machen«, schnaubte Kiyomi. »Dafür haben wir keine Zeit.«

»Ich fürchte mich nicht vor dir, Harashima-*san*«, entgegnete Otohime. »Ich habe den Zorn meines Vaters auf mich gezogen, weil ich gegen seinen Willen hierherkam. Verglichen damit ist dein Zorn nichts.«

»Kiyomi«, zischte Kenny ihr ins Ohr. »Lass sie in Ruhe. Wir brauchen ihre Hilfe. Ohne sie gehen wir nirgendwohin.«

»Wie du willst.« Kiyomi schwamm außer Hörweite und sah Kakichis Kampf mit den *gyojin* zu.

Otohime streckte die Hände aus und blickte Kenny flehend an. »Mein Vater verbietet es, dass du unsere Welt verlässt.«

»Auch ohne Juwel?«

»Darum geht es nicht. Er sagt, du musst bleiben.«

»Und du, Prinzessin? Was sagst du?«

Otohime senkte den Blick. »Dass der Wille meines Vaters Gesetz ist.«

»Warum bist du dann hier? Er hat es dir doch verboten.«

»Weil ... ich wollte dich noch einmal sehen. Allein.« Sie warf einen Blick auf Kiyomi. »Kuromori-*san* ... dieses Menschenmädchen ... liebst du sie?«

Kenny wurde rot. »Ich ... äh ... das ist kompliziert.«

»Und doch kamst du nur hierher, weil du das Juwel holen wolltest, um sie zu retten.«

»Woher weißt du das?«

»Ich sehe vieles. Ich sehe einen Jungen, der sein eigenes Herz nicht kennt. Ich sehe einen Wanderer zwischen den Welten, einen rebellischen Diener. Ich sehe Ehre und Mut.«

»Dein Vater will uns nicht gehen lassen. Aber was ist mir dir? Du wachst über die Pforte.«

»Ich ... ich will auch nicht, dass du gehst, Kuromori-*san*. Aber das Mädchen kann ich ziehen lassen.«

»Ist das ein Angebot? Wenn ich bei dir bleibe, lässt du Kiyomi frei?«

»Wäre das so schlimm?«

»Dort oben ist mein ganzes Leben. Meine Familie und meine Freunde, sie brauchen mich. Ich kann das nicht einfach zurücklassen.«

»Ich würde es tun! Ich bin gewillt, das Mädchen gehen zu lassen. Sonst seid ihr beide hier gefangen. Wem nützt das?«

»Ken-*chan*, beeilt euch!«, rief Kiyomi über ihre Schulter. »Kakichi kommt immer mehr in Bedrängnis. Wenn die Pforte nicht gleich aufgeht, helfe ich ihm.«

»Na schön«, sagte Kenny zu Otohime und senkte den Kopf. »Lass sie gehen. Ich bleibe, aber erwarte nicht von mir, dass ich froh darüber bin. Das Juwel muss sie mitnehmen. Sie braucht es.«

Otohime hob einen Arm vor ihre Augen und unterdrückte ein Schluchzen.

»Was ist?«, fragte Kenny beunruhigt. »Ich dachte, du würdest dich freuen.«

Otohime schlug mit den Fäusten nach Kenny.

»Hey! Was soll das?«, rief er und packte sie an den Handgelenken.

»Du hast meine Frage beantwortet. Du liebst sie«, fuhr sie ihn an. »Geht. Geht beide.« Sie entzog sich ihm und vollführte mit einer Hand ein kompliziertes Zeichen. Im Wasser leuchtete ein strahlend helles Rechteck auf und hob sich gegen das Blau des Ozeans ab.

»Das verstehe ich nicht«, sagte Kenny, dessen Blick zwischen der Pforte und der Prinzessin hin und her flog.

»Wie könnte ich dich hierbehalten, wenn ich wüsste, dass du darunter leidest wie ein Vogel im Käfig? Du würdest dich für den Rest deines Lebens nach der Oberwelt sehnen … und nach ihr.« Über Otohimes Wangen strömten Tränen. »Ich weiß, wie das endet. Es würde dein Herz brechen. Geh mit ihr!«

Kiyomi schwamm herbei. Sie streckte eine Hand zur Pforte aus und hielt die andere Kenny hin. »Sie lässt uns raus?«

»Prinzessin … ich …« Kenny zögerte, weil er nicht wusste, was er sagen sollte. »Ich werde Euch nie vergessen.« Er griff nach Kiyomis Hand und drückte sie auf den Stein um seinen Hals. »Egal, was passiert, lass ihn ja nicht los.«

Kiyomi nickte.

»Kuromori-*san*«, sagte Otohime noch. »Ich wünsche dir Glück!«

Als sie die Pforte passiert hatten und sich in den Ruinen von Yonaguni wiederfanden, zogen die Hammerhaie wieder zu Tausenden ihre Kreise über der Unterwasserstadt.

Ohne einander loszulassen, traten sie mit den Beinen aus und ruderten mit den freien Armen, um sich zurück zur Wasseroberfläche zu befördern, wurden aber vom Gewicht ihrer nassen Kleider behindert. Kenny schuf eine große Luftblase, die sich um sie legte und im Auftrieb rasch nach oben stieg.

Charles Blackwood saß auf der Kühlbox. Er wippte nervös mit den Beinen und kämpfte gegen den Wunsch an, in einem fort auf seine Uhr zu schauen. Um sich abzulenken, hatte er die Angelleine ausgeworfen und konzentrierte sich auf den auf und ab tanzenden Schwimmer. Über ihm segelte eine Seemöwe, die sich offenbar einen Bissen erhoffte. Als plötzlich eine Fontäne aus dem Wasser explodierte und zwei Teenager wie Champagnerkorken nach oben schossen, nahm sie unter lautem Kreischen Reißaus.

Charles drehte sich in dem Moment um, als Kenny und Kiyomi fest aneinandergeklammert aufschlugen.

»Dad!«, rief Kenny gurgelnd. »Hier sind wir!«

»Kenny! Bin gleich bei euch!« Charles ließ den Motor an und steuerte das Boot langsam zu der Stelle, wo sich die beiden strampelnd über Wasser hielten.

»Charles-*sensei*, welcher Tag ist heute?«, wollte Kiyomi völlig außer Atem und in die Sonne blinzelnd wissen. »Wie lange waren wir weg?«

Charles streckte ihr die Hand hin und half ihr ins Boot. »Heute ist Mittwoch. Ihr wart ...« Er blickte rasch auf die Uhr, »siebenundfünfzig Stunden weg. Jetzt ist es zwanzig nach vier.«

Kiyomi klappte an Deck zusammen, während Charles Kenny an Bord holte.

»Was ist mit dem anderen Boot passiert?«, fragte Kenny und ließ sich keuchend neben Kiyomi fallen.

»Lange Geschichte«, antwortete Charles. »Captain Mike wollte nicht mehr warten und war drauf und dran, euch bei der Küstenwache als vermisst zu melden. Ich konnte ihn nur mit Mühe umstimmen, indem ich mich bereit erklärte, mit ihm zurückzufahren und mir sein Rennboot auszuleihen. Er steht noch völlig unter Schock. Ich habe deshalb Sato angerufen, damit er sich um ihn kümmert.« Jetzt lächelte er die beiden freudestrahlend an. »Aber wie um alles in der Welt habt ihr es geschafft …?«

Kiyomi saß auf einmal kerzengerade da. »Heute ist der vierte Tag!«, rief sie. »Ken-*chan*, wir müssen um Mitternacht in Matsue sein.«

»Das ist unmöglich«, sagte Charles. »Wenn wir Glück haben, sind wir um fünf in Kubura. Den letzten Flug haben wir auch so schon versäumt.«

Kiyomi sah Kenny mit Panik in den Augen an. »Wir müssen ihm das Juwel bringen.«

»Ja, ich habe mir auch schon etwas überlegt. Aber zuerst müssen wir an Land zurück.«

»Juwel?« Charles' Blick flog zwischen den beiden hin und her. »Habt ihr es gefunden?«

Kenny nahm die Kette mit dem *magatama* ab und reichte sie seinem Vater. »Hier. Es war in der Schatzkammer des Drachenkönigs.«

Charles stieß einen leisen Pfiff aus. »Ihr müsst mir alles ganz genau erzählen«, sagte er und startete den Motor.

»Am besten fangt ihr damit an, wo ihr diese Gewänder herhabt.«

Eine knappe Stunde später steuerte Charles das Boot in den Hafen, wo ein besorgter Captain Mike ihn bereits erwartete. Er fing die Leine auf und vertäute sie an einem der Pfosten. Als er sich wieder aufrichtete und sah, wie Kenny und Kiyomi in ihren prächtigen Gewändern von Bord kamen, musste er sich festhalten, um nicht umzufallen.

»*Shinji rarenai*«, krächzte er.

»Geht euch umziehen«, sagte Charles. »Ich rede noch rasch mit dem Kapitän und begleiche die Rechnung.«

Auf dem Weg zum *minshuku* hakte Kiyomi sich bei Kenny unter. »Ich habe gehört, was du zur Prinzessin gesagt hast.«

Kenny errötete. »Das war ein Gespräch unter vier Augen.«

»Ich habe euch auch nicht belauscht, aber im Wasser hat der Schall eine größere Reichweite. Wärst du wirklich geblieben ... mir zuliebe?«

»Ich hätte bei erster Gelegenheit einen Fluchtversuch unternommen. Das war ihr auch klar.«

Kiyomi blieb stehen. »Ken-*chan*, danke. Ich meine, für alles, was du tust.«

Kenny schüttelte den Kopf. »Ich versuche nur, etwas wiedergutzumachen. Das alles ist meine Schuld, aber du bist diejenige, die den Preis dafür bezahlt.«

Kiyomi biss sich auf die Lippe. »Und wie kommen wir rechtzeitig nach Matsue?«

»Wir müssen nicht nach Matsue«, antwortete Kenny. »Was zählt, ist nicht der Ort, sondern die Person.«

»Wie meinst du das?«

»Uns bleiben höchstens ein paar Stunden, um Susie zu finden. Sein Schrein ist zu weit weg, aber dorthin müssen wir gar nicht. Wir können den Mittelteil einfach auslassen und direkt zur Hölle fahren.«

»Geht das?« Kiyomis Stimme wurde leise.

»Ja, ich glaube schon. Erinnerst du dich an den Parkplatz in Usa? Als Kusanagi eine Tür nach *Yomi* öffnete? Wenn es hier auch funktioniert ...«

»Ist das dein Ernst? Wir gehen zu ihm ... dorthin?«

Kenny nickte. »Solange wir den Stein haben, kann uns nichts passieren. Es ist die einzige Möglichkeit.«

»Sag das noch einmal – ihr wollt *was*?«, fragte Charles. Sie saßen auf der Terrasse ihrer Pension und es dämmerte bereits.

»Wir müssen den Stein nach *Yomi* bringen und dem Chef persönlich aushändigen«, erklärte Kenny. »Als Gegenleistung heilt er Kiyomi.«

»Und das Schwert soll euch dort hinbringen? Aber wird es euch auch wieder zurückbringen?«

»Sollte es wenigstens.«

»Sollte ist ein großes Wort. Wie sieht dein Plan B aus, falls es nicht tut, was es sollte?«

»Äh …«

»Was, wenn Susano-wo beschließt, sich nicht an die Spielregeln zu halten? Dann wird das eine Reise ohne Wiederkehr. Mir gefällt das nicht.«

»Dad, wir haben keine Wahl. Wenn wir das in den nächsten paar Stunden nicht erledigt haben ...«
»Bin ich erledigt«, beendete Kiyomi den Satz und legte zwei Finger an ihre Stirn, um sich *oni*-Hörner aufzusetzen.
»Verstehe.« Charles nahm seine Brille ab und stand auf.
»Gut, dann los.«
Kenny schüttelte den Kopf. »Dad, du kommst nicht mit. Wir gehen ins Reich der Toten und werden erwartet – du nicht.«
»Ken-*chan* hat recht«, sagte Kiyomi. »Außerdem wären Sie da unten blind, weil Sie die *yokai* nicht sehen. Wir können nicht Sie und gleichzeitig uns selbst schützen.«

Als Kenny und Kiyomi fünf Minuten später den Hügel zum Cape Irizaki hinaufstiegen, wartete Charles, bis sie außer Sichtweite waren, dann holte er sein Handy hervor.

»Hier müsste es gehen«, sagte Kenny, als sie die Landspitze erreicht hatten. Der Himmel leuchtete blutrot im Licht der untergehenden Sonne und erstreckte sich bis zum Horizont, wo ein paar schwarze Wolken wie Aasgeier beisammenhockten.
»Komm.« Kenny breitete die Arme aus. Kiyomi begab sich zögernd zu ihm, schmiegte sich an ihn an, und verschränkte die Hände in seinem Rücken. Er löste sie sanft und holte sie nach vorne auf seine Brust. »Behalte sie auf dem Stein«, sagte er.

Kusanagi tauchte in seiner Hand auf. »Okay«, wandte sich Kenny an das Schwert. »Du kennst den Ablauf. Ich möchte, dass du das Tor nach *Yomi* öffnest, so wie du es für die *yurei* getan hast. Das ist ein Befehl.«

»Glaubst du, es klappt?«, flüsterte Kiyomi.

»Es muss klappen.« Kenny konzentrierte sich auf das Schwert und kanalisierte sein *ki* in die Klinge. »Tu es für mich. Ich bitte dich.« Aus dem Inneren des Schwerts drang ein bläulicher Glanz, der die Klinge in Lichtfäden hüllte und von Sekunde zu Sekunde heller wurde.

Plötzlich kam ein Windstoß auf. Er fegte über die hohen Grashalme und zerrte an ihren Kleidern, während das helle Leuchten des Schwerts ihre Schatten in die Länge zog und so grell wurde, dass Kenny die Augen schloss. Er ließ das Schwert los. Anstatt zu Boden zu fallen, blieb es in der Luft und fing an, im Kreis zu schwingen und durch das Gewebe der Wirklichkeit zu schneiden.

»Festhalten!«, schrie Kenny über das laute Brausen des Winds hinweg. Er hatte sein Gesicht in Kiyomis Halsbeuge verborgen und spürte das Peitschen ihrer langen Haare auf seinem Nacken.

Knisternde Energiefäden hüllten sie ein, das Heulen des Winds steigerte sich in ein markerschütterndes Kreischen und dann stach ein Blitz vom Himmel und schlug an der Stelle ein, wo sie standen. Zurück blieb ein Fleck verbrannter Erde. Der nun folgende Donner war so gewaltig, dass die ganze Insel unter seinem Krachen erbebte und ausnahmslos alle auf ihr innehielten, um einen erstaunten Blick zum wolkenlosen Himmel zu werfen.

Charles blinzelte die Schwärze weg, die der Blitz auf seiner Netzhaut hinterlassen hatte. »Kenny«, murmelte er. »Wo auch immer du jetzt bist, möge Gott dir beistehen.«

Noch bevor Kenny die Augen öffnete, stieg ihm ein moschusartiger Tiergestank in die Nase, mit dem er nicht gerechnet hatte. Außerdem schien der Boden zu wanken und er spürte einen Druck im Bauch, als würde er getragen.

»Boah!« Durch seine noch blinzelnden Augen sah er, dass er kopfüber über dem Boden baumelte, der mit grauer Asche bedeckt war und Krallenspuren aufwies. »Lass mich runter!«

Der *oni*, der ihn wie einen Sack über die Schulter gelegt hatte, blieb stehen und warf ihn mit einem Achselzucken ab. Kenny schlug auf, rollte sich ab und sprang mit dem Schwert in der Hand auf die Beine. Er sah sich sechs *oni* gegenüber, die ihn amüsiert anblickten und jetzt auch noch leise in sich hineinlachten. Einer hielt Kiyomi wie eine schlaffe Puppe in der riesigen Pranke.

Kenny richtete das Schwert auf ihn. »Leg sie auf den Boden – schön vorsichtig. Und dann haut ihr ab oder –«

»Oder was?«, forderte ihn der erste *oni* heraus, der der Anführer zu sein schien. »Kuromori kann *oni* hier nichts tun.«

Als Kiyomi sich stöhnend regte, ließ der *oni* sie einfach fallen.

In seiner Wut ging Kenny mit erhobenem Schwert auf ihn los. Der *oni* lachte nur.

»Das ist *Yomi*«, sagte er. »Reich von Toten.«

»Ken-*chan*, er hat recht«, sagte jetzt Kiyomi. Sie war hörbar außer Atem und rang auf allen vieren um ihr Gleichgewicht. »Was willst du tun? Ihn töten und zur Hölle schicken? Er ist schon da – und wir sind es auch.«

»Der Meister erwartet euch. Los.« Der Anführer wies mit krummer Kralle auf einen weißen, halb verfallenen Palast, der in einiger Entfernung aus der Ebene ragte. Die Konturen seiner mehrstufigen Türme hoben sich vom dunklen Himmel ab wie die Furchen eines frisch gepflügten Ackers.

Kiyomi schauderte es bei seinem Anblick.

»Ist das der Ort, von dem du geträumt hast?«, fragte Kenny.

Sie nickte. »Ken-*chan*, wir müssen uns beeilen. Das Monster in mir regt sich. Ich kann es spüren.« Sie rang nach Luft. »Hier ist es viel stärker. Es erwacht … ich weiß nicht, wie lange ich noch dagegen ankämpfen kann.« Ihre Finger harkten durch die Asche auf dem Boden.

»Dann los.« Kenny half Kiyomi auf die Beine und wandte sich an die *oni*. »Geht voran.«

Die *oni*-Eskorte stapfte los, um sie zum Knochenpalast und ihrem Herrscher Susano-wo zu bringen.

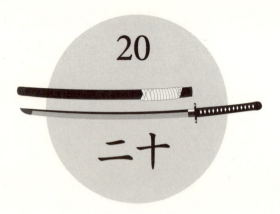

Yomi war eine kahle und trostlose Landschaft aus Knochen, Asche und Fäulnis. Der Himmel verschwand unter einer schwarzen Wolkendecke, die alles in ein graues Dämmerlicht tauchte und dahinraste, als fürchtete sie sich, zu verweilen. Dazu blies ein klagender Wind und hoch oben kreisten riesige Vögel. In der kühlen Luft lag ein Gestank nach Moder und Verwesung, und im Boden unter ihren Füßen wimmelte es von Schaben, Tausendfüßern, Skorpionen, Mistkäfern, Spinnen, Maden und Würmern.

»So habe ich mir das nicht vorgestellt«, sagte Kenny, während sie hinter den *oni* durch den Staub stapften. »Wo sind die *yurei*?«

»Die sind hier, keine Sorge«, presste Kiyomi zwischen den angespannten Lippen hervor. »Vermutlich irgendwo eingepfercht. Platz gibt es hier ja jede Menge.«

»*Oni* sind Teufel, oder? Sie foltern die Toten.«
»Nicht alle. Nur die, die es verdient haben. Wer ein gutes Leben geführt hat, wird verschont.«

Der Knochenpalast war von einem Burggraben umgeben, der wie eine Gletscherspalte senkrecht in die Tiefe stürzte. Eine Brücke führte zu einem riesigen Palasttor auf der anderen Seite. Nachdem die *oni* sie im Marschschritt überquert hatten, holte ihr Anführer mit seinem Eisenknüppel aus und drosch damit an die Tür.

Die beiden Flügel schwangen lautlos nach innen und sie traten ein. Nach der schiefergrauen Landschaft wirkte das matte Weiß im Inneren des Palasts im ersten Moment beinahe grell. Knochensäulen dienten als Stützpfeiler für die niedrigen elfenbeinfarbenen Decken und Schiebetüren aus brüchigem hellem Leder schlossen die Räume ab. Alles lag im Licht qualmender rußverschmierter Papierlaternen, die gespenstische Schatten warfen. Durch lange Gänge und über verwinkelte Treppen ging es zu offenen Galerien hinauf, von denen wieder andere Korridore zum nächsten Treppenaufgang abzweigten. Das Schloss war ein einziges Labyrinth, und es dauerte nicht lange, bis Kenny vollkommen die Orientierung verloren hatte. Er wusste nur, dass sie immer höher stiegen.

Vor einer großen Flügeltür, die mit einem achtköpfigen Drachen verziert war, hielten die *oni* schließlich an. Zwei von ihnen knieten sich zu beiden Seiten der Tür hin und schoben sie auf, während die anderen mit gesenkten Köpfen zurückwichen.

Kenny schluckte und war froh, als sich Kiyomis Hand in seine schob. Gemeinsam betraten sie den Saal.

Susano-wo saß auf seinem Thron, die Hände auf den Lehnen aus Drachenschädeln, und empfing sie mit so ehrlich freudestrahlender Miene, dass Kenny kurz zusammenschrak.

»Nun, sieh einer an«, dröhnte es aus dem bärtigen Mund. »Wenn das nicht mein Lieblingsdiener Kumatori ist. Du hast es geschafft. Ich wusste es! Nicht wenige hatten ihre Zweifel, dass ein erbärmlicher *gaijin*, ein Kind noch dazu, erfolgreich sein würde, wo andere scheiterten, aber ich glaubte an dich. Oh ja! Ha! Hört nur – ein Gott, der an einen Sterblichen glaubt. Eigentlich sollte es umgekehrt sein, nicht wahr?« Er tätschelte eine Sanduhr neben sich. »Und da bist du nun, bringst deine teure Freundin mit, und bist sogar ein paar Stunden zu früh. Bravo. Nein, wirklich. Bravo!«

Kenny starrte den Riesen mit vor Angst geweiteten Augen an. Am liebsten hätte er sofort wieder kehrtgemacht, aber Kiyomis von Krämpfen geschüttelter Arm an seiner Seite nagelte ihn fest.

»Du erinnerst mich an mich«, fuhr Susano-wo im Plauderton fort. »Dieselbe Beharrlichkeit. Du bist natürlich jünger, kleiner, schwächer und dümmer, aber du hast eindeutig *kihaku* – Temperament –, und das mag ich an dir. Du gibst nicht auf. Und du bist loyal. Allein, was du alles für deine kleine Freundin getan hast!«

»Sie ist nicht meine Freundin«, murmelte Kenny.

»Ah, aber sie könnte es sein. Ich kann sie dir zum Geschenk machen. Ich kann dir alles geben, was dein Herz begehrt. Immerhin warst du mir ein ergebener Diener.«

»Ken-*chan*«, sagte Kiyomi keuchend und mit geblähten Nüstern. »Wo…von… redet… er?«

»Keine Ahnung, aber ich bin nicht sicher, ob ich es wissen will.«

»Oh, diese Bescheidenheit«, höhnte Susano-wo. »Wie charmant. Vor mir, deinem wahren Meister, musst du nicht schüchtern sein.«

»Ihr seid nicht mein Meister –«

»Oh doch, Kutamari! Ich bin der Herrscher von *Yomi* und du befindest dich in meinem Reich.«

»Nehmt den Stein, dann sind wir fertig miteinander.«

»Nicht so schnell, Kamatori. Ich habe jahrhundertelang auf diesen Moment gewartet und gelernt, mich in Geduld zu üben. Weißt du, warum ich, der Gott der Meere und der Stürme, hier unten gefangen bin, wo es weder Ozean noch Himmel gibt?«

»Um Euch zu schwächen?«

»Zur Strafe für meine Sünden. Ja, es waren meine eifersüchtigen Brüder und Schwestern, die mich verstießen und hierher verbannten. Weißt du, was mich all die Jahre hindurch aufrechterhalten hat? Der Wunsch nach Rache. Rache an den Lebenden, Rache an den Göttern.«

»Können wir ... das ... beschleunigen?«, presste Kiyomi keuchend hervor.

»Eine Abmachung ist eine Abmachung und ich halte mein Versprechen«, sagte Kenny.

»Und bezahlst du auch deine Schulden?« Susano-wo lehnte sich vor. »Wo ist mein Juwel?«

»Wo ist der Ring?«, entgegnete Kenny.

Susano-wos Mund verzog sich zu einem Grinsen. »Hier. Nimm ihn.« Er zog einen weißen Jadering von seinem Finger und warf ihn Kenny hin. Noch während er durch die Luft flog, schrumpfte er zusammen und wurde klein genug, um auf einen menschlichen Finger zu passen. Kenny fing ihn in der Hand auf.

Kiyomis Rücken bog sich in einem fürchterlichen Krampf durch. »Ken-*chan*!«, rief sie gequält. »Ich ... kann ... nicht ... mehr ...«

Kenny nahm ihre Hand. Er schob rasch den Ring auf ihren Finger und legte den Arm um sie für den Fall, dass sie wieder ohnmächtig wurde.

Kiyomi schauderte, zuckte krampfartig und holte schließlich tief Luft. Als sie wieder ausatmete, spürte Kenny, wie die Spannung mit einem Mal aus ihrem Körper wich. Da sie taumelte, half er ihr, sich hinzusetzen, strich ihr die Haare aus dem verschwitzten Gesicht und blickte in ihre Augen.

»Ken-*chan*«, hauchte sie und streichelte seine Wange. »Er ist weg. Der *oni* ist weg. Endlich.«

»Das Juwel«, befahl jetzt Susano-wo und streckte die offene Hand aus.

Kenny richtete sich auf und langte unter sein T-Shirt nach dem *magatama*. »Etwas verstehe ich nicht«, sagte er. »Wozu braucht Ihr ihn? Ich meine, hier unten behelligt Euch doch niemand. Ihr habt Euer Königreich und sterben könnt Ihr auch nicht. Ihr seid unbesiegbar, wozu braucht Ihr also den Schutz des Steins?«

Susano-wos Finger krallten sich in die Luft, so sehr gierten sie nach dem Edelstein. »Es gibt vieles, das du nicht verstehst, Karamari. Das ist auch gar nicht nötig. Gib mir meinen Stein.« Er beugte sich vor, bis er den Jungen überragte.

»Na schön.« Kenny öffnete seine Faust und streckte ihm die Hand mit dem an der Goldkette baumelnden Stein hin.

Kiyomi hob den Kopf und krächzte: »Kenny, nicht!«

Doch Susano-wo hatte den Stein bereits an sich genommen und lehnte sich mit siegessicherer Miene wieder zurück.

»Kuromori«, sprach er den Namen nun zum ersten Mal richtig aus. »Du hast recht: Die Kraft des Steins interessiert mich nicht.«

»Wozu dann der ganze Aufwand?«

»Was zählt, ist seine *Bedeutung*.«

Kiyomi hob sich unter großer Anstrengung auf die Knie. »Kenny, es geht um die Drei Schätze.«

»Siehst du?«, meinte Susano-wo. »Das Mädchen versteht mich, im Unterschied zu dir ist sie aber auch eine *Nihonjin*.«

»Schätze?«, wiederholte Kenny. Die Antwort rüttelte an seinem Verstand wie ein Wort, das ihm auf der Zunge lag, ihm aber einfach nicht einfallen wollte.

Susano-wo lächelte wie ein nachsichtiger Onkel. »Die drei legendären Schätze dieses Landes, die *sanshu no jingi*. Zusammen bilden sie die Machtsymbole des alleinigen Herrschers. Vor dreizehnhundert Jahren wurden sie einem Sterblichen namens Ninigi überreicht. Er sollte damit das Volk regieren und als erster Kaiser die Herrschaft übernehmen. Folgst du mir?«

Kenny nickte zögernd.

»Gut, denn jedes Wesen auf diesen Inseln ist dem Besitzer der drei Heiligen Schätze zu Gehorsam verpflichtet, sei es Mann, Frau, Kind – oder Gottheit.«

Kenny wurde von einer schrecklichen Ahnung erfasst.

»Über Jahrhunderte wusste niemand, wo sich die Insignien befanden. Sie waren verschwunden. Versteckt an drei verschiedenen Orten, um sie voneinander zu trennen.«

»Und ich habe sie für Euch gefunden?«

»Ken-*chan*«, flüsterte Kiyomi. »Er darf das Schwert nicht bekommen.«

»Damit ich über meine göttlichen Brüder und Schwestern herrschen kann«, fuhr Susano-wo fort, »brauche ich selbstverständlich alle drei: den Spiegel, das Krummjuwel – und das Schwert.«

Kenny wich zurück. »Niemals. Das Schwert gehört mir. Wenn Ihr es haben wollt, müsst Ihr es Euch erst holen.«

Susano-wo bildete mit den Fingerspitzen seiner Hände ein Dach und lächelte schlau. »Warum sollte ich das tun, wenn es längst mein ist?«

»Das stimmt nicht! Ich habe es von Hachiman gewonnen.«

»Und ich gewann es, als ich den achtköpfigen Drachen Orochi bezwang und es seinem Bauch entnahm. Ich bin Kusanagis erster und einzig wahrer Besitzer. Es gehorcht alleine mir.«

»Das ist ... der blufft doch!« Kenny wich stolpernd zurück.

»Wie du meinst. Rufe das Schwert und beweise mir deine Furchtlosigkeit.«

Kennys Gedanken überschlugen sich. »Soll das ein Witz sein?«, versuchte er, Zeit zu schinden. »Mal sehen, wer zuletzt lacht, wenn ich es ...«

»Kenny, nein!«, schrie Kiyomi. »Genau das will er!«

Kenny rief Kusanagi und hielt seine Hand bereit, doch das Schwert erschien nicht. Er versuchte es noch einmal, wieder nichts.

Und plötzlich erinnerte er sich an eine spöttische Stimme, die ihn warnte: *Du solltest dich nicht allzu sehr auf das Schwert verlassen. Wenn du es am dringendsten brauchst, wird es dich im Stich lassen.*

»Nein. Bitte nicht.« Kenny suchte in seinem Innersten nach dem vertrauten Ort, wo das Schwert immer gewesen war und jetzt nur eine Ahnung davon zurückblieb.

»*Kuromori? Mein Meister ruft mich, ich muss gehen*«, hörte er plötzlich die monotone emotionslose Stimme.

»Ich dachte, ich bin dein Meister«, erwiderte Kenny und wurde sich bewusst, wie schwach und hilflos seine Stimme klang.

»*Susano-wo ist mein einziger wahrer Meister. Ich diente ihm lange, bevor ich irgendeinem anderen diente. Ich muss seinem Ruf folgen.*«

»Aber der Typ ist doch nicht ganz dicht! Ich dachte, wir wären … ein Team.«

»*Das ist wahr und ich hätte dir gerne länger gedient, Kuromori, doch die Pflicht ist stärker als der Wunsch. Ich habe keine Wahl.*«

»Man hat immer eine Wahl«, sagte Kenny mit flehender Stimme. »Du kannst dich für die Freundschaft entscheiden. So wie ich.«

»*Und was ist dabei herausgekommen? Lebe wohl, Kuromori. Es war mir ein Vergnügen, dir zu dienen.*«

»Kusanagi? Kusanagi!«

Dort, wo das Schwert gewohnt hatte, war nichts mehr, nur noch Leere.

»Suchst du das?«, fragte Susano-wo mit vor Niedertracht triefender Stimme. In seiner erhobenen Hand lag Kusanagi, das Himmelsschwert.

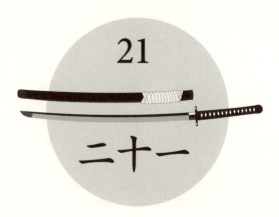

Kiyomi kam torkelnd auf die Beine und blickte ihn entsetzt an. »Ken-*chan*, was hast du getan?«

»Äh, weiß nicht genau, aber nichts Gutes«, stammelte Kenny, dem allmählich dämmerte, dass er einem fürchterlichen Betrug aufgesessen war.

»Du …«, Kiyomi rang um das richtige Wort. »*VOLLIDIOT!*«

»Bedenke, wie du mit meinem Diener sprichst«, sagte Susano-wo scharf und richtete das Schwert auf sie. »Kuromori trifft keine Schuld. Ich führte ihn in der Tat in die Irre, aber meiner List sind schon Bessere aufgesessen.«

»Was soll das jetzt wieder heißen?«, fragte Kenny ungeduldig. »Wenn Sie uns töten wollen, dann tun Sie es. Aber langweilen Sie uns nicht mit Ihren Rätseln zu Tode.«

»Wenn ich dich töten wollte, du Kind, hätte ich es längst

getan. Spätestens in dem Moment, als du mir den Stein übergabst. Nein, ich möchte dir ein Angebot machen, aber zuvor sollst du verstehen, warum ich Gnade walten lasse.«

»Dann mach endlich«, knurrte Kenny leise.

»Ich will dir erzählen, warum ich dazu verdammt bin, über das Reich der Toten zu herrschen. Meiner Schwester Amaterasu wurde die Sonne zum Geschenk gemacht, meinem Bruder Tsukuyomi der Mond. Ich sollte die Herrschaft über die Meere erhalten, doch mein elender Vater hielt mich für schwach und verbannte mich stattdessen hierher, in diese Einöde. Weißt du, warum?«

Kenny schüttelte den Kopf und ließ den Blick auf der Suche nach einem Fluchtweg durch den Saal schweifen.

»Weil ich um meine tote Mutter weinte.«

»Was?« Die Worte trafen Kenny wie ein Donnerschlag.

»Richtig, das verbindet uns drei. Weil ich um sie trauerte und das zeigte, was mein Vater für Schwäche hielt, wurde ich um mein rechtmäßiges Erbe gebracht. Mein Reich wurde von Ryujin, diesem habgierigen Wurm, übernommen. Jetzt weißt du auch, warum ich Drachen töte.«

»Es geht also nur um Rache?«

Susano-wo seufzte. »Dein Großvater hätte längst eins und eins zusammengezählt. Also gut: Ich benötigte die Drei Schätze. Nur waren sie verschwunden. Soweit klar?«

»Ja.«

»Deshalb zeigte ich dem Sterblichen Akamatsu das Versteck des Drachen Namazu und ermutigte ihn, ihn als Waffe für seinen persönlichen Rachefeldzug einzusetzen.«

»Das waren Sie? Ich dachte, Hachiman, der Kriegsgott –«

»Ich bitte dich. Dieser Einfaltspinsel ist doch viel zu fantasielos, um sich einen solchen Plan auszudenken. Ich wusste, dass ich mit Namazu die Suche nach Kusanagi auslösen würde, da sich das Massaker nur so verhindern ließe. Und so war es auch. Jetzt musste ich nur noch die beiden anderen Objekte finden. Das Schicksal war mir in der Tat gnädig, denn es schickte mir dich.«

Kiyomi konnte sich kaum aufrecht halten. Kenny legte den Arm um sie.

»Kuromori, hast du immer noch nicht begriffen, wer ich bin?«, fuhr Susano-wo mit einem schadenfrohen Glitzern in den Augen fort. »Ich bin der Herrscher über die *oni*. Und zwar über alle *oni*. Sie tun nichts ohne mein Einverständnis, und das gilt auch für den Verräter Taro.«

»Nein!«, hauchte Kiyomi.

»Oh ja! Ich befahl ihm, sich zu opfern, weil ich damit eine Waffe in die Hand bekam, mit der ich dich, Kuromori, Ritter der Inari, in die Irre führen und für meine eigenen Zwecke nutzen konnte.«

»Sie warnte mich«, murmelte Kenny. »Sie sagte, dass Sie gerissen sind und unberechenbar. Und dass ich Ihnen nicht trauen dürfte. Hätte ich nur auf Inari gehört.«

»Bu-hu, in der Tat. Danach war es ein Leichtes, meinen Bruder, diesen Narren, zu überreden, die Sonne auszulöschen. Ich lieh ihm sogar einige meiner *oni*, damit sie ihm halfen. Er dachte, er führte einen Schlag gegen unsere Schwester, doch in Wirklichkeit half er dir dabei, den Spiegel für mich zu finden.«

»Er hat dich ausgenutzt, Ken-*chan*. Und mich auch«, meinte Kiyomi bitter.

»Als nur noch das Juwel blieb, half mir der Spiegel, ihn zu finden. Daher entsandte ich einen meiner Diener –«

»Den Hai-*oni* –«

»Und den *mukade*. Tausendfüßer sind eine *Yomi*-Spezialität, wusstest du das? Nun denn. Ich hätte zwar nicht gedacht, dass Ryujin sein Versprechen nicht einhalten würde, aber mit Kakichi ging ich auf Nummer sicher und sorgte dafür, dass du hierher zurückkehren würdest. Und hier bist du.«

»Sie haben uns gegeneinander ausgespielt, damit wir diese drei Objekte für Sie finden?«, fragte Kenny. »Wozu? Um die Götter in der Hand zu haben?«

»Oh nein, Kuromori, es kommt noch viel besser. Kraft der Insignien bin ich von nun an der alleinige Herrscher Japans, dem die Tore *Yomis* nicht länger versperrt sind. Du hast mich befreit. Ich kann mit meiner Armee im Reich der Lebenden einmarschieren und die Welt so gestalten, wie ich es für richtig halte.«

»Ihr meint die Hölle auf Erden«, warf Kiyomi ein.

Susano-wo zuckte die Achseln. »Manchmal muss man das Alte vernichten, um Platz für das Neue zu schaffen.« Er stand auf und stieg von der Plattform. »Du, Kuromori, hast mir dazu verholfen. Ich schulde dir ewige Dankbarkeit. Erlaube mir, dich zu belohnen.«

»Sie können mich mal«, schoss Kenny zurück. »Ich will nichts von Ihnen.«

»Ich kann dir das Mädchen schenken. Sie ist doch der Grund, warum du das alles getan hast.«

»Was soll das heißen, ›schenken‹?«, platzte jetzt auch Kiyomi der Kragen. »Ich gehöre niemandem und schon gar nicht Euch.«

»Ich kann sie gefügig machen«, schnurrte Susano-wo. »Ihren Willen brechen, damit sie nur noch dafür lebt, dir zu dienen.«

Kenny trat zwischen Kiyomi und den Gott. »Danke, aber kein Bedarf.«

»Wie du willst. Wie wäre es mit Macht? Ich erteile dir das Kommando über meine Armee. Du hast mir gedient und –«

»Ist jetzt endlich mal Schluss mit diesem Stuss von wegen dienen?«, explodierte Kenny. »Ich habe Ihnen nicht gedient, jedenfalls nicht aus freien Stücken. Wenn ich gewusst hätte, was Sie vorhaben, hätte ich Ihnen nie geholfen.«

»Und doch dientest du mir und hast Großartiges vollbracht. Schließe dich mir an und es wird dir an nichts fehlen. Widersetze dich mir und dir bleibt nur der Tod und der bittere Geschmack der Niederlage.«

»Ich habe das Versprechen gegeben, Leben zu schützen und Menschen zu helfen. Mit Ihnen würde ich niemals gemeinsame Sache machen.«

»Letzte Chance, Kuromori.« Das Lächeln verschwand und Susano-wos Stimme wurde hart. »Du kannst leben und über die Welt herrschen oder du stirbst hier – zusammen mit dem Mädchen – und wirst an die Schaben verfüttert.« Das Schwert leuchtete in seiner Hand. »Denk nach, Junge! Die Götter knien vor mir, die Menschen fliehen in Angst und Schrecken und die *yokai* tanzen nach meiner Pfeife. Niemand kann mich mehr aufhalten. Es ist vorbei.«

»Ich habe die Wahl«, sagte Kenny und schob sich vor Kiyomi. »Ich kann mich einem Loser anschließen, wie Sie es sind, oder ich kann das tun!«

Kenny streckte die Hände aus, konzentrierte sich und feuerte ein Kraftfeld ab. Die unsichtbare Wand traf den Gott mit Wucht in die Brust und zwang ihn, einen Schritt zurück zu machen. Er stieß mit der Ferse gegen die Kante der Plattform, strauchelte und stürzte rücklings in seinen Thron aus Drachenknochen.

»Raus hier!«, schrie Kenny und schob Kiyomi an. Sie rannten los und trafen gleichzeitig auf die Schiebetüren am anderen Ende der Halle – Kiyomi mit einem Tritt aus der Luft, Kenny mit der Schulter voran.

Die beiden *oni*, die davor Wache hielten, hörten den Tumult in der Halle und wirbelten in der Sekunde herum, als die beiden Sterblichen durch die morschen Lederhäute der Schiebetüren barsten.

Kiyomi landete auf den Füßen und nahm den Vorraum in Augenschein: zwei *oni*, Wände aus Knochen, eine Treppe nach unten, ein vergittertes Bogenfenster und dahinter der schwarze Himmel.

Kenny rappelte sich zwischen Knochensplittern und Hautfetzen auf und starrte zwei *oni* an – einen weißen und einen roten.

»Weg da! Ich warne euch!« Er brachte seine Hand in Position, um das Schwert zu rufen.

Von der Treppe schallten grunzende Rufe herauf und kündigten Verstärkung an.

Kenny blinzelte auf seine immer noch leere Hand und fluchte.

»RRRRRAAAAHHH!« Der rote *oni* holte aus und ließ den Eisenschläger herunterkrachen. Kenny warf sich zur Seite und hörte das Rauschen des an seinem Kopf vorbeisausenden Schlägers.

Der weiße *oni* hatte sich unterdessen auf Kiyomi gestürzt. Sie katapultierte sich in die Luft, stützte sich mit den Händen auf seinem Kopf zum Überschlag ab und landete neben Kenny. »Abmarsch!«, zischte sie, packte ihn am Kragen seines T-Shirts, zerrte ihn hoch und wich mit ihm zur Wand zurück.

»Kein Entkommen«, knurrte der Rote, während er mit dem Eisenschläger in seine Handfläche klatschte und sich sechs weitere *oni* aus dem Treppenhaus in den schmalen Vorraum quetschten.

Kiyomi hielt Kenny am Kragen fest. »Powerpunch bei drei, verstanden?«, flüsterte sie.

»Was? Gegen die da?«

»Tu einfach, was ich tue.«

Im demolierten Türrahmen tauchte Susano-wos Schatten auf, dann kam er selbst, Kusanagi in der Hand. »Ich bin enttäuscht von dir, Kuromori«, sagte er.

Immer noch zurückweichend, drückte Kiyomi mit einem Finger auf Kennys Arm. Eins.

»Daher habe ich beschlossen, das Mädchen langsam zu töten, während du zusiehst.« Mit einem Winken befahl Susano-wo seinen *oni*, sich zurückzuhalten.

Als Kenny den zweiten Druck spürte, fokussierte er sein *ki* in seine linke Hand.

»Ihre Reste werfe ich meinen loyalen Dienern zum Fraß vor.« Susano-wo hielt inne, sein arrogantes Grinsen verfiel. »Spätestens hier bettelst du um Gnade, nein?«

»Niemals!«, schrie Kenny.

»Drei!«, brüllte Kiyomi. Sie drehte sich auf den Zehenspitzen um die eigene Achse, wirbelte Kenny mit sich herum und schlug mit der Faust das Gitterwerk des Fensters ein, während Kenny seinerseits einen Teil der Wand zum Einsturz brachte. Durch die Lücke drang heulend der Wind herein.

»Und jetzt?«, stieß Kenny hervor, als Susano-wo mit erhobenem Schwert zum Angriff überging.

»Springen wir.« Kiyomi stieß Kenny durch die Lücke und setzte ihm hinterher.

Wie befürchtet, lag der Thronsaal hoch oben in einem der Türme; es war also nicht nur ein weiter Weg nach unten, sondern ›unten‹ bedeutete spitze Felsen und einen ins Bodenlose stürzenden Burggraben.

Im Fallen bemerkte Kenny ein silbernes Wasserband, das sich durch die Wüste schlängelte, doch da griff Kiyomis Hand wieder nach seinem T-Shirt. Die Palastmauer raste an ihnen vorbei und Kenny war drauf und dran, einen Aufwind zu schaffen, als aus den Wolken über ihnen riesige schwarze Schemen herunterfielen und wie Pfeile auf sie zuschossen.

Es waren Vögel, jeder so groß wie ein kleines Flugzeug, mit flachen breiten Flügeln und langen Hälsen. Die schlangenartigen Schwänze und ihre glühenden Augen verrieten ihre dämonische Herkunft.

Kenny wurde blitzartig bewusst, dass sie für diese Höllenkreaturen noch leichtere Beute wären, wenn er ihren

Sturz verlangsamte. Der Boden raste ihnen entgegen, die Dämonenvögel kreischten siegessicher, klackerten mit ihren Schnäbeln und streckten bereits ihre Krallen aus.

Doch auf einmal war hinter ihnen noch wütenderes Flügelschlagen zu hören. Als sich scharfe Krallen in seine Schulter bohrten, schrie Kenny auf, dann wurde ihm schwarz vor Augen.

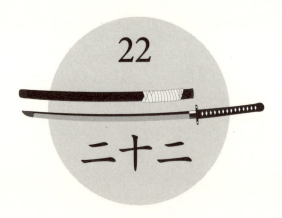

22

Das Licht der Abendsonne stach in Kennys Augen und fühlte sich nach der grauschwarzen Düsternis in *Yomi* unerträglich hell an. An seinem Kapriolen schlagenden Magen erkannte er, dass er sich immer noch im freien Fall befand. Dann klatschten ihm Blätter und Zweige um die Ohren und zerrten an seinen Kleidern, und im nächsten Moment schlug er auf der kühlen frischen Erde auf, froh, am Leben zu sein und das Piken der abgebrochenen Äste in seinem Rücken zu spüren.

Doch noch bevor er die Augen richtig öffnen konnte, zerrte ihn eine kräftige Hand hoch und stieß ihn vorwärts.

»Hey! Was –?«

»Ken-*chan*, halt die Klappe«, zischte Kiyomi neben ihm.

Als sich seine Augen an das helle Licht gewöhnt hatten,

wagte er einen Blick über die Schulter und erschrak beim Anblick eines erbosten Gesichts mit langer Hakennase und schlohweißem Bart.

»Ich weiß«, flüsterte Kiyomi. »Sei einfach still und mach nicht alles noch schlimmer.«

»Schlimmer als es schon ist?«

Zwischen den Bäumen wurden die Giebeldächer von Harashimas Villa sichtbar und gleich darauf das Haus selbst. Sato, Genkuro und Kiyomis Vater standen mit finsteren Mienen davor und erwarteten sie.

»Ins Haus«, befahl Sato.

Als sie den Hauptraum betraten, folgte die nächste Überraschung.

»Opa!« Kenny war mit einem Satz bei dem hochgewachsenen alten Mann und umarmte ihn.

Lawrence Blackwood war zwar auch wütend, als er seinen einzigen Enkelsohn aber in den Armen hielt, konnte er nicht anders, als die Umarmung zu erwidern. »Kenneth, du steckst in ernsten Schwierigkeiten.«

»Ich weiß, Opa«, murmelte Kenny.

»Du kannst von Glück reden, dass mich dein Vater sofort angerufen hat.«

Die anderen betraten jetzt der Reihe nach den Raum, unter ihnen auch der große kräftige Mann mit der langen Hakennase, dem Kenny und Kiyomi ihre Rettung verdankten.

»Sojobo-*sama*, wie lange noch?«, fragte Sato den König der *tengu* – Vogeldämonen, die die Kunst des Teleportierens beherrschten.

»Ich habe mein Volk gerufen«, antwortete Sojobo. »Aber lasst mich erst wieder zu Kräften kommen. Die Reise nach *Yomi* ist gefährlich und schon beschwerlich genug, wenn man keinen missratenen Kindern aus der Patsche helfen muss.« Er schoss einen aufgebrachten Blick auf Kenny und Kiyomi ab.

Harashima hob Kiyomis Kinn an und blickte ihr in die Augen, bevor er sie in die Arme schloss.

»Fangen wir mit der guten Nachricht an«, erklang Genkuros hohe und klare Stimme. »Kiyomi-*chan* ist wieder sie selbst. Die *oni*-Seele hat sie verlassen, richtig?«

Kiyomi nickte. »Ja, und das verdanke ich Ken-*chan*.«

»Ihr seid am Leben, auch das ist gut«, fügte der alte *sensei* hinzu.

»Und jetzt die schlechte Nachricht«, sagte Sato.

Genkuro seufzte. »Die Tore *Yomis* halten nicht mehr stand. Susano-wo ist uneingeschränkter Herrscher.«

»So einfach kann das doch nicht ablaufen«, warf Kenny ein. »Muss er nicht erst gekrönt werden und einen Schwur leisten?«

»Er ist der Träger der Machtsymbole, die du ihm gegeben hast«, bemerkte Sojobo mürrisch. »Das allein berechtigt ihn, den Gehorsam aller zu verlangen.«

»Woher sollte ich das denn wissen?«, protestierte Kenny.

»Er hat dich reingelegt«, sagte Harashima. »Das tut er immer.«

»Und wenn schon? Soll er herrschen«, versuchte es Kenny noch einmal. »Kann ja wohl nicht so schlimm sein.«

»Ken-*san*, Susano-wo ist der Gott der Stürme«, antwortete Sato. »Es liegt in seiner Natur, Zerstörung zu säen. Er ist gewalttätig, unberechenbar und grausam. Er ist nachtragend und hat viele offene Rechnungen zu begleichen. Er wird über die Sonne, den Mond und das Meer herrschen. Von seiner Höllenarmee ganz zu schweigen. Zähle das alles zusammen und du erhältst das Ende der Welt.«

Kiyomi löste sich aus den Armen ihres Vaters. »Ken-*chan*, *Yomi* wurde erst durch seine Herrschaft zu dem, was wir gesehen haben. Er verachtet jede Art von Schwäche, weil sein Vater erkannt hat, dass er schwach ist, und er hasst das Leben. Er ist überzeugt davon, dass der Tod stärker ist und immer gewinnt. Damit haben wir es zu tun.«

»Heißt das, er will alles töten?«

»Er herrscht über die Toten«, antwortete Kiyomi, als wäre damit alles gesagt.

»So ein Mist.«

»Genau. Und du hast ihn gerade befreit.«

»Was tun wir jetzt?« Kenny blickte sich im Raum um. »Es muss doch einen Weg geben, ihn aufzuhalten.«

»Wir müssen zu meiner Meisterin, der Göttin Inari«,

sagte Genkuro. Als Kennys Mund aufging, fiel ihm der *sensei* ins Wort. »Es muss sein.«

Kenny ließ die Schultern hängen. »Na schön«, brummte er. »Dann muss ich die Suppe eben auslöffeln. Wer wird noch da sein?«

»Alle«, antwortete Lawrence. »Und damit meine ich wirklich alle.«

Eine Stunde später kämpfte Kenny gegen die Übelkeit an, die ihn beim Teleportieren immer noch befiel. Zwei von Sojobos Getreuen, die beiden *tengu* Kokibo und Zengubu, waren im Haus zu ihnen gestoßen und hatten geholfen, die Sterblichen hierherzutransportieren.

»Ich kann das Meer riechen«, sagte Kenny. Er stand am oberen Rand eines steil nach unten abfallenden Hangs und ließ den Blick über ein weitläufiges Tal schweifen. Im Süden waren die Lichter einer Stadt zu sehen. »Wo sind wir?«

»In Izumo, Präfektur Shimane«, antwortete Lawrence. Als er Kennys nichtssagenden Gesichtsausdruck bemerkte, fügte er hinzu: »Nicht weit von Matsue, wo du Susano-wo in seinem Schrein aufgesucht hast.«

»Ach so«, murmelte Kenny betreten.

Als sie vollständig waren, betraten sie einen Pfad, der sich durch kniehohes Gras abwärts schlängelte. Am nächtlichen Himmel dehnte sich die Milchstraße aus und bildete einen glitzernden Bogen, der bis ins Tal reichte und in einer Helligkeit erstrahlte, wie es Kenny noch nie gesehen hatte. Als sie um eine Biegung kamen, blieb er wie angewurzelt stehen, denn im breiten ausgetrockneten Flussbett im Tal glitzerten ebenfalls Millionen kleiner Lichter, so als wären die Sterne vom Himmel gefallen. Und tatsächlich sah es so aus, als wären sie eine Spiegelung des Sternenbogens der Milchstraße.

»Was ist das?«, fragte er laut.

»Unser Treffpunkt«, antwortete sein Großvater.

»Es sieht aus, als würde die Milchstraße direkt in den Fluss strömen.«

»Oder auch umgekehrt«, bemerkte Kiyomi. »Wenn du am Horizont eine Linie ziehen würdest, wäre es symmetrisch.«

Genkuro ging mit Sato und Harashima voran, die *tengu* bildeten die Nachhut. Als sie näher kamen, erkannte Kenny, dass die Lichter umhergingen und manche von ihnen von menschlicher Gestalt waren.

»Opa, sind das Menschen?«

»Kenneth, du wirst jetzt gleich etwas sehen, was kaum jemand je zu Gesicht bekommt.«

»Die göttliche Versammlung«, hauchte Kiyomi.

»Die was?«

»Eine Art Jahresversammlung der acht Millionen Götter Japans«, erklärte Lawrence.

»Normalerweise tagen sie im Oktober«, fügte Kiyomi hinzu. »Sie besprechen, was anliegt, und beschließen, welche Wünsche sie erfüllen sollen. Alles sehr zivilisiert.«

»Nur, dass diesmal der Kriegsrat einberufen wurde«, brummte Sojobo.

Als sie das Flussbett erreicht hatten und Kenny die schiere Menge der japanischen Götter und ihre große Vielfalt sah, blieb er mit offenem Mund stehen. Nicht weit von ihm war ein Felsen in ein Gespräch mit einer Baumgruppe vertieft, uralte Einsiedler mischten sich unter bärenstarke Krieger, er erkannte alle möglichen Tiere und sogar Gegenstände.

Die sanft schimmernden Gestalten wandelten unbeschwert umher, wichen aber beim Anblick der Menschen zurück. Dann öffnete sich in ihrer Mitte ein Pfad und ihre Blicke, die nichts Gutes verhießen, waren ausnahmslos auf Kenny gerichtet.

»Und?«, fragte Sato, der nur das leere Flussbett sah. »Sind sie da?«

»Ja«, antwortete Lawrence leise. »Alle acht Millionen. Aber vielleicht sollten Sie und Harashima-*san* lieber hier warten. Wenn Sie versehentlich durch einen von ihnen hindurchmarschieren, bringt uns das nur zusätzlichen Ärger.«

Sato sah Kiyomi verärgert an, doch dann verneigte er sich und trat beiseite.

»Er ist immer noch sauer, weil du seine Brille kaputt gemacht hast«, flüsterte Kenny.

»Ich konnte doch nicht wissen, dass er nur die eine hatte.«

Genkuro ging voran. Der Pfad zog eine schwarze Linie durch die herandrängende Lichterschar und endete vor einem flachen, halb aus der Erde ragenden Felsen. Auf ihm stand eine Frau im schneeweißen Kimono – die Göttin Inari.

Bei ihrem Anblick neigte Kenny den Kopf und sank wie alle anderen auf ein Knie.

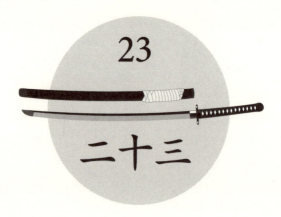

23

»Kuromori, erhebe dich, damit ich dich ansehen kann«, befahl Inari.

Kenny und sein Großvater standen gleichzeitig auf. Mit der Andeutung eines Nickens entließ die Göttin Lawrence. Er zog sich dankbar zurück und stellte sich neben eine kleine nach oben wirbelnde Staubwolke.

»Brüder und Schwestern!«, wandte sich Inari mit einer Stimme an die Menge, die das ganze Tal einfing. »Ich habe diese Versammlung einberufen, weil uns große Gefahr droht. Schuld daran ist dieses Menschenkind.«

Die Stille wurde von lautstarkem Zorn und Hohn zerrissen.

»Wir sind hier, an dieser Stelle, wo Himmel, Erde und Unterwelt aufeinandertreffen, um unserem neuen Herrn und Meister Respekt zu erweisen.«

»Niemals!«, schrie ein alter, auf einen Stock gestützter Dachs.

»Das wäre Gotteslästerung!«, rief ein mageres, mit Wunden übersätes Männchen.

»Susano-wo ist im Besitz der Heiligen Throninsignien«, sprach Inari mit fester Stimme weiter. »Das verleiht ihm uneingeschränkte Macht und verlangt von uns allen bedingungslosen Gehorsam. Wir dürfen uns nicht gegen ihn stellen. So will es das Gesetz.«

Inari wartete, bis sich die aufgebrachte Menge beruhigt hatte.

»Viele von euch werden sich fragen, wie es dazu kommen konnte. Schließlich haben wir vor langer Zeit beschlossen, die Schätze getrennt voneinander zu verstecken, weil wir ihre Macht kennen.«

»So ist es! Wer ist schuld an diesem Verbrechen?«, empörte sich ein dicker Salamander.

Kenny richtete sich auf. »Ähm ... ich war das.«

KRACK! Genkuros Stab wehrte einen Stein ab, der Kennys Kopf gegolten hatte. Auf ein Zeichen Inaris standen die *tengu* auf und bildeten einen losen Kreis um ihn.

»Das Kind steht unter meinem Schutz, bis wir uns geeinigt haben, wie wir weiter vorgehen«, fuhr Inari in aller Ruhe fort. »Ich habe ihn auserwählt. Seine Verbrechen sind daher auch meine.«

»Es tut mir so leid«, sagte Kenny. »Ich wusste doch

nicht, dass das passieren würde. Ich wollte – also, ich – ich hatte einfach keine Ahnung.«

»Stimmt es, dass du Susano-wo das Schwert, den Spiegel und das Krummjuwel überreicht hast?«

»Das Schwert habe ich ihm nicht gegeben. Das hat er sich genommen. Oder sagen wir so: Es ist mit ihm mitgegangen.«

»Und du hast das getan, obwohl ich dich warnte?«

»Ja.« Kenny starrte mit gesenktem Kopf auf seine Schuhspitzen.

»Warum?«

Kenny spürte, wie sich Tausende Blicke in ihn hineinbohrten. Sein Herz wollte ihm aus der Brust springen und sein Mund war staubtrocken.

Kiyomi erhob sich und stellte sich neben Kenny. »Er tat es, um mir zu helfen«, sagte sie und griff nach seiner Hand.

Inaris Ton wurde ein wenig milder. »Kuromori, du hast deine Liebe für dieses Mädchen über den Gehorsam gestellt, den du mir schuldest.«

Kenny wand sich. »Na ja, also ›Liebe‹ würde ich es nicht nennen. Mehr ›sehr gern haben‹, aber … ich schätze … ja … irgendwie schon.«

»Tötet ihn!«, rief ein Büschel Bambus.

»Tötet beide!«, lispelte ein zerbrochener Wasserkrug.

Inari wartete, bis wieder Ruhe einkehrte. »Susano-wo ist noch nicht ins Licht getreten. Das Tor zu *Yomi* wird zwar von Stunde zu Stunde schwächer, aber es ist breit und stark, und noch hält es. Er wird auch nicht alleine kommen. Er muss sich vorbereiten und seine Armeen aufstellen. Vielleicht haben wir noch genug Zeit, um ihn aufzuhalten.«

»Wie?«, grunzte ein dreibeiniges Schwein. »Er ist im Besitz der Schätze. Selbst wenn es uns gestattet wäre, uns zu widersetzen, damit ist er unbesiegbar.«

»Das ist richtig«, stimmte ein Wasserfall zu. »Keiner von uns kann sich ihm widersetzen. Das wäre Hochverrat.«

Kenny hob die Hand. »Darf ich etwas sagen?«

»Hast du nicht schon genug gesagt?«, polterte ein weißer Makak.

Wieder wurde laut gestritten und auf einmal spürte Kenny Inaris Verstand in seinem Kopf. Er hob den Blick und sah, dass sie ihm zuzwinkerte. Er blickte sich rasch um. Hatte er sich das eingebildet? Hatte sie wirklich ihn gemeint?

Hinter Inari flammte plötzlich ein Lichtpuls auf, so grell wie eine Miniatursupernova, und brachte das Geschrei augenblicklich zum Schweigen. Eine junge Frau im weißen Kimono mit roter *obi*-Schärpe betrat den Felsen.

»Ich wünsche zu hören, was der Junge zu sagen hat«, sprach die Sonnengöttin Amaterasu. »Lasst ihn sprechen.«

Kenny schluckte. Er verneigte sich, dann wandte er sich

an die Menge. »Soweit ich das verstanden habe, darf kein japanischer Untertan seinem Herrscher den Gehorsam verweigern, richtig?«

Die Menge nickte einhellig.

»Ich bin aber kein Japaner, bloß ein blöder *gaijin*. Nur deshalb konnte ich Inari den Gehorsam verweigern und das alles anrichten. Über mich kann Susano-wo nicht befehlen.«

»Was willst du damit sagen?«, fragte Kokibo.

»Dass ich ihn vielleicht aufhalten kann.«

Während sich millionenfach Hohn und Spott über seinen Enkelsohn ergoss, musste Lawrence sich räuspern, um ein Lächeln zu verbergen. Erst als Amaterasu erneut aufloderte, kehrte wieder Stille ein.

»Das wäre Selbstmord«, meinte Kokibo geringschätzig. »Er zerquetscht dich wie eine Mücke.«

»Überlegt doch!«, rief Kenny. »Ich bin jetzt schon so gut wie tot. Ihr wollt mich töten, Susie will mich umbringen. Ich habe nichts zu verlieren. Warum sollte ich es nicht wenigstens versuchen?«

»Wie willst du – ein Kind – einen Gott aufhalten?«, höhnte eine große Kröte.

»Der Junge ist mein Ritter«, erklärte Inari. »Ich finde, er verdient eine Chance.«

»Das musst du ja auch sagen«, entgegnete eine Papierlaterne. »Dich trifft gleich viel Schuld wie ihn.«

Amaterasu hob ihre Hand. »Wäre Kuromori nicht gewesen, wäre ich heute Abend nicht bei euch. Ich unterstütze ihn.«

»Wer noch?«, fragte Inari. »Wir brauchen noch fünf Stimmen, um die erforderlichen Sieben zu erhalten.«

»Na gut«, brummte Sojobo. »Soll er es versuchen. Er verdient eine Chance.«

Die versammelten Götter blickten sich um, wetzten betreten hin und her und warteten, ob sich noch jemand melden würde.

»*Hai!*«, dröhnte eine Stimme aus der Menge. »Mag sein, dass Schlauheit reicht, den Schlauen zu besiegen, und dieser Welpe ist in der Tat ein schlauer Fuchs. Hachimans Banner steht hinter ihm.« Der Kriegsgott trat vor und hieb mit der Faust auf seinen Brustharnisch.

Als Nächster drängte sich Ryujin, der Drachenkönig, nach vorne. »Der Feind meines Feinds ist mein Freund«, sagte er. »Lasst euch von seiner schmächtigen Gestalt nicht täuschen, meine Brüder. Der, den ihr verächtlich Kind nennt, hat mit Namazu gekämpft und einen *mukade* bezwungen.«

»Es fehlen noch zwei«, sagte Inari. »Finden sich noch zwei Stimmen zu seinen Gunsten?«

»Jetzt mach schon, du Schnecke!«, schimpfte eine näselnde Stimme. »Aus dem Weg, ihr Schwachköpfe!«

Beim Klang der vertrauten Stimme wandte Kenny den

Kopf. Die in Lumpen gehüllte Vogelscheuche näherte sich auf dem Rücken einer Riesenschildkröte.

»Wenn hier einer Susano-wo aufhalten kann, dann ist es dieser Knabe«, sagte Kuebiko, der Gott des Wissens. »Und ich irre mich nie.«

»Findet sich noch eine Stimme?« Inari ließ den Blick suchend über die Menge schweifen. »Das ist eure Chance, um statt der Verzweiflung die Hoffnung zu wählen.«

»Das ist Hochverrat«, fauchte eine Katze mit zwei Schwänzen. »Der Meister wird wissen, wer die Verräter sind. Nur ein Narr riskiert seinen Zorn.«

»Nennst du mich etwa einen Narren?«, erklang eine Stimme, die so kalt war wie das All. Schattenfäden wirbelten durch die Luft und verdichteten sich zu einer in einen Umhang gehüllten Gestalt.

Kiyomi wich einen Schritt zurück. »Tsukuyomi?«

Mit der Hand vor Augen, um sich vor Amaterasu zu schützen, trat der Mondgott vor. »Dieser Kuromori ist kein normaler Junge«, sagte er und bleckte seine weißen Zähne. »Sterbliche Helden hat es immer wieder gegeben. Lasst es ihn versuchen.«

»So ist es denn beschlossen«, sprach Inari zur Menge. »Ihr anderen seid von der Verantwortung für diese Entscheidung befreit. Macht euch bereit, euren Herrn und Meister zu empfangen. Doch diejenigen unter euch, die willens sind, sich ihm zu widersetzen, kommen mit mir.«

Sie stieg vom Felsen und schritt davon.

»Ken-*chan*?« Kiyomi zog an Kennys Arm. »Bist du verrückt geworden? Du kannst nicht gegen Susano-wo kämpfen, nie im Leben. Das überlebst du nicht.«

Kenny zuckte die Achseln. »Ich dachte, ich probiere es einfach. Damit sie mich nicht umbringen.«

»Noch nicht«, erwiderte Kiyomi.

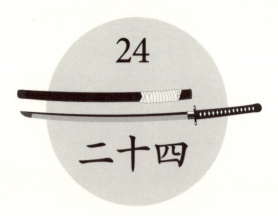

24

»Nehmt meine Hände«, forderte Inari Kenny und Kiyomi auf.

Kenny ergriff ihre Hand, blinzelte und spürte eine feuchte Brise über seine Wangen streichen, ehe es stockfinster wurde. Die Wassertropfen auf seiner Haut sagten ihm, dass Inari ihn irgendwohin transportierte und eine eindeutig sanftere Methode anwandte als die *tengu*.

Gelb schimmerndes Licht, so weich wie Kerzenschein, verdrängte die Schwärze und vor Kennys Augen tat sich der sonderbarste Anblick auf: Inari, die im schneeweißen Kimono im Schlamm und Staub einer großen Höhle stand.

»Wieder unter der Erde«, sagte Kiyomi fröstelnd. Kenny legte den Arm um ihre Schulter, um sie zu wärmen.

Kurz darauf trafen auch die anderen ein. Sechs Götter, zwei *tengu* und vier Menschen.

»Ist es hier sicher?«, fragte Ryujin.

»Hier hört uns niemand«, antwortete Amaterasu. Lawrence spähte in die Schatten, dann tauchte ein Lächeln auf seinem Gesicht auf. »Ist das …?«

»Ja«, sagte Amaterasu. »Das ist die Höhle, in der ich vor Susano-wos Grausamkeit Schutz suchte.«

»Aus der Euch die Götter mit einem Trick wieder herausholten?«, erinnerte sich Kenny an die Geschichte. »Aber warum kommen wir ausgerechnet hierher?«

»Weil es der einzige Ort ist, den Susano-wo im Spiegel nicht sehen kann«, antwortete Kuebiko, als wäre es die selbstverständlichste Sache der Welt.

»So ist es«, sagte Amaterasu mit sanfter Stimme. »Der Spiegel trägt einen Teil meines Wesens in sich, doch hierher sieht er nicht, weil er diesen Ort nicht kennt.«

»Verstehe«, sagte Kenny. »So wie Ryujins Schatzkammer. Mit dem Spiegel konnte Susie nur die Pforte sehen, aber nicht, was dahinter lag.«

»Besser hätte ich es auch nicht ausdrücken können«, sagte Kuebiko.

»Können wir vielleicht zur Sache kommen?«, warf Kennys Großvater ein. »Wie viel Zeit haben wir noch?«

»Ich habe die Tore nach *Yomi* kontrolliert«, sagte Sojobo. »Zwei Tage. Höchstens.«

»Und wissen wir, an welcher Stelle sie herauskommen werden?«

»Ja«, antwortete Genkuro. »Der Zugang nach *Yomi* befindet sich in Iya, nicht weit von Matsue. Er verengt sich nach oben hin wie ein Flaschenhals, das wird sie verlangsamen.«

»Ihr alle scheint etwas zu vergessen«, bemerkte nun Tsukuyomi. »Das Himmelsschwert Kusanagi. Ihr könnt so viele Krieger aufbringen, wie ihr wollt – solange Susanowo im Besitz des Schwerts ist, kann ihn nichts und niemand aufhalten.«

»Es muss aber etwas geben«, beharrte Kenny. »Opa, bei dir war das Schwert länger als bei mir. Hat es eine Schwachstelle?«

Lawrence kratzte sich am Kinn. »Nicht, dass ich wüsste. Es wurde geschmiedet, um unbesiegbar zu sein.«

Kenny wandte sich an Ryujin. »Wisst Ihr noch, was Ihr vor ein paar Tagen über den *mukade* gesagt habt? *Yin* und *yang*. Alles hat ein Gleiches und einen Gegensatz. Kosmische Harmonie und so –«

»Ha!«, schrie Kuebiko aufgeregt. »Ich hab's! Ich weiß es!«

»Was?«

»Ikutachi!«

Genkuro machte große Augen, dann blickte er Inari mit erhobener Braue an. »Herrin, was denkt Ihr? Kann das funktionieren?«

»Ich wüsste nicht, warum es nicht funktionieren sollte«, antwortete Inari. »Auch wenn es noch nie versucht wurde.«

»Was ist Ikutachi?«, fragte Kenny.

»Das Schwert des Lebens«, erklärte Genkuro. »Wenn wir davon ausgehen, dass Kusanagi in Susano-wos Händen zum Schwert des Todes geworden ist, dann kann ihm Ikutachi theoretisch die Stirn bieten.«

»Mir gefällt das Wort ›theoretisch‹ nicht. Wieso hat das noch nie jemand versucht?«

»Weil Ikutachi Susano-wo gehört.«

»Was? Das ist doch verrückt.«

»Als Symbol des Lebens ist es ihm verhasst«, sagte Lawrence. »Ich bezweifle, dass er es je in die Hand genommen, geschweige denn benutzt hat.«

»Wo befindet sich das Schwert?«, fragte Tsukuyomi.

»In Susano-wos Palast«, antwortete Kuebiko wie aus der Pistole geschossen. »Wenn ich Hände hätte, könnte ich euch eine Karte zeichnen.«

Lawrence nahm ein Notizbuch und einen Bleistift aus der Innentasche seiner Jacke. »Beschreibt es mir und ich zeichne es auf.«

Kenny stöhnte. »Heißt das, wir müssen nach *Yomi* zurück? Und noch einmal in seinen Palast? Während er noch dort ist? Warum ist das alles immer so kompliziert?«

»Jammere nicht«, entgegnete Kiyomi. »Wenn du nicht gewesen wärst, müssten wir gar nichts.«

»Hörst du jetzt mal auf, mir das in einem fort aufs Brot zu schmieren?«

»Das Gute daran?«, meinte Genkuro beschwichtigend. »Mit dir werden sie nicht rechnen.«

»Danke«, brummte Kenny. »Weil sie sich für den Krieg rüsten und zu beschäftigt sind? Okay. Ich weiß, wie ich reinkomme. Aber wie komme ich wieder raus?« Er blickte den König der *tengu* an.

Sojobo schüttelte den Kopf. »Zweimal kann ich Susanowo nicht überlisten. Er wird vorgesorgt haben.«

»Das Schwert bringt dich zurück, so wie dich Kusanagi hingebracht hat«, sagte Inari.

Lawrence reichte Kenny seine Notizen. Er warf einen Blick darauf, runzelte die Stirn und sah Kuebiko scharf an. »Und wenn ich das Schwert nicht finde?«

»Dann kehrst du nicht zurück«, erwiderte Kuebiko ungerührt.

»Okay«, seufzte Kenny. »Ziehen wir es durch, bevor ich es mir anders überlege. Ihr müsst mich nach –«

»Ich komme mit«, sagte Kiyomi.

»Spinnst du? Ich hole deine Seele doch nicht aus *Yomi*, nur damit du freiwillig dorthin zurückkehrst.«

»Ken-*chan*, ich muss mit. Das weißt du. Außerdem wirst du meine Hilfe brauchen.«

»Sie hat recht, Kuromori«, sagte Amaterasu. »Alleine schaffst du es nicht.«

Lawrence fasste Kenny an den Schultern und lächelte ihn stolz an. »Viel Glück, Kenneth. Genkuro-*sensei* und ich werden uns inzwischen darum kümmern, dass wir auf dieser Seite jede Hilfe bekommen, die wir kriegen können. Mir sind noch ein paar Leute einen Gefallen schuldig.«

Genkuro tätschelte Kennys Wange. »Du hast mich immer wieder überrascht, junger Kuromori-*san*. Ich zweifle nicht, dass du es auch diesmal tun wirst.«

Kenny winkte Zengubu herbei und flüsterte ihm etwas ins Ohr. Der große *tengu* nickte, legte eine Hand auf Kennys Rücken und streckte die andere nach Kiyomi aus.

»Kuromori!«, rief Hachiman. »Solltest du uns enttäuschen, sei dir gewiss, dass ich dich töten werde.«

»Bis dahin dürfte es zu spät sein«, sagte Kenny und war weg.

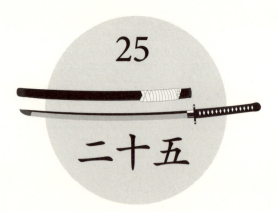

25

»Nein!« Kiyomi verschränkte trotzig die Arme. »Schlimm genug, dass wir dorthin zurück müssen … aber jetzt auch noch das?«

»Du musst nicht mitkommen«, erwiderte Kenny. »Ich gehe allein und du fährst nach Tokio zurück.«

»Ohne mich überlebst du keine fünf Minuten.«

»Dann hör jetzt auf zu nörgeln und hilf mir.«

Kenny kniete am Ufer des Teichs, konzentrierte seine Willenskraft auf das Wasser und rief in Gedanken ein bekanntes Gesicht herbei. Kiyomi blieb mit verschränkten Armen und dem Rücken zum Schilf stehen.

Die im Mondlicht schimmernde Wasseroberfläche geriet in Bewegung und gleich darauf tauchten zwischen den Lotusblüten zwei Glupschaugen auf. »*Nandayo?*«, greinte die Teichkreatur mit dem Schildkrötenpanzer.

»Hallo, wir sind's«, sagte Kenny.

»Ich mag euch nicht«, schnappte die *kappa*.

»Das beruht auf Gegenseitigkeit«, sagte Kenny, »aber Geschäft ist Geschäft, und du musst uns einen Gefallen tun.«

»Muss gar nix.«

»Ich bezahle dich auch. Hier hast du eine Kostprobe.« Kenny hielt eine knorrige Gurke hoch.

Die *kappa* hob schnuppernd den Schnabel und wischte sich den Sabber ab, bevor sie langsam den Kopf schüttelte und darauf achtete, das Wasser in der Vertiefung ihres Schädels nicht zu verschütten. »Nein!«, blieb sie standhaft. »Dir helfe ich nicht.«

»Hör mich einfach an. Danach bekommst du die Gurke, egal wie du dich entscheidest. Ist doch ein faires Angebot.«

Die Wasserkreatur kam ächzend die Böschung herauf und setzte sich wie ein Kind im Schneidersitz hin.

»Ich weiß ja nicht, ob dich die Götter etwas angehen, aber es ist was ganz Schlimmes passiert.«

»Mir egal.«

»Das Tor zur Unterwelt geht auf, der Tod wird kommen. Deine Flüsse und Teiche werden sich mit Leichen füllen. Du wirst dich nirgends mehr verstecken können.«

Die Froschaugen der *kappa* blinzelten kurz. »Mir … egal.«

»Alle werden sterben, auch dein Volk. Und die da«, Kenny hielt die Gurke hoch. »Die werden auch sterben.«

»Du lügst. Jetzt gib her.« Sie streckte eine Pfote aus.

»Na gut. Fang auf.« Kenny warf der *kappa* die Gurke vor die Füße. Sie schnappte danach, verschüttete in der Hektik das Wasser aus der Delle in ihrem Kopf – und wurde stocksteif.

»Ah! Feststeck!«, heulte sie.

»Du fällst echt jedes Mal darauf herein«, sagte Kenny kopfschüttelnd. »Ich wollte es ja auf die nette Tour versuchen, aber nein … Also: Entweder du hilfst uns oder du bleibst, wo du bist, und darfst aus erster Reihe zusehen, wie die Welt untergeht.«

Die *kappa* reckte und streckte sich, doch es nutzte nichts. »Ich … helfe … euch«, krächzte sie.

»Gute Entscheidung.« Kenny warf die *kappa* mit einem Schubs ins Wasser und wartete, bis sie wieder auftauchte.

»Was für Gefallen?«, fragte die *kappa*.

»Du musst uns nach *Yomi* bringen.«

»Niemals! Äh … unmöglich. Kein Wasser.«

»Stimmt nicht. Ich weiß, dass es dort einen Fluss gibt. Ich hab ihn selbst gesehen. Alles Wasser steht in Verbindung, und das heißt: Du kannst uns hinbringen.«

Die *kappa* heulte und tobte und drosch mit den Fäusten auf den Schlamm ein. Doch als der Anfall vorbei war, sagte sie in aller Ruhe: »Kommt. Weg ist weit und gefährlich.«

Kenny und Kiyomi hatten das Transportsystem der *kappa* bereits benutzt und waren vorbereitet. Sie banden sich mit den Handgelenken an ihren Pfoten fest, wateten mit ihr in den Teich und tauchten unter. Die *kappa* schwamm im trüben Wasser auf einen hell leuchtenden Kreis zu, in dem sie, kaum dass sie in ihn eingedrungen waren, von einem unglaublichen Sog in einen wirbelnden Tunnel gezogen und mit rasender Geschwindigkeit weiterbefördert wurden. Als sie wieder auftauchten, befanden sie sich in einem anderen Gewässer, in dem sich mehrere Portale anboten. Die *kappa* wählte eines davon aus und zog sie in den nächsten Schleudergang.

Kenny, dessen Kopf in einer Luftblase steckte, hörte irgendwann auf, die Etappen zu zählen, er merkte nur, dass sich das Wasser mit jedem Zwischenstopp veränderte, es wurde kälter und dunkler und schien immer weniger Auftrieb zu haben. Einmal konnte er in der Tiefe die Lichter einer Unterwasserstadt ausmachen, doch da zog sie die *kappa* bereits in das nächste Portal und von dort in das nächste und immer weiter.

Nach einer gefühlten Ewigkeit schossen sie wieder aus einem Tunnel und diesmal blieb die *kappa* mit ihnen unter der Wasseroberfläche stehen.

»Sanzu-Fluss«, sagte sie. »In *Yomi*. Ich weg.«

Kenny nickte, schnitt durch die Schnüre und gab ihr die heiß ersehnte Gurke. Mit einer Wende und einem Flossenschlag war die *kappa* weg. Kenny und Kiyomi hielten einander an den Händen, schwammen ans Ufer und ließen sich völlig ausgelaugt auf eine Böschung fallen.

Über die Aschenwüste dröhnte ein dumpfes Pochen wie ein in der Ferne schlagendes Riesenherz.

»Ken-*chan*, sieh mal.« Kiyomi schützte mit einer Hand ihre Augen und zeigte mit der anderen zum Himmel.

Zwischen den Rändern der schwarzen Wolken flackerte es gelblich rot und der heulende Wind trieb Rauch und Qualm vor sich her. Unterhalb der Wolkendecke kreisten kreischende Dämonenvögel.

Kenny setzte sich benommen auf und blickte sich um. Von der steilen Böschung floss schwarzer schmieriger Klärschlamm in Rinnsalen in den Fluss.

»Pfui«, ekelte sich Kiyomi. »In dem Dreck sind wir gerade geschwommen. Wenn ich mir vorstelle ...«

In diesem Moment tauchte im Wasser ein gigantischer Buckel mit spitz zulaufender Rückenflosse auf und glitt wieder hinab.

»Auf die andere Seite schwimmen können wir vergessen.« Kenny spürte ein Jucken in den Haaren und langte hin, um sich zu kratzen. Als er eine gummiartige Beule ertastete, erstarrte er. »Kiyomi, bitte sag mir, dass es nicht das ist, was ich vermute.«

Sie kroch zu ihm und hob sich auf die Knie. »Bäh, ein Blutegel. Okay, nicht bewegen.« Sie hob einen Finger, schloss die Augen und konzentrierte sich.

Kenny schielte auf die kleine Flamme, die aus ihrer Fingerspitze sprang. Sie beugte sich näher heran, berührte damit seinen Kopf, und gleich darauf hörte er ein leise zischendes Poppen.

»Da sind noch mehr.« Er schüttelte sich und zog rasch sein T-Shirt aus. An seinem Rücken hingen fünf faustgroße Blutsauger. »Du erledigst meine und danach ich deine.«

Als sie fünf Minuten später die Böschung hinaufkrochen, ließen sie zwei Dutzend tote Egel am Ufer zurück.

»Du konntest den Fluss vom Palast aus sehen, nicht wahr?«, fragte Kiyomi.

»Ja, aber nur flüchtig. Mir kam er meilenweit weg vor.«

Vom oberen Rand der Böschung aus gesehen, erstreckte sich die Aschenwüste bis an den Rand eines Gebirgszugs.

»Da ist nirgends ein Schloss«, sagte Kenny.

»Weil wir auf der falschen Seite sind«, meinte Kiyomi müde. »Wir müssen ans andere Ufer.«

»Siehst du die Lichter da vorne?«, sagte Kenny. »Vielleicht können wir dort nach dem Weg fragen.«

»An den Ufern der Hölle? Hast du sie noch alle?«

»Weißt du was Besseres? Warum bist du eigentlich so negativ? Ich versuche hier mein Bestes –«

»Gehen wir«, fiel ihm Kiyomi barsch ins Wort und stapfte in Richtung der Lichter los. »Damit auch wirklich alle Bescheid wissen, dass wir hier sind.«

26

Kenny musste sich beeilen, um Kiyomi einzuholen.

»Was ist los?«, fragte er.

Kiyomi kniff die Augen zusammen, ballte die Fäuste und sagte kein Wort.

»Komm schon. Es könnte viel schlimmer sein«, versuchte Kenny es noch einmal. »Wenn du eine *onibaba* wärst, hättest du mich inzwischen umgebracht.«

»Hältst du endlich mal die Klappe?«

»Sorry, bin nervös.« Kenny schaffte es, zehn Sekunden lang still zu bleiben. »Ich habe nachgedacht.«

Kiyomi verdrehte die Augen. »Worüber?«

»Bilde ich mir das nur ein oder war Inari gar nicht so wütend auf mich? Ich meine, sie hat ziemlich cool reagiert, fast so, als wäre sie nicht sonderlich überrascht gewesen.«

»Willst du damit sagen, es dürfte sie nicht überrascht

haben, dass eine Oberflasche wie du alles dermaßen versemmelt, dass jetzt die ganze Welt am Arsch ist? Darauf wäre ich nie gekommen.«

»Hm. So gesehen ...«

Weiter vorne zeichneten sich die Konturen einer baufälligen Hütte ab, die windschief und geduckt am Rand der Böschung stand. Zerfetzte Papierlampen schwangen im Wind und vor dem Schuppen war eine Ansammlung menschlicher Gestalten erkennbar.

»Was hat es mit der Zahl Sieben auf sich?«, fragte Kenny, den das Verhalten der Göttin immer noch beschäftigte. »Die Vier und die Neun bringen Unglück, das weiß ich, aber wieso hat Inari sieben Stimmen gebraucht? Bei einer regulären Abstimmung hätten wir keine Chance gehabt.«

Kiyomi verlangsamte ihr Tempo. »Sie bringt Glück. Wir haben sieben Glücksgötter, sieben gesunde Kräuter, lauter so Zeug. Wenn Inari sieben Stimmen verlangt, wird das von niemandem hinterfragt.«

»Warum nicht? Ist sie so was wie die Obergöttin?«

»Nein. In Wirklichkeit machen alle, was sie wollen. Deshalb wird auch so viel gestritten und intrigiert. Du hast es ja selbst gesehen. Es wäre besser, wenn jemand an der Spitze steht, aber eben nicht Susano-wo.«

Kurz vor dem Schuppen ging Kenny plötzlich in Deckung und zog Kiyomi mit sich.

»Was ist?«, zischte sie.

»*Oni*. Sie stehen an der Tür wie bei der Passkontrolle und sehen sich jeden genau an.«

»Du wolltest sie doch nach dem Weg fragen.«

»HA!«, dröhnte eine heisere Stimme hinter ihnen. »Hab ich euch! Ihr wollt euch verstecken!« Der *oni* drohte ihnen mit der Eisenstange.

Kenny rief automatisch nach Kusanagi, bis ihm einfiel, dass das Schwert nicht mehr bei ihm war.

»Abmarsch.« Der Riese zerrte Kenny auf die Beine und stieß ihn in Richtung der Leute, die vor dem Schuppen Schlange standen. »Du auch«, befahl er Kiyomi.

Die Menschen wirkten niedergeschlagen und schlurften mit hängenden Köpfen langsam weiter. Als Kenny einen Blick zurück warf, hatte er den Eindruck, als reichte die Schlange bis an den fernen Gebirgszug.

Der *oni* stieß sie in die Reihe hinein, doch plötzlich hielt er inne und sah sich Kenny genauer an. »Du bist nicht von hier«, brummte er.

»Das ist schon in Ordnung!«, warf Kiyomi rasch ein. »Er ist übergetreten. Japanisches Begräbnis mit allem Drum und Dran.«

»Und wer bist du?«, knurrte der *oni*.

»Die Stiefschwester. Wir sind beim Tauchen ertrunken. Deshalb sind wir auch so nass und nicht richtig angezogen.«

Kenny blickte sich um und bemerkte erst jetzt, dass die

Männer alle Anzüge trugen und die Frauen weiße Kimonos. Der *oni* schien nicht überzeugt.

»Es stimmt«, sagte Kenny. »Ich habe viele Schreine besucht und kann meine Inari von meinem Hachiman unterscheiden. Ich habe *ema* geschrieben und die *temizuya* benutzt. Du kannst mich gerne testen.«

Der *oni* stieß ein Grunzen aus und trollte sich.

Die Luft war vom Klagen des Winds erfüllt, gelegentlich seufzte jemand und ab und zu hörten sie von weiter vorne gellende Schreie, die ihnen die Haare zu Berge stehen ließen.

»Der Nächste!«, bellte schließlich ein *oni* aus dem Inneren der Hütte.

»Ich rede«, knurrte Kiyomi und packte Kenny am Arm. »Du spielst den Dummen. Sei einfach du selbst.«

»Hey!«

In der modrigen Hütte saß ein korpulenter *oni* an einem Pult mit einem großen zerfledderten Heft vor sich. Er trug einen grünen Augenschirm und eine Brille mit dicken Gläsern. In der Hand hielt er einen Schreibpinsel.

»Name und Todesursache«, fragte er in vollkommen gleichgültigem Tonfall, während er den Pinsel in das Tintenfass tauchte.

»Dwayne und Matt Seale, von Haien gefressen«, antwortete Kiyomi und stieß Kenny in die Seite, damit er ja den Mund hielt.

Der Beamte schrieb alles in sein riesiges Buch, ohne aufzublicken. »Die Namen, die sich die Leute heutzutage aussuchen ... klingt irgendwie ausländisch.« Jetzt hob er den Kopf und blinzelte Kenny kurzsichtig an. »Bist du ein *gaijin*? Uns wurde gesagt, wir sollen die Augen offen halten. Jugendlicher, ungefähr so groß wie du. Hast du ihn gesehen?«

»Nein, Herr. Dieser Junge ist Japaner«, antwortete Kiyomi. »Er ist mein kleiner Bruder.«

»Kann er nicht sprechen?«

»Nein, er ist stumm, ich meine taubstumm. Tragischer Unfall. Katze biss ihm die Zunge ab – und das halbe Ohr.«

»Ist einem Cousin von mir auch passiert. Wieso die gelben Haare?«, fragte der *oni* mit einem Winken in Kennys ungefähre Richtung.

»Gefärbt. Tun jetzt alle.«

»Hm. Und eure Eltern erlauben das? Kein Wunder, dass ihr tot seid. Der Nächste!«

Als von draußen der nächste grässliche Schrei hereindrang, zuckte Kenny kurz zusammen.

»Beweg dich!«, befahl ein *oni*, der den Ausgang bewachte und mit dem Finger in die Richtung deutete, aus der der Schrei gekommen war.

Auf der Rückseite der Hütte befand sich eine hölzerne Plattform, von der drei Pfade zum Fluss hinunterführten. Einer stieß auf eine Fußgängerbrücke, die den heimtückischen Fluss überquerte, der zweite endete an einem Landesteg, an dem ein klappriges Boot festgemacht war, und der dritte wurde zu einem Trampelpfad, der dem Ufer folgte und in der Ferne verschwand. Doch zuvor mussten sie an einer spindeldürren Trauerweide und einem unbeschreiblich hässlichen Greisenpaar vorbei.

Der Mann streckte den dürren Arm gerade nach einem weißen Kimono aus, der im toten Geäst der Weide hing, und zerrte ihn herunter. Er war groß und mager, bis auf einen Lendenschurz splitternackt, und seine papierne runzelige Haut zitterte bei jeder Bewegung wie Espenlaub. Er ließ das weiße Kleid in eine Holztruhe fallen, dann drehte er sich mit vor Eifer zuckenden Fingern und grinsend zu ihnen um.

Seine Frau war um nichts besser; ein kleiner von Runzeln übersäter Greisenschädel mit weißen Spinnwebhaaren, langen, nach innen gebogenen Nägeln an den Fingern und Zehen, einer gräulich gelben Haut und spitzen, durch die Haut stechenden Rippen.

»Komm nur. Komm zu Datsue-ba und leg deine Sünden auf die Waage«, lockte sie Kenny. Ihre Stimme klang, als würde ein Blechlöffel über den Boden eines Topfs schaben.

Kenny wich vor ihr zurück. »Äh, wie läuft das hier?«

»Du gibst Großmütterchen deine Gewänder«, sagte die Alte. »Und Onkel Keneo hängt sie auf den Baum.«

»Und dann …?«

»Das hängt von deinen Sünden ab. Je größer die Schlechtigkeit, desto schwerer wiegen die Kleider und umso tiefer biegt sich der Ast.«

»Und dann …?«

»Entscheidet sich, wie du den Sanzu-Fluss überquerst. Die Guten gehen über die Brücke, die Nicht-so-Guten fahren mit dem Boot und die Schlechten legen den weiten Weg zu Fuß zurück.«

»Ken-*chan*, tu's nicht«, flüsterte Kiyomi.

»Was, wenn einer nichts anhat?«, bohrte Kenny weiter. »Angenommen, er stirbt in einem Feuer und seine Kleider sind verbrannt?«

In den Augen der Alten tauchte ein entzücktes Glitzern auf, während Keneo anfing, in der Kiste zu kramen. »Ah, in dem Fall wiege ich sein Adamskostüm!« Datsue-ba kicherte wie irre in sich hinein, als der Alte etwas hochhielt, das wie ein papierener Ganzkörperanzug aussah.

»Ihr *häutet* ihn?«

»So ist es. Aber genug geplaudert.« Sie kam humpelnd näher und streckte die Krallen nach ihm aus.

Kenny wich ihr seitlich aus und trat näher an den Baum heran. Er sah, dass der Fährmann das Schiffstau löste.

»Ich gebe dir mein T-Shirt, okay?«, wandte er sich wieder an die Alte. »Meine Jeans ist nass und dadurch viel schwerer als sonst. Das wäre unfair.«

Datsue-ba klatschte ungeduldig in die Hände. »Alle Kleider.«

»Denkst du, ich geh da nackt raus? Es ist viel zu kalt. Da hole ich mir noch den Tod.«

»Du bist schon tot!« Plötzlich huschte ein Verdacht über die Miene der Alten. »Oder etwa nicht?« Ihre milchigen Augen fixierten ihn und sie krächzte: »Wache!«

»Jo!«, grunzte der *oni* am Ausgang und kam mit dem *kanabo* in der Hand auf sie zu.

27

»Halt!«, befahl der *oni*. »Oder ich –«

Weiter kam er nicht, denn Kiyomi deckte ihn bereits mit einem Hagel an gezielten Tritten in seine Nervenzentren ein; sie arbeitete sich von den Knien über seine Leiste und das Brustbein bis zur Kehle vor und versetzte ihm zum krönenden Abschluss noch einen Hieb mit dem Ellbogen auf den Nasenrücken. »Und jetzt bitte hinfallen«, sagte sie und wandte sich ab.

»Wache!«, kreischte Datsue-ba schon wieder.

»Halt die Klappe!« Kenny ließ einen Windstoß auf die beiden Alten los. Er entriss Keneo die menschliche Haut, klatschte sie der Greisin ins Gesicht und wickelte ihren Schrumpfkopf damit ein.

Unter dem Lappen drang ein gedämpftes »*MMPFF!*« hervor, ehe sie mit den Krallen daran riss und zerrte.

Als Nächstes ließ Kenny einen Minitornado in die hölzerne Truhe fahren, der Hemden, Hosen, Bänder und Kimonos herauswirbelte und Keneo darunter begrub.

»Was jetzt?«, fragte Kiyomi.

»Ins Boot! Schnell!« Kenny preschte den Pfad zum Anlegeplatz hinunter. Die Fähre hatte bereits abgelegt und entfernte sich langsam durch die reißenden Fluten.

»Das schaffen wir nicht!«, schrie Kiyomi.

»Dann spring!« Kenny trat sich von der letzten Planke ab und setzte dem Boot hinterher. Als hätte es nur darauf gewartet, schoss ein aufgerissenes Riesenmaul kerzengerade aus dem Wasser, um sich sein Abendessen aus der Luft zu schnappen. Kenny warf sich herum, feuerte mit einer Hand eine Flamme in das Maul und erzeugte mit der anderen einen Windstoß hinter sich. Während das Flussmonster noch vor Schmerz bellte und qualmend abtauchte, schlug Kenny bereits auf dem Heck des Boots auf, unmittelbar gefolgt von Kiyomi, die der Länge nach auf ihn drauf fiel.

»Nmm'n fush vomeim schicht«, stieß Kenny hervor.

Kiyomi krabbelte von ihm runter. »Was?«

»Ich hab gesagt, nimm den Fuß von meinem Gesicht. Autsch.«

Kiyomi lehnte sich mit dem Rücken an das Seitendeck und fing an zu lachen. »Hey, das war echt cool. Wie in den guten alten Zeiten, findest du nicht?«

Kenny zog eine Grimasse. »Außerdem hast du so was noch nie gemacht. Ich meine, zwei Elemente gleichzeitig. Beeindruckend.« Kenny rieb sich seinen schmerzenden Hintern. »Was willst du damit sagen? Dass ich besser geworden bin?« »Ja. Ohne Schwert dürftest du diese Dinge jetzt schneller lernen.«

Das Boot war gerammelt voll mit splitternackten Menschen, die sich zitternd aneinanderkauerten und die beiden ängstlich im Auge behielten.

Als Kenny ein klirrendes Klimpern hörte, hob er den Blick. »Oh-oh.«

Der Fährmann, eine in einen langen Kapuzenumhang gehüllte Gestalt, bahnte sich einen Weg durch die Menge und hielt den Passagieren einen offenen Lederbeutel hin, in die sie Münzen hineinfallen ließen.

»Haben wir Geld?«, fragte Kenny und kramte in seinen Taschen nach Münzen.

»Ich nicht«, antwortete Kiyomi.

»Was kann er im schlimmsten Fall tun? Uns über Bord werfen?« Kenny sah Kiyomis Gesichtsausdruck. »Echt? Das würde er machen?«

»Du lässt dir besser ganz schnell was einfallen.«

Der Fährmann stand jetzt über ihnen und rasselte mit seinem Beutel. Kenny lächelte betreten. »Äh, nehmen Sie auch Kreditkarten? Nein? Einen Schuldschein vielleicht?«

Die Gestalt stieß ein drohendes Knurren aus.

Kenny versuchte, unter die Kapuze zu spähen, sah aber nichts als pechschwarze Finsternis. »Okay, okay. Was kostet die Überfahrt?«

»*Rokumonsen*«, hauchte eine eiskalte Stimme.

»Sechs Münzen pro Person«, übersetzte Kiyomi.

»Eine bestimmte Währung?«

Der Fährmann knurrte wieder.

»Alles klar, reg dich ab.« Kenny schloss beide Hände und konzentrierte sich. »Bitte.« Als er seine Fäuste wieder öffnete, lagen in jeder Handfläche sechs runde Kupfermünzen mit einem quadratischen Loch in der Mitte. Kiyomi nahm sie, ließ sie in den Beutel fallen, und der Fährmann kehrte zum Bug zurück.

»Wie hast du das gemacht?«, fragte Kiyomi leise. »Ich meine, selbst wenn du gerade aus dem Nichts Metall geschaffen hast, was ich dir nicht abnehme, woher wusstest du, wie eine Edo-Münze aussieht?«

»Heißen die so? Ich dachte mir schon, die Dinger sehen irgendwie seltsam aus.« Kenny neigte seinen Kopf näher an sie heran und flüsterte: »Ich hab sie von ganz unten aus dem Beutel geholt. Hoffentlich zählt er sie nicht.«

»Du hast sie –?« Kiyomi boxte ihn auf den Arm.

»Komm schon, gib's zu: Das hast du mir nicht zugetraut.« Kennys Blick wanderte zu den Verstorbenen. »Wo nehmen die anderen ihre Münzen für die Überfahrt her?«

»Das ist ein japanischer Brauch. Bei einer Beerdigung werden sechs Münzen in den Sarg gelegt.«

»Ich finde das alles nur noch schräg. Seit meiner Ankunft versucht ständig irgendwer, mich umzubringen und hierher ins Reich der Toten zu befördern. Mittlerweile bin ich schon zum zweiten Mal hier, und ich bin nicht mal tot. Von wegen, den Mittelsmann ausschalten.«

Kiyomi lehnte ihren Kopf an seine Schulter. »Ken-*chan*, du bist ein toller Freund. Kommst übers Meer, kämpfst gegen Monster und Götter, und das alles, um mir zu helfen …«

Kenny spürte seine Wangen rot werden. »Du hättest das für mich auch getan.«

»Nein, Kenny, hätte ich nicht.« Kiyomis Stimme wurde brüchig. »Schon gar nicht, wenn ich gewusst hätte, was der Preis für deine Rettung ist. Ich hätte dich sterben lassen. Kein Leben ist den Untergang meines Landes wert. Deines nicht und meines auch nicht. Hast du eine Vorstellung, wie es sich anfühlt, verantwortlich zu sein?«

»Fühlst du dich schuldig, weil du am Leben bist? Hör zu, Kiyomi, wenn hier jemanden eine Schuld trifft, dann mich. Ich habe dich zurückgeholt, ich habe den Deal mit Susie gemacht und ich habe ihn befreit. Er hat mich genauso benutzt wie dich. In Wirklichkeit steckt er hinter allem.«

»Ken-*chan*, was sollen wir tun?«

»Wenn ich das wüsste.«

Sie kuschelten sich in der Kälte aneinander, hörten dem Klatschen der Wellen zu, die gegen die Planken stießen, und schwiegen für den Rest der Überfahrt.

Am anderen Ufer wurden sie von vier *oni* erwartet, die auf der Böschung standen und den nächsten Schuppen bewachten.

»Runter vom Boot«, bellte der Anführer und knallte mit seiner schweren Lederpeitsche.

Kenny und Kiyomi folgten den anderen Passagieren die Böschung hinauf und reihten sich als Letzte in die Schlange ein.

»Bleibt auf dem Pfad oder ihr werdet von den *onmoraki* gefressen«, warnte der *oni*.

»*Onmoraki*?«, wiederholte Kenny.

Der *oni* wies mit dem Finger nach oben, wo sich ein im Kreis schwebender Schwarm Dämonenvögel vom wolkenverhangenen Himmel abhob.

Nach einer Weile wurde Kenny ungeduldig. »Wieso dauert das so lange?«

»Zu wenig Personal«, antwortete der *oni*. »Ziemlich viel los zurzeit.« Er lachte. »Hey, wenn du Glück hast, wirst du nur kurz gefoltert.«

»Wohin geht es als Nächstes? In den Palast von Susanowo?«

»Nein!«, rief der *oni*. Dann runzelte er die Stirn. »Woher weißt du davon?«

»Äh, ich weiß gar nichts.« Kenny hatte eine Idee. »Ich will da bloß nie hin.«

»Hä? Und wenn doch?«

»Dann werde ich hysterisch und kotze mich vor Angst an. Bitte! Ich will ihn nicht sehen und auch nicht wissen, wo er ist. Zwingt mich nicht, ich flehe euch an!«

Kiyomi warf ihm einen fragenden Blick zu.

Die Augen des *oni* glitzerten vor Grausamkeit. »Du fürchtest den Palast des Herrn und Meisters? Ha! Solltest du auch! Er liegt in der Richtung.« Der Dämon zeigte nach Norden.

»Ich schau nicht hin!« Kenny bedeckte das Gesicht mit seinen Händen und wandte sich ab.

»Oh doch, und wie du schaust!« Der *oni* packte seinen Kopf und drehte ihn mit Gewalt in die Richtung.

»Ich sehe ihn nicht«, jammerte Kenny.

»Dort! Schau hin!«

Kenny folgte dem Finger des *oni*. »Ahhh! Jetzt sehe ich ihn. Da, hinter den Hügeln? Ah!« Er bedeckte mit der Hand die Augen. »Ich fürchte mich so!«

»Wieso kotzt du nicht? Oder kackst dir die Hosen voll?«, fragte der *oni* enttäuscht.

»Sorry. Leerer Magen. Sonst hätte ich es getan, ich schwöre.«

Der *oni* brummte etwas und stampfte davon.

»Ken-*chan*, das ist meilenweit weg«, flüsterte Kiyomi. »Dafür brauchen wir mindestens ein paar Tage. So viel Zeit haben wir nicht.«

»Ich weiß«, antwortete Kenny. »Ich überleg mir was.«

Im Schuppen mussten sie vor einen Tisch treten, an dem ein pickeliger *oni* mit schütterem Bärtchen saß. Er strich eine Schriftrolle glatt. »Ich habe ein paar Fragen«, sagte er. »Ihr habt Anspruch auf die beste Folter, dazu muss ich aber eure Vorlieben kennen.« Mit seinem Pinsel zeigte er auf Kenny.

»Was für Vorlieben?«, fragte Kenny.

»Hast du Allergien? Du weißt schon, Niesanfälle? Erstickungsgefahr?«

»Nicht, dass ich wüsste.«

Der *oni* grunzte und machte sich mit dem Pinsel eine Notiz. »Irgendwelche Ängste? Vor Spinnen, Schlangen, Ratten, Spritzen? Platzangst, Höhenangst?«

»Nein. Und wenn, warum sollte ich es dir sagen?«

»Spart Zeit. Dann müssen wir nicht rumprobieren.«

»Ach so. Wenn das so ist … also, ich habe einen Horror vor Süßigkeiten, besonders vor Schokolade. Ich darf sie nicht anrühren.«

»Sehr schön, ich lasse dich in heißer Schokolade kochen.« Der Pinsel sauste über die Rolle. »Uns fehlen gerade ein paar Leute. Wenn wir die Chose verkürzen, sagen wir, um ein paar Jahrhunderte, würdest du dich dann selbst foltern?«

»Nein! Spinnst du?«

»Du könntest dir selbst die Fingernägel ausreißen oder die Zehen abschneiden. Wie wär's mit dem Mädchen? Würdest du sie foltern?«

»Ich mach doch nicht euren Job für euch. Warum habt ihr nicht genug Personal? Ich dachte, ihr wärt Tausende hier unten.«

»Wir sind Tausende«, antwortete der *oni* und richtete sich pikiert auf. »Die anderen bereiten sich für die Oberwelt vor. Wird ein großes Gemetzel!«

»Und du steckst hier fest? Mit dem ganzen Papierkram?«

»Unfair, was? Nur weil ich noch jung bin.«

»Eure Armee – ist sie soweit?«

»Sie können losmarschieren. Erst muss aber noch das Tor fallen. Unterschreib hier.«

Kenny kritzelte irgendwas hin. »Was unterschreibe ich?«

»Dass du keine Entschädigung verlangst, wenn du mit der Folter nicht zufrieden bist.«

»Echt? Wie lange noch, bis das Tor aufgeht?«

»Ha! Der Meister hat ein besonderes Schwert. Es schneidet rasch. Das Tor ist bald offen. Und dann ist die Hölle los!«

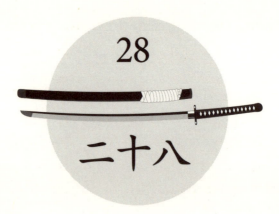

28

Angetrieben von ihrer *oni*-Eskorte, schleppten sich die Neuankömmlinge auf einem ausgetretenen Pfad dahin, der sich durch die Einöde schlängelte und zu einem niedrigen Berg hinaufstieg. Kennys Blick wanderte immer wieder in die Ferne zum Knochenpalast, weil er befürchtete, ihn sonst aus den Augen zu verlieren. Am Himmel kreisten Dämonenvögel und hielten nach streunenden Seelen Ausschau.

»Schneller. Das Gericht erwartet euch«, bellte der Anführer und ließ seine Peitsche knallen. »Nach dem Richter kommt die Folter.« Er warf den Kopf zurück und lachte hämisch.

»Ken-*chan*, hast du einen Plan?«, murmelte Kiyomi. »Uns läuft die Zeit davon, und wenn sie uns erst verurteilen, ist es vorbei. Dann heißt es Folter bis in alle Ewigkeit.«

»Eine Idee hätte ich. Toll ist sie nicht, aber mir fällt sonst nichts ein.«

»Ein schlechter Plan ist besser als gar keiner.«

»Okay, wir tun Folgendes ...«

Fünf Minuten später geriet Kiyomi ins Straucheln und stürzte. Sie krümmte sich zusammen und drohte, vom Pfad zu kullern. Prompt löste sich am Himmel ein einzelner *onmoraki* aus dem Schwarm und schwebte langsam kreisend herunter.

»Steh auf!«, befahl der Anführer.

»Ich kann nicht«, stöhnte Kiyomi. »Bitte, ich kann nicht mehr weiter.«

»Trag sie«, befahl der Anführer seinem Sekundanten.

»Wieso ich? Wieso nicht Jiro?«, protestierte der und wies mit einem Nicken auf einen stämmigen *oni*.

»Jiro hat den letzten geschleppt. Du bist dran.«

Der Sekundant kam in seinen Bart schimpfend den Hang herunter. »Ich trage dich sicher nicht«, sagte er und packte das Mädchen an den langen Haaren.

Kiyomi griff mit beiden Händen nach seinem Handgelenk, wälzte sich blitzschnell herum und ließ ihre Beine hochschnellen, um die Füße wie eine Zange um den Nacken des Monsters zu legen. Als der *oni* ins Stolpern geriet, ließ sie los und stieß ihn mit der Ferse an. Er fiel nach hinten und überschlug sich den Hang hinunter.

»Jiro! Fass!«, bellte der Anführer.

»Die mach ich platt.« Der stämmige *oni* schwang seinen Eisenschläger und setzte sich in Bewegung.

Kenny konzentrierte sich auf die Waffe.

Jiro schrie auf. Er schleuderte den rot glühenden Schläger weg und blies hektisch auf seine verbrannte Pranke.

Jetzt kam der dritte *oni* angerannt. Als er an Kenny vorbeikam, streckte dieser seinen Fuß aus, schob ihn unter sein Fußgelenk und warf ihn Hals über Kopf den Hang hinunter.

»Dafür bringe ich euch jetzt noch mal um!« Der Anführer holte seine Peitsche ein und kam mit wutentbrannter Miene näher, gefolgt vom Schatten des *onmoraki* über seinem Kopf.

»Nein! Nicht die Peitsche!«, heulte Kenny. Er ließ sich fallen und ging neben Kiyomi in die Hocke.

»Oh doch, du elender Wurm!« Der *oni* holte seitlich aus, spulte die Länge der geflochtenen Lederpeitsche aus und knallte damit, ehe er sie auf die beiden losließ. Kenny war bereit. Er hatte seinen in glänzendes Metall gehüllten Arm vor sein Gesicht gehoben, und als die Peitsche zuschlug, riss er ihn hoch, sodass sich ihre Spitze um sein Handgelenk wickelte. Kenny sprang sofort auf die Beine, zerrte mit einem heftigen Ruck daran und entriss sie dem verdutzten *oni*. Er fing den Griff auf, befreite sein Handgelenk und jetzt war er es, der die Peitsche über seinem Kopf schwang. Der *oni* wich zurück.

»Ich dachte, du stehst auf Schmerzen«, sagte er und versetzte ihm einen Hieb mit der Peitsche. Der *oni* schrie auf und sah zu, dass er wegkam.

»Los jetzt!« Kiyomi verließ den Pfad und fing an zu rennen. Kenny stürzte ihr hinterher.

Der *onmoraki*, der die beiden menschlichen Leckerbissen nicht aus den Augen gelassen hatte, legte die Flügel an und nahm im Sturzflug die Verfolgung auf.

»Es funktioniert«, stieß Kiyomi hervor, die ihn kommen sah.

»Sag mir, wann«, erwiderte Kenny und brachte die Peitsche in Bereitschaft.

Der Vogeldämon schoss wie ein tödlicher Pfeil auf sie zu und dann schrie Kiyomi: »Jetzt!«

Als der *onmoraki* die Flügel ausbreitete und mit gespreiztem Gefieder und ausgestreckten Klauen zum Angriff überging, wirbelte Kenny herum und schlug blitzschnell zu. Die Peitsche wickelte sich um eine der Krallen und hielt.

Kiyomi warf sich auf Kenny und klammerte sich an sein Bein, während der Riesenvogel mit wild schlagenden Flügeln und laut krächzend wieder in die Luft stieg. Mit jedem Schlag seiner gewaltigen Schwingen gelangten sie höher, bis der Boden beängstigend weit unten lag.

»Es hat geklappt!«, schrie Kenny, der mit beiden Händen an der Leine hing. Seine Arme ächzten vor Schmerz und er hatte das Gefühl, als würden seine Schultern jeden Moment aus den Gelenken springen. Um sie zu entlasten, schuf er einen Rückenwind, und bemerkte erst jetzt, dass das Ächzen nicht von seinen Schultern stammte, sondern von der Peitsche. »Wir sind zu schwer!«, rief er der unter ihm baumelnden Kiyomi zu. »Kannst du hochklettern?«

»Ich ... versuch ... es«, presste Kiyomi zwischen den Zähnen hervor. Sie langte nach Kennys Gürtel und zog sich an ihm hoch, warf die andere Hand um seinen Hals und schaffte es, ein Knie auf seine Schulter zu wuchten und sich nach der Klaue des Vogels auszustrecken. Sie krallte ihre Hände in das Gefieder, kletterte auf den Rücken und schob sich bis zum Hals vor, um rittlings auf ihm sitzen zu können.

Um den blinden Passagier abzuwerfen, ging der *onmoraki* in den Sturzflug, drehte sich um die eigene Achse und ließ sich von einer Seite zur anderen fallen. Kiyomi grub ihre Finger in die Federn und klammerte sich fest, während Kenny an dem Lederriemen hängend durch die Luft schleuderte und bei jedem Ächzen innerlich zusammenzuckte.

Tief unter ihnen zeigte sich jetzt, woher die lodernden Farbspiegelungen an den Wolkenrändern stammten: Auf einem Feldlager von so gigantischen Ausmaßen, dass es fast die Hälfte der enormen Ebene einnahm, wimmelte es von Tausenden *oni* und anderen Höllenwesen. Das Lager, das von riesigen Flammen und Glut speienden Feuergruben übersät war, an denen zyklopenartige Schmiede schufteten und Waffen herstellten, grenzte direkt an das Tor. Es erstreckte sich über zwei Berge und bestand aus einem fünf Kilometer breiten und ebenso tiefen Damm aus Holz. Davor schwangen Hunderte in Zweierreihen aufgestellte *oni* gigantische Rammböcke und droschen auf das Holz ein. Daher stammte also das dumpf dröhnende Pochen, das sie schon die ganze Zeit hörten.

Der Vogeldämon ließ sich mit einem lauten Krächzen zum Tor hinunterfallen. Kenny hantelte sich an der Peitsche hoch, krabbelte auf den Rücken des Tiers und setzte sich hinter Kiyomi.

»Blödmann fliegt in die falsche Richtung«, stieß er keuchend hervor.

»Daran hättest du früher denken sollen«, fuhr sie ihn an. »Wir brauchen irgendwas, mit dem wir ihn lenken können.«

Kenny hätte beinahe gelacht, als er sich den Schädel der Kreatur mit Zaumzeug vorstellte, doch das absurde Bild brachte ihn auf eine Idee. »Ich weiß was! Blinker!«, sagte er. Er konzentrierte sich und rief eine kleine schwarze Wolke herbei, die sich wie eine Piratenklappe über das linke Auge des Vogels legte. Auf dem einen Auge plötzlich blind, drehte der *onmoraki* nach rechts ab und hielt die Richtung bei, bis er eine komplette Wende gemacht hatte.

Kenny ließ die Klappe verschwinden und grinste. »Hey, bin ich gut oder was?«

»Ja, so gut, dass du uns in diese Scheiße geritten hast«, erwiderte Kiyomi. »Bleib auf dem Teppich.«

KA-RRRACHH! Der Knall von splitterndem Holz hallte im ganzen Totenreich wider.

»Was war das?«

»Die Barriere«, antwortete Kiyomi. »Sie fällt!«

Kenny suchte die jetzt wieder öde und leer daliegende Landschaft ab. Sie hatten den Riesenvogel in nördliche Richtung gelenkt und flogen einen konstanten Kurs zur Knochenfestung. Ab und zu bemerkte er seltsam kreisförmige Mauern, die halb verborgene Hohlräume umgaben, und in einem von ihnen dachte er sogar, einen Fleck Grün auszumachen.

Der Palast, der sich wie ein abgebrochener Zahn am Horizont abzeichnete, war noch etwa zehn Kilometer entfernt. Dutzende *onmoraki* kreisten über seinen Türmen und hielten Wache.

»An denen kommen wir nicht unbemerkt vorbei«, meinte Kiyomi. »Es sind zu viele.«

»Würden sie einen ihrer Artgenossen angreifen?«

»Du kannst es ja ausprobieren.«

»Lieber nicht.«

Kenny legte eine Wolkenbank über die beiden oberen Augenhälften des Vogels, und wie erhofft, ging der *onmoraki* in den Sinkflug, streckte kurz vor der Landung die Klauen aus und setzte in der von seinen Schwingen aufgebauschten Aschewolke auf. Kiyomi glitt sofort herunter, während Kenny den Kopf der Kreatur in eine dunkle Wolke hüllte, absprang und rasch die Peitsche von ihrem Bein wickelte. Als sie weit genug weg waren, löste er die Wolke auf. Der Vogel schwang sich in die Lüfte und schloss sich den anderen *onmoraki* über dem Palast an.

Kenny befestigte die aufgerollte Peitsche an seinem Gürtel und folgte Kiyomi durch die feuchten Aschedünen. Zu ihren Füßen wimmelte es von Schaben und dicken Würmern, dazu heulte der Wind und die Kälte kroch ihnen bis in die Knochen.

»Hast du das gesehen?« Kiyomi war plötzlich stehen geblieben. »Da war ein Licht. Jetzt ist es wieder weg.«

Kenny hielt die Augen offen. Da: Ein grünlich-gelbes Blinken, das seltsam vertraut war und außerdem eine beruhigende Wirkung hatte.

»Sekunde, das ist doch –?«

»Ein Glühwürmchen.« Kiyomi streckte die Hand nach dem in der Brise schaukelnden Käfer aus.

»Was hat es hier zu suchen? Ich dachte, hier leben nur Aasfresser.«

»Ich auch. Wo findet es sein Fressen? Die kleinen Kerlchen ernähren sich von Blütenstaub.«

»Da! Da ist noch eins. Und noch eins!« Kenny sah zu, wie sich die Glühwürmchen sammelten und in der grauen Düsternis ein Licht entstand. Er lachte vor Freude. »Ist das cool!«

Das Getümmel aus kleinen Insekten teilte sich in Gruppen auf, die miteinander Linien bildeten: Zwei Parallelen, eine Vertikale am Ende und zwei, an einem Punkt zusammenlaufende Diagonalen.

»Ein Pfeil«, sagte Kiyomi. »Er zeigt in diese Richtung. Komm.« Sie fing an zu laufen und folgte dem leuchtenden Wegweiser.

Kenny lief neben ihr her. »Was, wenn das eine Falle ist?«

»Viel zu subtil für diesen Ort. Es muss etwas anderes sein.«

Kenny verlor plötzlich den Halt und fiel in einen Madenhaufen. »Der Boden bewegt sich«, sagte er auf allen vieren. »Ist das ein Erdbeben?«

Kiyomi half ihm auf die Beine. »Nein, das ist eher ... direkt unter uns –«

Mit einem ohrenbetäubenden Kreischen explodierte hinter ihnen ein beulenartiger Schädel mit gebleckten Fangzähnen und ausgefahrenen Antennen aus der Erde und stieg nach oben.

Kenny hatte instinktiv nach seinem Schwert gerufen

und verwünschte seine Abwesenheit. Er warf den Dreck ab, suchte nach den Glühwürmchen und rannte vor dem Riesentausendfüßer davon.

Kiyomi überholte ihn und schrie: »Lauf ihm nach!« Ihr Finger zeigte auf einen bläulichen Feuerball, der wie ein Irrlicht durch die Luft sprang.

Der *mukade* schob sich aus seinem Bau, stellte seine Beine auf den Boden und nahm die Verfolgung auf.

Kenny bretterte einen Hang hinunter und bemerkte zu seiner Linken den gebogenen Rand einer kreisförmigen Mauer aus Natursteinen. Der Feuerball vollführte eine Kehre und verschwand im Mauerwerk. Kiyomi folgte ihm auf den Fersen, bog schlitternd um die Kurve und war weg.

Keuchend und von Seitenstechen geplagt, erreichte Kenny die Mauer, schlitterte um die Kurve und suchte hektisch nach einem Eingang.

Der *mukade* war dicht hinter ihm; seine Antennen fegten über den Boden und folgten dem Menschengeruch.

Kenny drückte sich mit dem Rücken an die Mauer und sammelte sein *ki*. Was er jetzt dringend benötigte, war Spucke, aber sein Mund war staubtrocken.

»Rein mit dir!« Kiyomis Hand packte ihn am Kragen und zerrte ihn durch eine verborgene Lücke in der Mauer.

Sie drückte ihn mit beiden Händen zu Boden, ließ sich neben ihn hinfallen und hielt einen Finger an ihre Lippen. Das Trommeln der Beine des Tausendfüßers schien wie ein wummernder Bass um die Mauer zu laufen. Einmal kratzte eine seiner Antennen klirrend über den Stein, doch nach einigen Minuten gab er es auf und jagte davon.

Kenny lag auf dem Bauch und wartete, bis sich sein Herzrasen beruhigt hatte. »Das war knapp«, sagte er. »Was passiert, wenn wir hier sterben?«

»Dann könnt ihr nie wieder zurück«, beantwortete die Stimme einer Frau seine Frage.

Kenny warf sich herum und sah den blauen Feuerball in der Luft hängen und mit den Worten im Takt pulsieren.

»Alles in Ordnung«, sagte Kiyomi leise neben ihm. »Das ist eine *hitodama*, eine menschliche Seele.« Sie hob sich auf die Knie und verneigte sich vor dem flackernden Licht. »Danke, dass du uns gerettet hast.«

Der Feuerball flimmerte wie die Luft an einem heißen Sommertag und nahm die Gestalt einer älteren Frau an, die weiterhin in einem gedämpften Blau leuchtete. »Wir haben nach euch Ausschau gehalten«, sagte sie. »Euer Kommen wurde vorhergesagt.«

»Nicht das schon wieder«, murmelte Kenny.

Der Blick der Frau blieb einen Moment lang auf ihm liegen. »Du bist also Kuromori, das Kind der Prophezeiung. Warum bekümmert dich das?«

Kenny kratzte sich am Kopf. »Na ja, mich hat keiner gefragt, außerdem weiß ich nicht einmal, was ich eigentlich tun soll.«

»Aber du tust es ja schon.« Die Frau glitt rückwärts schwebend in das Zentrum des kleinen Geheges und hob ihre Arme. Aus dem Boden trudelten Dutzende kleiner *hitodama* und tanzten in der Luft um sie herum. »Kinder, wir haben Besuch«, sagte sie. »Nehmt unseren Gästen zu Ehren eine gefälligere Gestalt an.«

Die kleinen Feuerbälle verwandelten sich augenblicklich in lauter Kleinkinder, die sich um die Besucher scharten und die pummeligen Arme nach den beiden Lebenden ausstreckten, als wollten sie sie berühren.

»Wer seid ihr? Was ist das für ein Ort?«, fragte Kiyomi. Durch das von den Kindern ausgehende Leuchten wurde in der Mitte des Geheges ein kleiner Garten mit Blumen und Obstbäumen sichtbar, in deren Kronen blinkende Glühwürmchen herumschwirrten.

»Mein Name ist Noriko Watanabe. Ihr befindet euch an einem Zufluchtsort.«

»Das verstehe ich nicht«, sagte Kenny. »Ich dachte, alle, die hierher kommen, werden am Eingang verurteilt und danach auf ewige Zeiten gefoltert.«

Noriko schob die Hände in die Ärmel ihres Beerdigungskimonos. »Bei den allermeisten ist das so, aber einige wenige von uns – diejenigen, die dem Urteil nach keine ewige Pein verdienen – dürfen sich in diesem Land frei bewegen.«

»Woher kommen die Kinder?« Kiyomi ging in die

Hocke, um die kleinen Köpfe zu streicheln, sah jedoch, dass ihre Hand durch sie hindurchglitt.

»Da sie starben, bevor sie den Unterschied zwischen Recht und Unrecht kannten, kann über sie nicht geurteilt werden. Gewöhnlich werden sie am Fluss ausgesetzt und den Hexen und Dämonen überlassen, aber manchmal finden wir sie rechtzeitig und bringen sie in Sicherheit.«

»Das ist ja irre«, staunte Kenny. »Wieso lassen euch die *oni* in Ruhe? Und wie schafft ihr es, hier etwas anzubauen?«

»Die Wesen von *Yomi* können nicht durch Stein sehen«, antwortete Noriko. »Sie bauen aus Holz, Knochen, Haut, aus allem, was lebt, aber nicht aus Stein. Wir sind stets auf der Suche nach Steinen und bauen diese Unterschlüpfe. Viel ist es nicht, aber es ist besser als gar nichts.«

»Und die Blumen?«, fragte Kiyomi.

»Manchmal finden wir Samen. Wir pflanzen sie, nähren sie mit unserem Licht und bewässern sie mit unseren Tränen. Sie wachsen in dieser Wüste wie die Hoffnung.«

»Das ist wirklich unglaublich«, sagte Kenny. »Ich meine, dass ihr es hinkriegt, in diesem Elend Gutes zu schaffen.«

»Leider sind wir in Eile«, warf Kiyomi entschuldigend ein.

»Ja, selbstverständlich«, sagte Noriko. »Nur noch eine Bitte, bevor ihr geht. Jemand wünscht dich zu sehen. Sie wird jeden Moment hier sein.«

Kenny blickte Kiyomi fragend an.

»Hier ist sie schon.« Noriko wies zur Mauer, durch die ein rötlicher Feuerball hereinschlüpfte.

Kenny sah gebannt zu, wie die rote *hitodama* menschliche Gestalt annahm und zu einer bemerkenswert schönen Japanerin von majestätischer Haltung wurde, deren Augen in Lachfalten gebettet und voller Wärme waren.

Kiyomi schnappte hörbar nach Luft und bedeckte mit den Händen ihren Mund.

»Was ist?«, fragte Kenny.

Kiyomis Augen schwammen in Tränen. »*Okaasan?*«, hauchte sie.

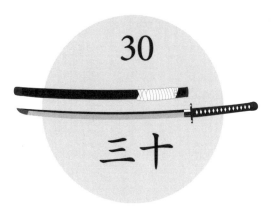

30

»Kiyomi-*chan*«, sagte die Frau und breitete die Arme aus. »Es ist wahr. Du bist wirklich hier.«

Kenny trat näher an Noriko heran und flüsterte: »Das ist Kiyomis Mutter? Mayumi?«

»Ja.« Noriko zog sich hinter einen kleinen Pfirsichbaum zurück und bedeutete ihm, ihr zu folgen. »Wir sollten sie einen Moment alleine lassen.« Sie winkte die Kinder zu sich. »Kuromori-*san*, wie wäre es, wenn du die Kleinen so lange mit deinen Abenteuern unterhältst?«

Kenny sträubte sich, da er nicht wusste, wo er anfangen sollte. »Das ist aber eine lange Geschichte.«

»Umso besser.«

Unterdessen wollte Kiyomi die Arme um ihre Mutter legen, sie glitten jedoch auch durch sie hindurch.

»Ich ahnte deine Anwesenheit schon vor einiger Zeit,

sie war aber vage, unscharf«, sagte Mayumi. »Dann fing ich an, nach dir zu suchen.«

»Ich war nur teilweise hier«, antwortete Kiyomi, die große Mühe hatte, den Gefühlstaumel in ihrem Inneren unter Kontrolle zu halten. »Ken-*chan* – Kuromori – hat mich zurückgeholt.«

»Das sehe ich. Dann ist es also wahr? Er hat den Tod überlistet?«

»So würde ich es nicht nennen. In Wirklichkeit wusste er nicht, was er tat.«

Mayumi strich über Kiyomis Wange und beleuchtete mit ihrer Hand die Gesichtszüge des Mädchens. »Hier …« Sie legte ihre Hand auf ihr Herz. »… weiß dieser Junge genau, was er tut, selbst wenn er es hier …« Sie berührte mit dem Finger ihre Stirn. »… nicht weiß.«

»Aber er ist eine solche Flasche! Und er kann so peinlich sein.«

»Denkst du, dein Vater war anders, als er jung war? Wie geht es ihm?«

Kiyomi biss sich auf die Lippen, nicht sicher, wie viel sie ihr erzählen sollte. »Er ist nicht mehr derselbe, seit … du weißt schon. Aber es geht ihm gut.«

»Sag ihm, es tut mir so leid, dass ich nicht bei ihm sein kann.«

»Du kannst doch nichts dafür, dass ein *oni* …«

»Er sollte dich nicht alleine großziehen müssen.«

»Wir kommen zurecht. Außerdem hat er dafür gesorgt, dass ich auf mich selbst aufpassen kann.«

»Doch zu welchem Preis? Ich erinnere mich, als du klein warst und einmal deine Cousins zu Besuch kamen. Die Jungs entdeckten einen Frosch im Garten und quälten ihn mit einem Stock zu Tode. Du hast bitterlich geweint und warst völlig außer dir, dass sie etwas so Grausames tun konnten.«

»Daran erinnere ich mich nicht.«

»Du warst ein sanftmütiges Kind und so unbekümmert.«

Kiyomi zuckte mit den Schultern. »Die Menschen verändern sich. Ich … ich hab dich so vermisst. Ich weiß nicht, wie oft ich mich danach sehnte, mit dir sprechen zu können, mir Ratschläge von dir zu holen …«

»Meine arme Kiyomi-*chan*. Dabei bin ich doch immer bei dir. Ich höre deine Stimme und ich komme jedes Jahr zu Besuch. Du musst ein gutes Leben führen, Großes vollbringen.«

»Ja, na ja. Aber wenn wir schon davon reden: Wie du wahrscheinlich weißt, haben wir oben ein Problem. Susa-no-wo ist auf dem Vormarsch.«

»Ja, ich weiß. Und zweifellos werden jetzt Pläne geschmiedet, um ihn daran zu hindern. Nur, ihr könnt gegen ihn nicht gewinnen, Kiyomi-*chan*. Seine Armee ist unbesiegbar.«

»Siehst du da nicht ein bisschen sehr schwarz? Etwas muss es doch geben, das –«

»Du verstehst mich nicht. Was geschieht, wenn du einen *oni* vernichtest?«

»Seine Seele kehrt hierher zurück und sitzt in der Falle, weil sie eingesperrt ist.«

»Und wenn das Tor aufgeht?«

Kiyomi stellte sich die Szene vor und sah ihre Mutter mit großen Augen an. »Du meinst, dann kommen sie einfach immer wieder?«

»Jeder Einzelne, den du tötest, kehrt sofort wieder zurück. Deshalb ist es eine unaufhaltsame und unbezwingbare Armee.«

»Das heißt, wir müssen das Tor irgendwie schließen. Geht das überhaupt?«

»Das weiß ich nicht. Aber sag mir eines, Kiyomi-*chan*: Warum bist du nach *Yomi* zurückgekehrt? Wenn du hier stirbst, kehrst du nie wieder in die Welt der Lebenden zurück. Deine Seele gehört dann Susano-wo und er ist gnadenlos.«

»Wir suchen etwas, das uns möglicherweise hilft. Aber dazu müssen wir in den Palast.«

»Das ist ein selbstmörderisches Unterfangen.«

»Im Reich der Toten sind wir schon, zur Hälfte ist es also bereits gelungen.«

»Trotzdem: Tut es nicht.«

»Wir haben keine Wahl.«

»Ich verstehe ... Wie wollt ihr in den Palast gelangen?«

»Das wissen wir nicht. Man kommt nur über die eine Brücke hinein, nicht wahr? Mit einem Ablenkungsmanöver. Vielleicht lassen wir uns reinschmuggeln.« Mayumi wandte den Blick ab und dachte kurz nach. »Es gibt vielleicht noch einen anderen Weg. Vor langer Zeit, noch bevor Susano-wo hierher verbannt wurde, lebten die Wesen in Erdhöhlen und schufen viele unterirdische Tunnel. Manche davon verlaufen bis heute unter dem Palast.«

»Denkst du, es könnte einen unterirdischen Zugang geben?«

»Möglich wäre es. Ich muss mich erkundigen. Warte hier. Ich bin so schnell wie möglich zurück.« Sie verwandelte sich wieder in ein rotes Licht und verschwand durch die Mauer.

Kiyomi legte die Arme um ihren fröstelnden Körper und ging zu Kenny und den Kindern.

»– ich nahm sie also in die Arme, ungefähr so, aber da war sie schon kalt. Es war das schlimmste Gefühl, das man sich vorstellen kann. Und dann sagte so eine winzige Stimme in mir drin ›Nein‹. Ich würde mich nicht damit abfinden. Ich würde um sie kämpfen.«

Als Kiyomi sich mit einem Räuspern bemerkbar machte, wandte Kenny rasch den Kopf und wurde knallrot.

»Wie lange hörst du schon heimlich zu?«, fragte er.

»Nur ein paar Sekunden. Ist ja auch kein Geheimnis. Ich war dabei.«

»Wenn ihr mich kurz entschuldigt.« Kenny stand zu einem Chor enttäuschter Kinderstimmen auf.

»Sieht so aus, als wärst du ein Hit«, meinte Kiyomi.

»Dürfte daran liegen, dass sie nicht pingelig sind. Wie ist es mit deiner Mum gelaufen?«

»Weiß nicht. Ich meine, ich habe nicht damit gerechnet. War seltsam.«

»Kann ich mir vorstellen. Wie bringt man dreizehn Jahre in ein paar Minuten unter?«

»Sie kennt mich. Sie hat mich so gut sie konnte im Auge behalten.«

»Wo ist sie jetzt? Darf ich sie kennenlernen? Ich meine, weiß sie ... von mir?«

»Als ob irgendjemand nicht von dir wüsste! Nein, sie ist los, um sich nach einem Weg in den Palast zu erkundigen.«

Kenny lehnte sich an einen der Bäume und spürte etwas Hartes an seinem Ellbogen. Als er sich umdrehte, entdeckte er einen reifen Pfirsich. »Hmm. Hab ganz vergessen, wie hungrig ich bin.« Er pflückte die Frucht von ihrem Ast und öffnete den Mund, um abzubeißen.

»NICHT!«, schrie Noriko.

Mit der Frucht bereits an den Lippen, erstarrte Kenny. »Was ist?«

»Das Essen hier ist nur für die Toten. Iss hier *nie* etwas, hörst du? Sonst bleibst du für immer hier.«

»Mann. Danke für die Warnung.« Er legte den Pfirsich vorsichtig auf den Boden.

In diesem Moment kehrte die rote *hitodama* zurück und nahm wieder Mayumis Gestalt an. »Es könnte klappen«, sagte sie mit vor Aufregung glänzenden Augen. »Es gibt einen Stollen, aber er ist nicht ungefährlich.«

»Gehen wir«, sagte Kenny.

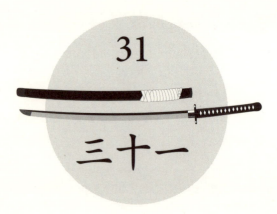

»Seht ihr? Da unten?« Mayumi wies auf den Eingang zu einer zerklüfteten Höhle in einer niedrigen Böschung.

»Die Höhle führt in den Palast?«, fragte Kenny und zog Kuebikos Karte aus dem wasserdichten Beutel. »Wissen Sie, wo der Stollen rauskommt?«

»Nein. Es ist schon lange her, als eines der Kinder sich da hinein verirrte und ihn entdeckte.«

Kiyomi wandte sich der leuchtenden Gestalt zu. »Wir müssen los. Ich werde Dad sagen, dass du nicht leiden musst und dass du dich um die Kleinen kümmerst. Das wird ihn sehr freuen.«

»Sag ihm, er darf nicht mehr trauern und muss wieder zu leben anfangen. Das Leben ist zu kostbar, um auch nur einen Tag zu vergeuden.« Sie drehte sich zu Kenny um. »Kuromori-*san*? Auf ein Wort bitte.«

Kenny blickte Kiyomi mit erhobener Braue an, dann fuhr er sich mit der Hand durch die dreckigen Haare und ging zu Mayumi.
»Ja?«
»Du weißt von *yin* und *yang*? Dass alles ein Gleiches und einen Gegensatz hat, damit Ausgewogenheit und Harmonie herrschen?«
»Ja, in letzter Zeit habe ich oft davon gehört.«
»Du und Kiyomi-*chan*, ihr seid *yin* und *yang*. Deshalb seid ihr auch so stark zusammen. Ich weiß, dass du Gefühle für sie hegst und sie für dich.«
»Also, so würde ich das nicht –«
Mayumi hob ihre Hand. »Bitte. Ich bin ihre Mutter. Jeder von euch gleicht die Stärken und Schwächen des anderen aus. Das weißt du. Du spürst es, tief in deinem Inneren – deshalb konntest du sie nicht sterben lassen.«
»So habe ich das noch nie gesehen.«
»Ohne Kiyomi-*chan* würdest du zugrunde gehen, und ihr ginge es umgekehrt genauso. Ihr beide braucht einander. Verstehst du das?«
»Äh, nicht ganz. Ich meine, irgendwie schon.«
»Das genügt.« Sie verwandelte sich in ihre *hitodama*-Form zurück und schaukelte als leuchtend roter Feuerball noch ein letztes Mal vor ihrer Tochter in der Luft.
»Kiyomi-*chan*, wenn die Welt bestehen bleibt, komme ich dich im nächsten Sommer wieder besuchen.«

Kiyomi blickte dem durch die Aschewüste davonsausenden Licht hinterher, bis es nicht mehr zu sehen war. Sie hatte Tränen in den Augen.

»Was heißt ›im nächsten Sommer‹?«

»*Obon*«, antwortete Kiyomi. Sie wischte mit ihrem dreckigen Ärmel ihre Tränen ab. »Ein Fest zu Ehren der Toten. Wenn wir unsere Sache gut machen, also die Gräber sauber halten, die richtigen Gebete sprechen und die richtigen Opfer bringen, dann genehmigt Susano-wo manchen Geistern so eine Art Freigang, als Belohnung für gutes Benehmen. Es gibt Routen heraus und geheime Ausgänge. Die *oni* verwenden sie auch.«

»Einmal im Jahr dürfen sie nach Hause? Cool.«

»Komm, bringen wir es zu Ende.«

Sie stiegen die flache Böschung zur Höhle hinunter. Kenny lief voraus und versank bis über die Knöchel im Staub.

»Warte«, sagte er und nahm die Peitsche von seinem Gürtel.

»Was tust du da?«, fragte Kiyomi.

»Pst, es kann dich hören.« Er wickelte die Peitsche aus, streckte den Arm nach hinten und ließ sie in die Höhle schnellen, wo sie mit einem Knall auf dem Boden aufschlug.

»Spinnst du oder was?« Kiyomi schob sich an ihm vorbei und kroch hinein.

»Meine letzte Höhle wollte mich fressen.«

Kiyomi fegte mit der Hand über den staubigen Boden. »Da, siehst du die Spuren? Und den Haufen da drüben? Er ist feuchter als der Rest. Jemand war hier und ist vielleicht immer noch am Graben.«

»Na toll. Und wir haben nicht einmal Waffen.«

Kenny schuf eine kleine Lichtkugel und ging voran. Vor ihnen tat sich ein Gang auf, der breit genug für sie beide war und steil abfiel. Von nun an sprachen sie nichts mehr und folgten dem sich dahinwindenden Stollen.

Nachdem sie ungefähr eineinhalb Stunden in der Finsternis zurückgelegt hatten, blieb Kiyomi plötzlich wie angewurzelt stehen; ihre Augen weiteten sich und sie schnaufte.

»Was ist los?«, flüsterte Kenny.

»Dieser ... Geruch«, presste sie hervor.

Kenny streckte schnuppernd die Nase in die Luft. Beim Geruch des süßlichen Fäulnisgestanks verzog er angewidert das Gesicht, doch dann erkannte er ihn wieder und im selben Moment zerriss ein wütendes Bellen die Stille.

»Er ist hinter uns.« Kiyomi packte Kenny am Arm und eilte mit ihm weiter.

Wie als Antwort auf das erste Bellen, erschütterte jetzt ein zweites heiseres Brüllen die Luft – diesmal von weiter vorne. Kenny wusste, was als Nächstes kommen würde: das Klickern der dünnen Spinnenbeine.

»*Ushi-oni*«, sagte er, als der kugelrunde Spinnenkörper mit dem Stierschädel und den acht zu spitzen Speeren auslaufenden Beinen in Sicht schlitterte. Sein gespenstisch langer Schatten wanderte die Wände entlang und erhielt durch das von hinten kommende Monster Gesellschaft.

»Ken-*chan*, wir sitzen in der Falle.«

»Wir nicht«, erwiderte Kenny wild entschlossen. »Aber sie.«

Noch während er seinen Arm in Metall verwandelte, stürzte er sich auf die erste Kreatur. Als sie vor Überraschung kurz innehielt, nutzte Kenny ihr Zögern. Er rammte seinen Arm bis zum Anschlag in das offene Maul und riss ihn mit aller Kraft wieder heraus. Die Augen des *ushi-oni* traten hervor, seine Beine knickten ein und der Körper krachte leblos zu Boden. Kenny ließ das in seiner Hand noch pochende Herz fallen und drehte sich zu der zweiten Kreatur um. Von seinen Fingern tropfte Blut.

Mit einem wilden Heulen verdrehte das Monster seinen Körper, richtete die Spinndrüsen auf ihn und schoss einen klebrigen Schwall ab. Doch da hatte Kenny seine Hände bereits oben, die zähflüssigen Batzen trafen spritzend auf eine unsichtbare Barriere und klatschten weit von ihrem Ziel entfernt zu Boden.

Kenny neigte mit einer Hand das Kraftfeld nach unten und machte einen Schritt auf das Monster zu. Mit in den Boden gestemmten Beinen hielt der *ushi-oni* dagegen, schlitterte jedoch immer weiter zurück. Jetzt hob Kenny die andere Hand und konzentrierte sich. Aus seinen Fingerspitzen sprangen gelbe Flammen, deren Flackern sich in den Augen der Kreatur spiegelte. Sie machte sofort kehrt und suchte klickernd das Weite.

»Du Angeber!« Kiyomi boxte Kenny sanft auf den Arm. »Genau der richtige Zeitpunkt, um dir diesen Trick auszudenken.«

»Hattest du Zweifel?«

»Die habe ich immer.«

Sie quetschten sich an der toten Bestie vorbei und setzten ihren Weg durch den unterirdischen Bau fort.

»Wie weit sind wir schon gelaufen?«, fragte Kenny.

»Schätzungsweise acht Kilometer.«

»Dann kann der Palast nicht mehr weit sein.«

Der Tunnel wurde breiter und lief um eine Kurve, ehe er auf eine große Kammer stieß. Kenny blieb stehen. Der Gestank nach *ushi-oni* war überwältigend und das aus der Dunkelheit dringende heisere Pfeifen konnte nur bedeuten, dass die Kaverne bewohnt war. Er ließ die Kugel langsam heller werden und sandte sie ins Innere. Kiyomis Finger krallten sich in seine Schulter, dann hauchte sie in sein Ohr: »Das ist ein Nest.«

Tatsächlich wurden im Schimmer der Sphäre die kugelartigen Umrisse von mindestens einem Dutzend vor sich hin dösender *ushi-oni* sichtbar.

»Der Stollen geht da drüben weiter.« Kiyomi nickte in Richtung eines dunklen Bogens auf der anderen Seite des Baus. »Wir müssen zwischen ihnen durch.«

»Ich habe eine bessere Idee«, sagte Kenny. »Das habe ich mir von deinem Onkel abgeschaut.« Er ballte seine Fäuste, konzentrierte sich und kanalisierte sein *ki*.

WUSCHSCH! Aus dem Boden schossen zwei Flammenwände, die die erschrocken kreischenden Kreaturen auseinanderjagten und einen sichereren Durchgang bildeten.

»Komm.« Kenny nahm Kiyomis Hand. Im Schutz der prasselnden Feuerschneise und unter den Blicken der heimtückischen Kreaturen, die zu beiden Seiten auf Abstand blieben, durchquerten sie den Raum zur anderen Seite.

Nachdem sie die Kaverne verlassen hatten, stieg der Stollen stetig bergan, und nach noch einmal zehn Minuten bemerkten sie über ihren Köpfen eine kreisförmige Öffnung, die ungefähr einen Meter tief war und von einer Decke aus ungehobelten Holzbrettern abgeschlossen wurde.

»Was meinst du?«, flüsterte Kenny. »Ist das der Palast oder müssen wir noch weiter?«

Kiyomi zuckte die Achseln. »Schadet jedenfalls nicht, nachzusehen. Soweit wir wissen, könnte der Stollen noch ewig weitergehen und das der einzige andere Ausgang sein.«

»Okay. Du machst mir die Räuberleiter und ich sehe nach.«

»Wie wär's, wenn du mich raufhebst? Immerhin bist du schwerer als ich.«

»Wer sagt das?«

»Quatsch nicht.«

Kenny verschränkte seine Finger zu einem Steigbügel. Kiyomi stellte ihren Fuß hinein, zog sich hoch und stieg auf seine Schultern. Als sie ihr Gleichgewicht gefunden hatte, streckte sie sich nach oben aus und drückte mit den Händen gegen die Planken.

Kenny biss unter dem Druck ihrer Stiefel die Zähne zusammen, dann hörte er ein Schaben und spürte einen kalten Luftzug. Als der Staub auf ihn herunterrieselte, wusste er, dass die Luke offen war. Kiyomi schob sie zur Seite.

»Wir sind drin«, sagte sie.

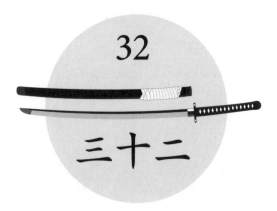

32

Kenny, der sich an Kiyomis ausgestreckter Hand zum Rand der Luke hochgezogen hatte, stemmte sich in ein gemauertes Gewölbe mit Dielenboden, in dem es kaum heller war als im Stollen.

Kiyomi schob die Falltür zu. »Könnte ein Keller sein.«

Kenny holte die Karte heraus und blickte sich um. »Ich dachte, Susie mag keine Steine, weil seine Haustiere nicht hindurchsehen.«

»Knochen allein würden so eine Struktur nicht tragen, ganz ohne Mauern geht es nicht.« Kiyomi befeuchtete die Spitze ihres Zeigefingers und hielt sie hoch. »Von da drüben kommt ein Luftzug. Da muss eine Tür sein.«

Sie bewegten sich lautlos darauf zu. Als sich in der Wand pechschwarze Nischen abzeichneten, bog Kenny kurz ab, um sie sich aus der Nähe anzusehen.

»Kiyomi, warte«, flüsterte er. »Ich glaube, ich weiß, wo wir sind.«

Kiyomi kam zurück und duckte sich zu ihm in die Nische. Sie führte in eine winzige Kammer. An der gegenüberliegenden Wand ragte ein rostiger Eisenring aus der Mauer, von dem eine Kette mit Handfesseln baumelte.

»Eine Zelle«, sagte sie.

»Das muss das Verlies sein.«

Sie kehrten in das Gewölbe zurück und gelangten in einen Flur, der sie zu einer Wendeltreppe nach oben brachte.

Kenny, der jetzt wieder Kenbukos Wegbeschreibung in der Hand hielt, versuchte sich zurechtzufinden. »Auf dieser blöden Karte ist nirgends ein Verlies eingezeichnet«, sagte er. »Wie sollen wir –«

»Neeiiin … nicht!«, platzte plötzlich ein so qualvoller Schrei in die Stille, dass Kenny zusammenfuhr und ein eiskalter Schauer über seinen Rücken lief.

»Was war das?«

Kiyomi schlich angestrengt lauschend den Flur zurück.

»Das kam von da hinten.« Sie durchquerte das Gewölbe und blieb vor einer schweren Holztür stehen.

»Abgeschlossen«, sagte sie.

»Was jetzt? Wir müssen uns beeilen.«

»Ich kenne diese Stimme«, sagte Kiyomi mit der Hand an der Tür. »Sie war lange genug ein Teil von mir.«

»Wa–?«

Kiyomi legte eine Handfläche auf das Holz und zeichnete mit der anderen *kanji* in die Luft. Das Holz zerfiel mit einem traurigen Ächzen zu Staub und die Eisenscharniere fielen mit einem lauten Klirren zu Boden.

»Harashima-*san*?«, dröhnte es aus der Finsternis. »Du ... musst ... weg ... von hier.«

»Sch!«, erwiderte Kiyomi. »Beruhige dich. Wir holen dich hier raus.«

Auf dem verschmutzten Boden kauerte zusammengekrümmt eine riesige Gestalt, deren ausgestreckte Arme an die Wand gekettet waren. Sie wies brutale Folterspuren auf und blutete am ganzen Körper. Aus der Stirn des im Dunkeln verborgenen Gesichts ragten die Umrisse eines abgebrochenen Horns.

»Kiyomi ... ist das ...?«, fragte er.

»Taro, ja.«

Kiyomi ging neben dem *oni* in die Hocke, befreite ihn von den Handschellen und nahm sein Gesicht in ihre Hände.

»Du Armer«, sagte sie. »Sie haben dich gefoltert, zur Strafe für das, was du getan hast.«

»Ich kannte ... den Preis.« Das Ungeheuer hob eine Hand und strich zärtlich über Kiyomis Wange. »Ich ... ich tat es, damit du nicht ... aber ...?«

Kiyomi wischte sich die Tränen ab. »Das ist eine lange

Geschichte. Wir holen dich erst mal hier raus. Danach bringen wir es zu Ende.«

»Äh«, warf Kenny vorsichtig ein. »Ist mir was entgangen? Ich dachte, Taro hat auf Befehl von Susie gehandelt?«

Als der *oni* laut auflachte, bekam er einen Hustenanfall. »Auf Susano-wo ist Verlass«, krächzte er. »Für seine Zwecke ... verdreht er alles ... selbst das Gute.«

»Taro hat ihm von Anfang an den Gehorsam verweigert«, erklärte Kiyomi. »Und als er sich dann auch noch meinem Onkel anschloss, lieferte er den Beweis dafür, dass *oni* nicht nur Befehlsempfänger und Ungeheuer sind, sondern auch eigene Entscheidungen treffen können.«

»Ich ging mit schlechtem Beispiel voran«, fügte Taro hinzu.

»Du warst also schon vorher auf seiner Abschussliste?«, fragte Kenny. »Und hast es trotzdem getan, obwohl du das wusstest?«

Der *oni* zuckte mit den gewaltigen Schultern. »Du warst bereit, dasselbe zu tun.«

»Es gibt hier eine Falltür, die aus dem Palast führt«, sagte Kiyomi. »Zuerst musst du aber an einem Nest von *ushi-oni* vorbei.«

»Sie tun mir nichts«, antwortete Taro.

»Die Tore *Yomis* gehen auf. Wenn du es bis dorthin schaffst, bist du frei.«

»Was?« Taro riss vor Schreck die gelben Augen auf.

»Ja, ein gewisser Vollidiot hat Susano-wo geholfen und ihn zum Herrscher gemacht. Die Götter verneigen sich vor ihm. Wir sind hier, weil wir ihn aufhalten wollen.«

»Wir suchen nach einem Schwert. Es heißt Ikutachi«, sagte Kenny. »Sagt dir das etwas?«

»Aber ja ... das Schwert des Lebens. Der Meister bewahrt es in seiner persönlichen Waffenkammer auf. Im vierten Stock ... im *tenshukaku*.«

»*Tenshukaku*?«

»Der Wehrturm, das ist der in der Mitte«, erklärte Kiyomi.

»Und die Waffenkammer? Die wird doch sicher streng bewacht.«

»Nein, im Palast ist es still geworden. Die Wachen sind fort«, sagte Taro.

»Ja, weil sie sich für den Krieg rüsten«, erklärte Kiyomi.

»Außerdem rechnet niemand mit einem Angriff auf die Waffenkammer. Wäre ja auch vollkommener Wahnsinn«, fügte Kenny hinzu. »Kannst du uns auf der Karte hier zeigen, wo wir sind und wo die Treppe da vorne rauskommt?«

Taro nahm den Zettel. »Die Treppe bringt euch hierher«, sagte er und legte den Finger auf die Stelle. »Und die Waffenkammer ist da.« Er kratzte mit seiner Klaue ein kleines Kreuz hin. »Ich komme mit.«

Kenny schüttelte den Kopf. »Nein, du musst zu den anderen *oni* und ihnen klarmachen, dass sie die Wahl haben. Sie können selbst entscheiden, wem sie dienen wollen. Das wäre die größte Hilfe.«

Kiyomi und Kenny halfen dem geschwächten *oni* durch die Falltür in den Fluchttunnel, verabschiedeten sich von ihm und verschlossen die Luke wieder.

»Wird er es schaffen?«, fragte Kenny.

»Schaffen *wir* es?«

Sie stiegen die geschlungene Treppe hinauf und gelangten durch eine Tür in einen Korridor, in dem Papierlaternen blassgelbe Lichtkreise an die Wände warfen.

»Da lang«, flüsterte Kenny nach einem Blick auf Kuebikos Karte.

Die Festung schien vollkommen verlassen und erinnerte Kenny mit ihren elfenbeinfarbenen Decken, den fadenscheinigen Wandbehängen und den brüchigen Lederbezügen an einen gigantischen Kadaver. Alles schien von Verwesung durchdrungen und er hatte das Gefühl, als nähme er die Fäulnis mit der Haut auf.

Auf lange Gänge und verwinkelte Korridore folgten steile Treppen, die sie immer höher hinaufbrachten. Dass der *tenshukaku* seinen Zweck als Wehrturm erfüllte, war nicht zu übersehen: Ein Angriff wäre so gut wie unmöglich, denn wer hier eindrang, müsste sich nach oben vorkämpfen, von einer Etage in die nächste.

An der nächsten verwinkelten Treppe packte Kiyomi plötzlich Kennys Arm und zerrte ihn zurück. Noch bevor sein Mund zum Protest aufgehen konnte, lag ihre Hand darauf, und sie zog ihn in den Schatten unterhalb der Treppe. Von oben näherte sich ein leises Schlurfen und dann drang der süßliche Gestank nach verwesendem Fleisch zu ihnen. Ein dürrer Schatten kam im Zickzack die Treppe herunter. Kenny sah die Umrisse einer strähnigen Mähne, eine Hakennase und spitze Krallen. Die Kreatur hielt kurz an und reckte schnuppernd die Nase, dann schlurfte sie weiter.

»Was war das?«, flüsterte Kenny.

»*Yomotsu-shikome*«, antwortete Kiyomi. »Die Hässliche der Unterwelt. Warten wir, bis sie ganz weg ist.«

Als die Luft rein war, setzten sie ihren Weg zur Waffenkammer fort. Wieder schob Kenny eine Tür auf und war überrascht, einen polierten Holzboden zu sehen.

»Halt!«, zischte Kiyomi.

Kenny erstarrte. Sein Fuß hing nur wenige Zentimeter über dem Boden in der Luft. »Wir sind fast da. Nur noch über diesen ... was weiß ich ... Tanzboden.«

»Ken-*chan*, bis jetzt waren alle Fußböden aus Knochen. Warum sollte er so knapp vor dem Ziel auf einmal aus Holz sein?«

Kenny zuckte die Achseln. »Weil ihnen die Knochen ausgegangen sind?«

Kiyomi verdrehte die Augen. »Das ist ein *uguisubari*. Jede Wette.«

»Logisch! Wieso bin ich da nicht selbst draufgekommen?«, erwiderte Kenny mit unverhohlenem Sarkasmus. »Ein Nachtigallboden. Der perfekte Schutz vor Eindringlingen.«

»Was, ein vorgetäuschter Boden? Bricht er ein oder was?«

»Nein, die Dielen sind mit speziellen Nägeln verlegt. Sie piepsen, wenn man den Boden betritt. Beim geringsten Druck fangen sie an zu trillern – daher der Name.«

»Clever. Wie kommen wir hinüber?«

»Der Trick ist, den Boden nicht zu berühren. Ich zeige es dir. Schau zu und lerne was.«

Kiyomi schnürte ihre Stiefel fester, strich mit den Händen über die Wände neben der Tür und spürte jeder noch so kleinen Unebenheit nach. Dann, als sie sicher war, einen guten Griff gefunden zu haben, schob sie sich am Türrahmen vorbei, brachte ihre Zehen und Finger in Position und klebte mit ihrem ganzen Gewicht an der Wand.

»Das dauert viel zu lange«, sagte Kenny.

»Still! Ich muss mich konzentrieren.«

Wie eine im Felsen hängende Freeclimberin schob sie sich langsam und Schritt für Schritt an der Wand entlang vorwärts. Ihr Gesicht war in Schweiß gebadet, ihre Arme und Beine zitterten wie Espenlaub unter dem Kraftakt.

Kenny beobachtete voller Bewunderung jede ihrer Bewegungen. Kiyomi war härter, mutiger und entschlossener, als er es je von sich selbst zu hoffen wagte.

An der gegenüberliegenden Tür ließ sich Kiyomi fallen, landete mit der Eleganz einer Katze im Flur und ruhte keuchend und in Schweiß gebadet aus. Als sich ihr Puls beruhigt hatte und ihre Atmung wieder normal ging, richtete sie sich auf und winkte Kenny.

Kenny kanalisierte mit geschlossenen Augen sein *ki*, rief das Bild herbei, das er sich ausgedacht hatte ... und spazierte seelenruhig über den Boden, ohne den geringsten Pieps auszulösen.

Kiyomi sah ihm mit offenem Mund dabei zu, doch dann wurde ihr Blick scharf und sie ballte die Fäuste. »Du Mistkerl ... wie hast du das gemacht?«

»Ein Kraftfeld, als Brücke über den Boden.«

»Und wieso sagst du das nicht gleich?«

»Du wolltest doch, dass ich was lerne«, antwortete er achselzuckend. »Ich wollte den Unterricht nicht stören.«

Er konnte sich das Grinsen nicht verkneifen. Kiyomi hielt sich selbst dann noch an die Regeln, wenn die Lage ausweglos schien, während sein Talent darin bestand, die einfachen Lösungen zu finden.

Auf der anderen Seite des Flurs befand sich eine schwere, mit Eisenstreben verstärkte Holztür. An der Wand daneben war eine kleine elektronische Tastatur angebracht.

»Was macht die denn hier?«, staunte Kenny.

Kiyomi runzelte die Stirn. »Keine Ahnung, aber was hältst du davon, wenn wir die Tür einfach sprengen, uns das Schwert holen und abhauen?«

»Einverstanden. Trotzdem: Hier stimmt was nicht.«

Kiyomi schob Kenny mit dem Ellbogen beiseite, ließ die Tür zu Staub zerfallen und trat ein. Die Waffenkammer war ein großer weitläufiger Raum mit Holzregalen an den Wänden, die sich unter dem Gewicht der vielen verschiedenen Waffen bogen. Davor standen Truhen mit säuberlich geschichteten traditionellen Samurai-Rüstungen, und Tische, auf denen wie im Museum Dutzende Schwerter ausgestellt waren. An einer Wand reihten sich Gestelle mit Speeren und anderen Stichwaffen mit langen Klingen.

»Susie hat es gerne ordentlich«, bemerkte Kenny. »Das ist seine persönliche Sammlung? Wow! Im Vergleich dazu sieht Hachimans Arsenal richtig alt aus.«

»Genug gesabbert. Finde Ikutachi.« Kiyomi stand bereits an einem der Tische und stöberte durch die Schwerter.

»Wie sieht es überhaupt aus?«, fragte Kenny und hob ein *katana* mit schwarzem Griff auf.

»Woher soll ich das wissen?«

»Na, na, na!«, machte sich plötzlich eine Stimme an der Tür bemerkbar. »Gib's zu, Zuckerpuppe, du kannst einfach nicht von mir lassen.«

Der silberne *oni*, den sie zuletzt auf einer Plattform im Weltraum in Flammen aufgehen gesehen hatten, zog mit einem breiten Grinsen seine Riesenkanone aus dem Halfter. Auf sein Winken betraten sechs weitere *oni* mit Eisenschlägern den Raum.

Kiyomi trat den Tisch um und hechtete aus der Schusslinie. Sie schnappte sich eines der durch die Luft fliegenden Schwerter, rollte sich ab und war mit aus der Scheide gezogener Klinge verschwunden, noch ehe die Tischplatte auf dem Boden aufschlug.

Der Silberne schwang die Pistole von dem in Deckung gegangenen Mädchen auf den mit offenem Mund dastehenden blonden Jungen. Er zielte auf Kennys Kopf und drückte ab.

Als der Knall den Raum erschütterte, zuckte Kenny zwar zusammen, seine Hand war aber bereits oben, und zu seiner völligen Verblüffung blieb das großkalibrige Projektil einen Meter von seinem Kopf entfernt stehen und hing trudelnd in der Luft.

Als sich zwei *oni* mit Gebrüll auf ihn stürzten, hörte er

Kiyomi rufen: »Ken-*chan*, finde das Schwert. Ich halte sie so lange auf Trab!«

»Du willst *uns* auf Trab halten?«, höhnte der Silberne und kam in den Raum. »Hör zu, Schätzchen, dein Loverboy hat vielleicht ein paar Tricks auf Lager, ich aber auch. Einer davon ist die Alarmanlage. Nicht schlecht, was?«

»Soll ich dir einen Orden dafür anstecken?«, fragte Kiyomi aus ihrer Deckung. »Und noch was: Er ist nicht mein Loverboy.«

Der Silberne, der lauschend die Ohren gespitzt hatte, wandte den Kopf in die Richtung, aus der Kiyomis Stimme kam. Mit einem Nicken signalisierte er den anderen *oni*, wo sie sein musste, und sagte: »Sieht aus wie eine Ente und quakt auch so.«

»Und haut euch gleich eine in die Fresse, denn wenn ihr nur halb so intelligent wärt, wie ihr tut, würdet ihr mich hier niemals in die Enge treiben«, erwiderte Kiyomi.

Der Silberne grinste und legte den Lauf der Kanone auf eine Werkbank an, hinter der er sie vermutete. Dann wandte er den anderen *oni* den Kopf zu und deutete mit dem Finger darauf.

»Und warum nicht?«, fragte er.

»Weil das hier eine Waffenkammer ist, du Trottel.« Kiyomi wuchtete ein Regal hoch und kippte es um. Die oberen Fächer warfen eine Lawine aus schweren, mit Eisenzacken versehenen Keulen auf den *oni*, der sich am weitesten vorgewagt hatte, und prügelten ihn in die Knie. Kiyomi kam blitzartig aus ihrer Deckung, stieß ihr Schwert in seine Brust und wirbelte radschlagend davon.

Der Silberne folgte ihr mit dem Lauf der Pistole, schoss zwei Mal daneben und fluchte laut, als sie wieder weg war.

Unterdessen wehrte Kenny die beiden *oni* ab.

»Ich erschlage ihn!«, bellte einer von ihnen und holte mit seinem *kanabo* aus.

Kenny konzentrierte sich, warf die Arme hoch und feuerte ein Kraftfeld auf sie ab. Als die beiden heranstürmenden Riesen auf die unsichtbaren Wellen trafen, wurden sie aus den Latschen gehoben und durch die Kammer in die Mauer geworfen. Sie sprengten zwei große Löcher hinein und schlugen auf dem Holzboden im angrenzenden Raum auf, der prompt in ein schrilles Zwitschern und Tschilpen ausbrach.

Kenny starrte ungläubig auf seine Hände.

Kiyomi, die in diesem Augenblick hochschnellte und eine Handvoll *shuriken* auf die verbleibenden *oni* schleuderte, schrie: »Bewundern kannst du dich später. Finde das Schwert!«

»Halt endlich still!«, bellte der Silberne. Er stampfte aufgebracht durch den Raum und warf die Tische um. Hinter ihm zerrte ein *oni* gurgelnd an dem *shuriken* in seinem Hals, während der andere auf der Suche nach seinem Auge über den Boden krabbelte.

»Ich wusste es, die können nicht sterben«, rief Kenny, der jetzt ein Schwert nach dem anderen aufhob.

»Du aber schon«, zischte der Silberne. »Und dann bleibst du hier unten – bei mir.«

»Perfekt!«, sagte Kiyomi. Dann tauchte sie hinter einem der umgefallenen Tische auf und hob einen gespannten *yumi*-Bogen über die Kante.

Beim Anblick der gezackten Pfeilspitze hechtete der Silberne mit einem lauten »Runter!« in Deckung. Der Pfeil fetzte durch sein Ohr und bohrte sich in die Stirn des noch unversehrten *oni*.

Er heulte laut auf und griff nach dem Holzstiel zwischen seinen Augen.

»Nein! Nicht!«, rief der Silberne, da war es aber schon zu spät.

Als der *oni* den Pfeil herauszerrte, riss er sich die obere Schädelhälfte gleich mit ab.

Kenny wandte den Blick ab. »Puh, das ist ja ekelhaft«, sagte er. »Was war das?«

»Eine *watakuri*-Pfeilspitze«, antwortete Kiyomi. »Auch ›Darmzerreißer‹ genannt. Sehr effektiv.«

Die vier verletzten *oni* stolperten zur Tür und sahen zu, dass sie wegkamen.

»Kommt sofort zurück, ihr Feiglinge!«, schrie ihnen der Silberne hinterher.

Kiyomi stand auf, legte den nächsten der bösartig aussehenden Pfeile in den Bogen und spannte ihn. »Okay, Großmaul«, sagte sie, den stechenden Blick auf den Silbernen gerichtet. »Du gegen mich. Jeder kriegt einen Schuss. Ja oder nein?«

Der Silberne starrte sie mit hasserfüllten Augen an, konnte aber nicht verhindern, dass sein Blick immer wieder auf die Widerhaken der auf sein Gesicht gerichteten Pfeilspitze fiel. Die Hand, in der die Pistole lag, war schweißnass und von seinem Ohr tropfte silbernes Blut.

»Was ist?«, sagte Kiyomi barsch. »Mir rutscht gleich der Pfeil aus.«

Als der Silberne auf dem Absatz kehrtmachte und die Flucht ergriff, widerstand Kiyomi dem Wunsch, ihm in den Rücken zu schießen.

Kenny kam mit einem Stapel Schwerter in den Armen zu ihr. »Verstehe«, sagte er. »Sie können zwar nicht sterben, aber man kann sie außer Gefecht setzen.«

»Exakt.« Kiyomi kramte durch die *katana* in seinen Armen und zog eine mit *kanji*-Zeichen beschriftete Elfenbeinscheide heraus. »Das ist es. Ikutachi. Jetzt können wir nur hoffen, dass es uns zurückbringt.«

»Woher weißt du, dass es das Schwert ist?«

»Weil sein Name auf der Scheide steht.« Kiyomi zeichnete die Pinselstriche mit dem Finger nach:

生大刀

»Hier steht es. *Leben. Groß. Schwert.* Ikutachi, das Schwert des Lebens.«

In diesem Moment explodierte ein so gewaltiger Donnerschlag, dass die Festung in ihren Fundamenten wackelte und Kenny beinahe hingefallen wäre.

»War das ein Erdbeben?«, fragte er.

»*KU-RO-MO-RI!*«, toste eine vor Zorn rasende Stimme durch die verlassenen Hallen. »Du *wagst* es?«

»Susie«, sagte Kenny. »Am Ausrasten.« Er zog Ikutachi aus der Scheide. Über dem Heft befand sich ein in den Stahl graviertes Symbol, das wie ein Komma aussah und an seinem bauchigen Ende mit einem Kreis versehen war.

Ein lautes Krachen dröhnte durch den Palast. »Das war das Tor. Er kommt«, sagte Kiyomi. »Beeil dich.«

Kenny fokussierte sein *ki* auf die Klinge des Schwerts, um es zu wecken.

»*Du bist nicht Susano-wo*«, vernahm er eine weibliche Stimme in seinem Kopf. Sie klang ruhig und weise.

»Nein, ich bin –«

»*Kuromori, der Auserwählte der Inari, Schützer des Lebens. Du kommst spät.*«

»Aber –«

»*Zu welchem Zweck erhebst du Anspruch auf mich?*«

Kenny wurde unsicher. »Also, weil ich … weil ich Susano-wo daran hindern muss, die Welt zu zerstören. Er hat Kusanagi.«

»*Ich verstehe. Wir sollten gehen. Wo willst du hin?*«

»Wie? Äh, ach so. Bringst du uns bitte nach Hause?«

»Kenny, er ist gleich da«, sagte Kiyomi an der Tür, wo sie nach dem alles kurz und klein schlagenden Gott Ausschau hielt.

Kenny murmelte vor sich hin.

»Was sagst du?«

»Nichts.« Die Klinge fing zu leuchten an. »Es tut sich was. Schnell! Komm her!«

Der nächste Donnerschlag ließ den Staub in Strömen von der Decke rieseln. Kiyomi musste sich nicht zweimal bitten lassen. Sie fasste nach Kennys Händen, die den Griff des Schwerts umklammerten.

»Diesmal entkommst du mir nicht!«, brauste die Stimme des Rasenden durch die Festung.

Das Schwert wurde immer heller und schließlich so grell, dass Kenny die Augen schloss.

Das war der Moment, als ein außer Rand und Band geratenes Zwitschern im Nebenraum Susano-wo ankündigte.

»Es reicht!«

Als der erzürnte Sturmgott mit Kusanagi in der Faust in die Waffenkammer stürmte, sah er nur noch einen leuchtenden Punkt, der vor seinen Augen verglomm.

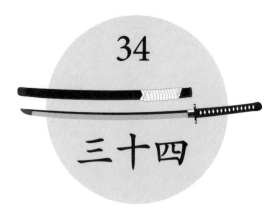

34

»Ich begreife nicht, wie sie unsere Kinder nach *Yomi* gehen lassen konnten, ohne uns zu fragen«, schimpfte Charles.

»Ich mache mir auch große Sorgen, es gab aber keine andere Möglichkeit«, entgegnete Harashima.

Die beiden Männer befanden sich im Garten hinter Harashimas Villa und warteten ab, während durch die Fensterläden in ihrem Rücken die gedämpften Stimmen von Sato und Lawrence herausdrangen.

Charles nahm seine Brille ab. »So ein Mistkerl. Ich meine, warum mutet mein Vater Kenny so etwas zu, anstatt ihm einfach eine normale Kindheit zu gönnen?«

»Weil es die Pflicht verlangt«, erwiderte Harashima. »Ihr *gaijin* versteht so wenig davon.«

Charles wurde rot. »Also, das ist wirklich herablassend. Immerhin studiere ich –«

Harashima unterbrach ihn. »Bitte, Charles-*sensei*, lassen Sie nicht Ihren Stolz für Sie sprechen. Das war nicht geringschätzig gemeint. Jeder von uns wird mit einzigartigen Talenten – oder wenn Sie so wollen, mit besonderen Gaben – geboren. Was sollen wir damit tun? Sie nicht zeigen, weil wir befürchten, andere damit zu provozieren oder ihren Neid zu erwecken? Sie missbrauchen, um zu Macht und Reichtum zu gelangen? Oder sollen wir sie in den Dienst der Menschheit stellen, damit wir die Welt als einen besseren Ort verlassen als den, den wir vorgefunden haben?«

»Sie meinen, so wie ich als Lehrer und Sie als Wächter über die *yokai*?«

»Oder wie unsere Väter, die Seite an Seite kämpften, damit das Erbe Japans blieb, wo es hingehörte. Uns beide haben sie verschont, weil sie wussten, dass sie den Stab an unsere Kinder weiterreichen würden. Das nennt man Bestimmung und das ist mit Pflichterfüllung gemeint.«

»Und wir? Was sind wir? Zaungäste? Dürfen wir nur die Toten zählen und unsere Verluste beklagen?«

»Wir sind das, was wir sein wollen. Ich werde an der Seite Ihres Sohns und meiner Tochter kämpfen, sollten sie zurückkehren. Was Sie tun, ist Ihre Entscheidung.«

Ihr Gespräch wurde durch ein lautes Krachen im Gebüsch und aufgebrachtes Schimpfen unterbrochen.

»Aua! Scheiße, hier ist alles voller Dornen.«

»Kenny?« Charles sprang auf die Beine und spähte in das Dickicht.

»Hallo, Professor Blackwood!« Kiyomi trat aus einem japanischen Quittenstrauch. Um den Dornen auszuweichen, hatte sie die Arme in die Höhe gestreckt und hielt immer noch den Bogen in den Händen.

»Man sollte meinen, das blöde Ding setzt einen im Haus ab, aber nein«, brummte Kenny und riss genervt an seinem T-Shirt, das sich im Gestrüpp verheddert hatte. »Oh ... hi, Dad, guten Abend, Harashima-*san*.«

Harashima hatte Kiyomi bereits in die Arme geschlossen und hielt sie fest an sich gedrückt. »Ihr habt es geschafft!« Er strahlte Kenny an. »Ich bin so froh, dass ihr zurück seid ... Habt ihr ...?«

Kenny hielt das Schwert in seiner Elfenbeinscheide hoch. »Hier. Hoffen wir, dass es die Mühe wert war.«

»Willkommen daheim«, sagte Charles. Er strich seinem Sohn durch die verdreckten Haare und küsste ihn auf die Stirn.

»Ich soll dich von Mum grüßen«, flüsterte Kiyomi ihrem Vater ins Ohr. »Aber gehen wir hinein, dann erzählen wir euch alles.«

Sie gingen ins Haus und gesellten sich zu Sato und Lawrence in den Hauptraum. Nach einer halben Stunde beendete Kenny ihren Bericht mit den Worten: »Inari hatte recht. Das Schwert Ikutachi hat uns zurückgebracht.«

»Hoffen wir, dass es auch Kusanagi standhält«, sagte Sato. Die Schiebetür glitt leise ächzend zur Seite und der hünenhafte Diener Oyama manövrierte sich mit einem Tablett mit belegten Broten herein, das er auf einem Beistelltisch abstellte. Als er sich an der Tür mit einer Verbeugung zum Gehen wandte, wäre er beinahe über eine behaarte Kugel gestolpert, die an ihm vorbei in den Raum hoppelte.

»Poyo!«, rief Kiyomi erfreut und bückte sich, um den *tanuki* hochzuheben. Als sie ihn an sich drückte und das Gesicht in seinem Fell vergrub, wandte er würgend den Kopf ab und klemmte sich mit der Pfote die Schnauze zu.

»Jetzt hab dich nicht so«, sagte sie und setzte ihn wieder ab. »Dad, ich würde mich gerne waschen und ins Bett gehen. Ich bin hundemüde.«

»Und ich am Verhungern«, fügte Kenny hinzu. Er biss in ein Sandwich mit Mayo und Zuckermais und verzog das Gesicht.

»Gleich«, sagte Harashima. Sein Blick fiel auf Sato. »Sag du es ihnen.«

»Was ist passiert?«, fragte Kiyomi.

»Die Tore *Yomis*«, antwortete Sato. »Sie sind vor einer Stunde gefallen.«

»Was ist eigentlich so besonders an diesen Toren?«, fragte Kenny. »Was geschieht, wenn sie aufgehen? Was tut Susie dann?«

»Der Name lautet Susano-wo«, korrigierte ihn Sato in schneidendem Ton. »Aber fangen wir bei den Toren an.«

Lawrence räusperte sich. »Alles begann mit den beiden Urgöttern Izanagi und Izanami und der Entstehung der Welt. Als Mann und Frau schufen sie die Inseln Japans und zeugten die meisten der heute bekannten Götter.«

»Doch dann kam es zu einer Tragödie«, warf Sato ein. »Als Izanami den Feuergott zur Welt brachte, kam sie in seinen Flammen ums Leben.«

»In seiner Trauer beschloss Izanagi, nach *Yomi* zu gehen und seine Frau zurückzuholen«, sprach nun wieder Lawrence. »Er machte sich auf den Weg und kam zu einem prachtvollen Palast, der von grässlichen Dämonen bewacht wurde. Er schlich an ihnen vorbei zur hinteren Seite, wo er Izanami schöner denn je vorfand und sie anflehte, mit ihm ins Reich der Lebenden zurückzukehren.«

»Da war es aber schon zu spät«, bemerkte Charles. »Sie konnte die Unterwelt nicht mehr verlassen, weil sie von den Speisen *Yomis* gegessen hatte.«

»Es war also umsonst?«, fragte Kenny und probierte ein Sandwich mit gegrilltem Schweinekotelett.

»Ja«, antwortete Lawrence. »Aber so leicht gab sich Izanagi nicht geschlagen. Er flehte Izanami an, herauszufinden, ob es für sie eine Möglichkeit gab, das Reich der Toten zu verlassen. Im Gegenzug musste er ihr versprechen, draußen auf sie zu warten. Nachdem er einen ganzen

Tag lang gewartet hatte, vermutete er das Schlimmste und brach in den Palast ein.«

Kiyomi erschauderte, da sie wusste, was jetzt kam.

»Er fand Izanami«, erzählte Lawrence. »Sie lag schlafend da, dieses Mal aber als schrecklich anzusehender, verwesender Kadaver. Als Izanagi mit gebrochenem Herzen davonlief, erwachte Izanami und schwor Rache, weil er sein Versprechen nicht gehalten und sie in ihrer wahren Form erblickt hatte.«

»Sie schickte ihm eine Horde Dämonen und Hexen hinterher«, übernahm wieder Charles. »Izanagi kämpfte mit ihnen und jagte sie in die Flucht. Doch dann nahm Izanami selbst die Verfolgung auf. Izanagi gelang es, den Pass von *Yomi* zu erreichen – eine Lücke in dem Gebirgszug, der das Reich der Toten wie ein Ring umgibt. Er wälzte einen gewaltigen Felsblock vor den Eingang, um ihn für alle Zeiten zu versiegeln.«

»Und dieser Felsblock ist das Einzige, was Susano-wo jetzt noch aufhält«, sagte Kiyomi.

»Okay, aber das ist doch nur eine Legende.« Kennys selbstgefälliges Grinsen verschwand, als er in die ernsten Gesichter der anderen schaute. »Nein?«

»Später wurde an der Stelle zu Ehren Izanamis und aller Toten der Iya-Schrein errichtet«, sagte Sato. »Er befindet sich in Higashi Izumo.«

»Dort, wo der Durchgang aus *Yomi* auf unserer Seite

herauskommt, liegt tatsächlich ein gewaltiger Felsen«, sagte Lawrence. »Man nennt ihn *yomido ni sayarimasu okami*. Auf der *Yomi*-Seite errichteten die Götter eine Befestigungsanlage und versahen sie mit einem mächtigen Bannzauber, der die Dämonen *Yomis* abwehrt.«

»Und als Susie – sorry, Susano-wo – die Herrschaft übernahm, war der Zauber durchbrochen, richtig?«, fragte Kenny.

»Richtig«, antwortete Lawrence. »Und da die Befestigungsanlage jetzt zerstört ist, ist es nur eine Frage der Zeit, bis auch der Felsen beiseitegeräumt ist und die Legionen der Hölle losgelassen sind.«

Sato griff nach der Fernbedienung und schaltete die Bildschirme der Videowand ein. »Du wolltest wissen, was dann passiert. Nichts Gutes, so viel steht fest.«

Auf den Bildschirmen war eine Karte von der Hauptinsel Honshu zu sehen. Sato zoomte eine Küstengegend heran, die im Norden an das Japanische Meer grenzte. Auf einer zwischen zwei großen Seen gelegenen Landzunge befand sich eine Stadt. Sato zeigte darauf.

»Matsue«, erklärte er. »Eine Stadt mit rund zweihunderttausend Einwohnern. Sie liegt im Landesinneren und grenzt an ein Gebirge. Der Boden, auf dem sie steht, wurde künstlich trockengelegt, und die vielen kleinen Dämme hier sorgen für eine ertragreiche Landwirtschaft.«

»Susano-wo wird Matsue zu seinem Hauptquartier

machen«, ergriff wieder Lawrence das Wort. »Von dort werden seine Armeen losmarschieren und eine uralte Taktik verfolgen. Man nennt sie *Hyakki Yagyo*, die Nächtliche Parade der Hundert Dämonen. Damit soll eine Massenhysterie ausgelöst werden, die die Stadt in Panik versetzt und die Menschen in den Wahnsinn treibt. Geister werden in die Bevölkerung fahren, sich als Menschen ausgeben und unerkannt in andere Städte gelangen. Nach und nach werden sie die Regierung und die Armee unter ihre Kontrolle bringen. Unter dem Vorwand, dem Wahnsinn Einhalt gebieten zu müssen, der sich wie eine Seuche ausbreiten wird, werden sie den Ausnahmezustand verhängen und das Kriegsrecht ausrufen. Sie werden die Grenzen schließen und Japan wieder vom Rest der Welt abschotten.«

»Das Land wird ins finstere Mittelalter zurückgeworfen«, fuhr Sato fort. »Susano-wo wird die Uhr zurückdrehen und ein neues blutiges Zeitalter einläuten. Es wird zu Krieg, Mord und Totschlag und zu Säuberungen kommen, um die Schwachen auszumerzen, und das alles im Namen Japans, das zu alter Stärke zurückkehren muss. Sobald er hier fertig ist, wird er seine Herrschaft ausdehnen.«

»Okay, das darf er nicht«, sagte Kenny. »Wir müssen ihn aufhalten.«

»Aber wie?«, fragte Harashima. »Susano-wo befiehlt eine Armee, die sich nicht aufhalten lässt. Die Götter unterwerfen sich ihm und er ist im Besitz einer unbesiegbaren Waffe.«

»Ganz zu schweigen, dass er jeden unserer Schritte beobachtet und alles, was wir versuchen, vereiteln kann«, fügte Lawrence hinzu.

»Ihn zu besiegen, ist unmöglich«, stellte Sato abschließend fest.

»Unmöglich oder nicht«, beharrte Kenny. »Wir sind die Einzigen, die zwischen ihm und Millionen schutzloser Menschen stehen. Wir müssen es zumindest versuchen.«

»Aber wie?«, fragte Charles.

»Das weiß ich nicht, aber es muss einen Weg geben. Es gibt immer einen.«

»Und falls nicht?«

»Sind wir alle tot.«

Eine Stunde später trat Kenny, in eine *yukata* aus weicher Baumwolle gehüllt, aus dem dampfenden Bad. Um den Staub der Unterwelt und den ranzigen Gestank des Todes loszuwerden, hatte er seine Haut rosig geschrubbt und seine Haare fünf Mal gewaschen.

»Und da heißt es immer, Mädchen brauchen eine Ewigkeit«, ätzte Kiyomi, die im Flur mit angezogenen Beinen auf dem Boden saß und ebenfalls einen Bademantel anhatte.

»Wie lange wartest du schon?«

»Halbe Stunde oder so.« Sie tätschelte die Stelle auf dem Boden neben sich. »Ich muss mit dir reden.«

Kenny fuhr sich mit den Fingern durch die nassen Haare und setzte sich hin.

»Ich habe nachgedacht«, sagte Kiyomi. »Darüber, dass

man immer eine Wahl hat. Wir müssen das nicht tun. Wir müssen nicht gegen Susano-wo kämpfen.«

»Was? Wir sollen uns ergeben und das war's dann?« Kiyomi senkte ihre Stimme und nahm Kennys Hand. »Wir könnten fortlaufen. So viel Zeit haben wir noch. Wir könnten zum Flughafen fahren und abhauen, bevor ...«

Kenny spähte in ihre mandelförmigen Augen. »Ich kann mich nicht entscheiden, ob du das ernst meinst oder mich auf den Arm nimmst. Ist das ein Test?«

Kiyomi seufzte. »Keine Ahnung. Ich dachte, ich frag mal. Er wird dich töten, das steht fest. Du kannst mir erzählen, was du willst, und meinetwegen noch so überzeugt sein, dass du ihn besiegen kannst. Susano-wo wird dich umbringen, Punkt.«

»Ja, das habe ich mir auch schon gedacht. Er wird sich nur mit meinem Tod zufriedengeben.«

»Ken-*chan*, ich ... ich werde nicht zusehen, wie du stirbst.« Aus ihren Augen quollen plötzlich Tränen und kullerten über ihre Wangen.

Kenny hob Kiyomis Kinn an. »Im Englischen gibt es ein Sprichwort: Keine gute Tat bleibt ungestraft. Das ist alles meine Verantwortung. Susie hat es auf mich abgesehen. Ich habe ihn reingelegt, um dich zu retten. Du solltest fortgehen. Am besten gleich. Dann musst du auch nicht zusehen.«

Kiyomi schniefte. »Nein, das geht nicht. Du brauchst

mich. *Yin* und *yang*, schon vergessen? Ohne mich schaffst du das nicht.«

Kenny lächelte und legte seine Stirn an ihre. »Dann hätten wir das auch besprochen.«

Ein Räuspern ließ die beiden aufschrecken. Kenny wandte den Kopf und erkannte Oyamas riesige Gestalt, die ihnen mit einer Geste bedeutete, ihm zu folgen.

»Wie kann sich dieser Koloss nur so lautlos anschleichen?«, brummte Kenny, während er aufstand.

Im Hauptraum waren Harashima, Lawrence, Charles und Sato in eine hitzige Debatte verwickelt, die schlagartig verstummte, als Oyama den Raum betrat.

»Kenneth«, sagte sein Großvater. »Ich weiß, es ist spät und ihr seid müde, aber es ist etwas passiert.«

»Sie haben den Stein weggeschafft.«

»Ja … woher weißt du das?«

»Bloß geraten. Wie viel Zeit haben wir?«

»Er hat eine Nachricht geschickt«, sagte Sato. »Morgen Mittag. Er will die Sache möglichst rasch erledigen und sammelt bereits seine Truppen auf den Feldern, die ich euch gezeigt habe. Die Götter sollen auch hinkommen und ihm ewige Treue schwören. Danach marschiert er nach Matsue.«

»Ihm muss doch klar sein, dass es welche gibt, die sich ihm widersetzen«, wandte Kiyomi ein.

»Ja. Deshalb das Treffen auf dem Schlachtfeld.«

»Ich habe eine Frage«, sagte Kenny. »Was, wenn er den Göttern befiehlt, uns zu vernichten?«

»Das wird er nicht tun«, antwortete Lawrence. »Dazu ist er viel zu stolz. Außerdem wäre es ein Gesichtsverlust, wenn er zuließe, dass andere die Drecksarbeit für ihn erledigen. Nein, Kenneth, du hast ihn so sehr in Rage versetzt wie kein anderer in tausend Jahren. Du hast ihn überlistet, du hast ihn verspottet und dann hast du ihn auch noch zurückgewiesen. Glaub mir, persönlicher geht gar nicht.«

Kenny nickte. »Anscheinend habe ich ein Talent, Typen wie ihn zur Weißglut zu bringen. Vielleicht kann ich das ja gegen ihn einsetzen.«

»Geht jetzt schlafen«, sagte Sato. »Morgen reisen wir nach Matsue.«

Kenny schlief auf der Stelle ein. In seinen Träumen wechselten einander Bilder von Unterwasserdrachen und Weltraumtausendfüßern ab, bis ein beruhigendes Glimmen auftauchte, an Intensität gewann und sie fortjagte.

Kenny sah sich vollkommen allein in einer endlosen weißen Weite stehen. Er spürte Inaris Anwesenheit, bevor er sie sah. Die Göttin blickte ihn mit ihren bernsteinfarbenen Fuchsaugen an.

»Kuromori«, sagte sie. »Die Reise, die der Vater deines Vaters begonnen hat, nähert sich ihrem Ende. Morgen wird Susano-wo über Japan herrschen und dafür wird er dir danken können.«

»Es tut mir leid«, sagte Kenny. »Ich weiß inzwischen, warum Ihr mich aufhalten wolltet und mich gewarnt habt.«

»Ich gebe dir nicht die Schuld, Kuromori. Du bist noch ein Kind und ein eigenwilliges dazu. Das ist deine größte Stärke und zugleich deine größte Schwäche. Wenn jemanden Schuld trifft, dann mich, weil ich diese Last auf deine jungen Schultern legte.«

Kenny schüttelte den Kopf. »Nein, ich habe Euch enttäuscht. Ich habe meine eigenen Bedürfnisse vorangestellt und nur daran gedacht, was ich wollte, und nicht an die anderen und das größere Bild.«

»Du handeltest aus Liebe, wie ich es von dir verlangte. Einmal sagtest du, du würdest dein Leben geben, um das des Mädchens zu retten.«

»Das stimmt.«

»Morgen bekommst du deine Chance. Susano-wos Hass stellt sich nur deine Liebe entgegen. Wir werden sehen, was von beiden stärker ist.«

»Ich weiß, wie es ausgeht«, entgegnete Kenny. »Eine Schuld muss beglichen werden. Er wird nicht ruhen, bis das geschehen ist.«

»Wäre es eine Hilfe, wenn ich dir sage, dass es vorhergesagt wurde?«

Kenny seufzte. »Schon wieder eine Prophezeiung? Und von wem stammt sie diesmal?«

»Von mir. Vor langer Zeit verkündete ich:

Die Tore Yomis, sie öffnen sich weit,
Höllengespinst vom eigenwilligen Kind befreit,
quillt heraus in wüster Flut,
Und tränkt die Erde in Schmach und Blut.

Den Tod wollte es überlisten, stahl Leben,
um sich dem Schicksal nicht zu ergeben,
nicht ahnend, dass der Preis der Schätze Drei
den gefürchteten Gott wird setzen frei.

Beglichen werden muss die Schuld:
Leben für Leben, der Handel gilt,
Um Einhalt zu gebieten der Höllenflut
Wird zu bezahlen sein mit eines Helden Blut.«

»Davon habt Ihr mir nichts erzählt, als ich mich bereit erklärte.«

»Ich bat dich, dein Leben vor das Leben anderer zu stellen, und du erklärtest dich damit einverstanden.«

»Das habe ich nicht so buchstäblich genommen.« Kenny seufzte. »Könnt Ihr mir etwas versprechen?«

Inari senkte den Blick. »Ich lese deine Gedanken.«

»Werdet Ihr es tun? Werdet Ihr Kiyomi beschützen ... wenn ich nicht mehr bin? Welchen Sinn hätte das sonst alles gehabt?«

»Kuromori, das Mädchen hat seine eigene Bestimmung. Es liegt nicht an mir –«

»Versprecht es mir! Lügt mich an, wenn es sein muss, aber sagt mir nicht, dass das alles umsonst gewesen sein soll.« Kenny kämpfte mit den Tränen.

Das Licht verblasste, bis Kenny wieder allein war, diesmal im Dunkeln.

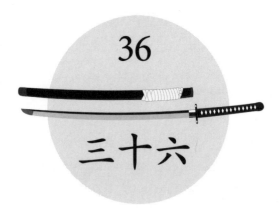

36

Am nächsten Morgen fand im Hauptraum der Harashima-Villa eine ungewöhnliche Versammlung statt. Harashima, Sato, Lawrence und Genkuro standen an der Videowand, ihnen gegenüber hatten sich Sojobo, Zengubu, Kokibo, Oyama, Charles, Kenny und Kiyomi mit Poyo im Arm eingefunden.

»Das ist ja wie das Dreckige Dutzend«, flüsterte Kenny Kiyomi zu.

»War das nicht auch ein Selbstmordkommando?«

Mit einer Verbeugung signalisierte Harashima, dass er bereit war zu beginnen. »Heute, meine Freunde, stellen wir uns einer beispiellosen Bedrohung entgegen.« Auf den Bildschirmen hinter ihm war eine Luftaufnahme von der Umgebung von Matsue zu sehen. »Das Portal nach *Yomi* befindet sich hier, am Iya-Schrein. Susano-wo hat seine

Truppen einen Kilometer weiter nördlich zusammengezogen – auf diesem flachen Stück Land im Osten der Stadt. Unsere Aufgabe wird es sein, ihn daran zu hindern, nach Westen zu marschieren.«

»Wie ihr wisst«, sagte jetzt Kennys Großvater, »können wir nicht auf die Hilfe der Götter oder ihrer Anhänger zählen. Deshalb mussten wir uns an nicht verbündete Wesen wenden, die uns siebenhundertfünfzig Kämpfer zur Verfügung stellen. Konkret sind das dreihundert *tengu* unter dem Kommando von Sojobo, zweihundert *kitsune*, die Genkuro-*senseis* Ruf gefolgt sind, einhundert mit Poyo verwandte *tanuki*, einhundert *mujina* und *itachi* – Dachse und Wiesel, die Getreuen Satos – und fünfzig von Harashimas Leuten, darunter wir.«

»Die *tengu* beobachten das feindliche Lager«, fuhr Sato fort. »Sie berichten von mindestens zehntausend Kämpfern, zu denen stündlich Hunderte mehr stoßen.«

»Unsere einzige Hoffnung besteht darin, möglichst viele von ihnen zu vernichten und sie zurückzudrängen, damit sie die Stadt nicht erreichen«, sagte Genkuro. »Wenn wir es schaffen, ihre Reihen entsprechend zu lichten, könnte es gelingen, sie in Schach zu halten.«

Kenny drängte sich nach vorne. »Das wird nicht funktionieren«, sagte er. »Alle, die wir nach *Yomi* zurückschicken, kehren durch das offene Tor sofort wieder zurück. Außerdem wird Susano-wo nicht einfach zusehen, wie wir seine Truppen vernichten. Er hat Kusanagi und den Stein – das macht ihn unbesiegbar. Er wird die Stadt angreifen.«

Genkuro strich über sein Kinn. »Was schlägst du vor, Kuromori-*san*?«

»Inari hat mich zu ihrem Ritter gemacht, weil ich anders denke.«

»Ja, und?«, sagte Sato.

»Ich habe einen Plan. Wie immer ziemlich verrückt, aber eines ist sicher: Damit wird er nicht rechnen.«

»Wie lautet er, dieser Plan?«, fragte Sojobo mit seiner tiefen, wie ferner Donner rumpelnden Stimme.

»Das kann ich euch nicht sagen.«

Lawrence blickte ihn finster an. »Kenneth, das ist jetzt wirklich nicht der richtige Zeitpunkt –«

»Überleg doch … wahrscheinlich beobachtet uns Susano-wo in diesem Moment im Spiegel und hört alles mit. Genkuro-*sensei*? Können Sie meine Gedanken löschen? Meine Erinnerungen ausblenden?«

»Ja. Für *kitsune* ist das ein einfacher Trick.«

»Gut.« Kenny wandte sich an die Anwesenden. »Sagt euch der Begriff ›doppelblind‹ etwas?«

Die *tengu* blickten einander an und zuckten die Achseln.

»Wenn einer von uns den ganzen Plan kennt und Susano-wo zu nahe kommt, liest er seine Gedanken und das Spiel ist aus. Deshalb habe ich ihn in lauter Einzelteile zer-

legt und jedem von euch eine eigene Rolle zugewiesen. So kann er nicht auffliegen.«
»Und was ist mit dir?«, fragte Kokibo. »Es ist dein Plan. Wenn du ihm zu nahe kommst, weiß Susano-wo erst recht Bescheid.«
»Nicht, wenn Genkuro-*sensei* vorher mein Gedächtnis löscht. Dann kenne nicht mal ich ihn mehr.«
»Ist das nicht riskant?«, fragte Charles.
»Dad, es ist unsere einzige Chance. Kiyomi?«
Sie zog einen Packen weißer Umschläge aus ihrer Tasche und verteilte sie unter den Anwesenden. Kenny wartete, bis alle ihre Anweisungen gelesen hatten.
»Das ist ein schlechter Plan«, erklärte Sojobo.
»Ist das dein Ernst?«, fragte Harashima.
»Du lässt mir keine Zeit für Vorbereitungen«, murmelte Sato.
»Wenn jemand eine bessere Idee hat, soll er es sagen.« Kenny blickte in die grimmigen Gesichter. »Nein? Dann machen wir uns bereit – und denkt daran, ihr dürft mit niemandem über eure Rolle reden.«
Als alle weg waren, wandte sich Kiyomi an Kenny. »Nicht schlecht, wie du sie an der Nase herumgeführt hast. Aber mir kannst du nichts vormachen. Susano-wo ist der Gott der Stürme und außerdem ein Verrückter. Das ist, als würdest du es mit Thor und Loki gleichzeitig aufnehmen. Er wird dich töten.«

»Ja, ich weiß«, erwiderte Kenny. »Aber ich entscheide, wie.«

Als eine Stunde später in der Einfahrt das Knirschen von Reifen zu hören war und es gleich darauf an der Tür läutete, versammelten sich wieder alle im Hauptraum. Oyama ging öffnen und kehrte mit zwei amerikanischen Marineoffizieren in Uniform zurück.

»Professor Blackwood?«, fragte einer der beiden, der nach den Streifen zu urteilen, die seine Schultern und die Brust schmückten, einen hohen Rang einnehmen musste.

»Ja?«, antworteten Charles und Lawrence gleichzeitig. Dann hob Kennys Großvater seine runzelige Hand.

»Gegen Sie liegen immer noch ein Dutzend Haftbefehle vor«, sagte der Offizier, ehe er ein breites Grinsen aufsetzte und ihm die Hand entgegenstreckte. »Ich habe viel von Ihnen gehört, Sir. Sie haben während der Besatzung mit meinem Vater zusammengearbeitet.«

»Ich danke Ihnen, Konteradmiral ...?«

»Clark, Sir. Und das ist mein Assistent, Captain Myers.«

Nachdem sich alle vorgestellt hatten, kam Clark zur Sache. »Ihr Gesuch wurde vom Pentagon an den Commander der US-Marine übermittelt. Ich bin hier, um Ihnen zu helfen – soweit das ohne gröberen Zwischenfall möglich ist.«

»Ich verstehe, Admiral, aber der ›gröbere Zwischenfall‹

ist bereits eingetreten und wir befinden uns mittendrin«, entgegnete Lawrence. »Womit können Sie uns unterstützen?«

»Ich stehe in Verbindung mit meinen Kollegen von den japanischen Streitkräften, die, soweit ich weiß, von Mr Sato in Alarmbereitschaft versetzt wurden. Von Sasebo aus lässt sich wahrscheinlich etwas unternehmen, aber das, worum Sie bitten, ist ziemlich viel verlangt.«

»Glauben Sie mir, Admiral, ich würde nicht darum bitten, wenn es sich nicht um einen nationalen Notfall handeln würde.«

»Verstanden.« Clark salutierte. »Ich tue mein Bestes.«

Kenny kniete auf dem Fußboden seines Zimmers zwischen Karten, Büchern und vollgekritzelten Notizblöcken.

Kiyomi pochte an die halb offene Tür und kam mit einer dampfenden Tasse herein.

»Teepause«, sagte sie.

Kenny streckte sich gähnend, dann stand er auf und war dankbar für die Unterbrechung.

Kiyomi reichte ihm die Tasse. »Wie fühlst du dich?«

»Die Hose gestrichen voll. Ich hätte eine von diesen Astronautenwindeln behalten sollen.« Er trank einen Schluck Tee und stellte die Tasse ab.

»Hast du dir das Schwert genauer angesehen?« Kiyomi nickte auf Ikutachi, das an der Wand lehnte.

»Nein. Wozu? Entweder es funktioniert gegen Kusanagi oder nicht.«

»Der unverbesserliche Optimist.« Kiyomi nahm Kennys Hände in ihre, beugte sich näher heran und blickte ihm fest in die Augen. »Ken-*chan*, hör zu ... wenn es schiefgeht ... sollst du wissen, dass ich ...«

DING-DONG! Wieder läutete es an der Tür.

»Wir sollten nachsehen, wer das ist«, sagte Kiyomi und wandte sich rasch ab, um die Röte in ihrem Gesicht zu verbergen.

»Nein, warte. Was wolltest du mir sagen?«

»Das kann warten. Komm, wir werden gebraucht.«

Kenny rollte mit den Augen. »Die Pflicht, ich weiß.«

Im Hauptraum stießen sie auf den nächsten amerikanischen Besucher. Er war groß und schlank, mit einem strahlend weißen Lächeln im braun gebrannten Gesicht und einem kräftigen Händedruck.

»Darf ich vorstellen«, sagte Sato. »Das ist Cal Turner, CIA-Verbindungsbeamter der amerikanischen Botschaft in Tokio. Ich muss nicht dazusagen, dass diese Information streng geheim ist und unter uns bleibt. Schön, dass Sie so kurzfristig kommen konnten, Cal-*san*.«

»Kein Problem«, antwortete der Besucher. »Ehrlich gesagt, habe ich den Anruf früher erwartet. Ihr steckt bis zum Hals in Schwierigkeiten. Jetzt ist es also passiert, hm?«

Lawrence musterte ihn misstrauisch. »Wie gut wissen Sie Bescheid?«

»Das darf ich nicht sagen –«

»Raus mit der Sprache, Cal!«, fuhr Sato ihn an. »Das ist jetzt wirklich nicht der richtige Moment für Geheimdienstmätzchen.«

Cal nahm seine Brille ab und fing an, sie zu putzen. »Wir wissen selbstverständlich alles. Und ob Sie es glauben oder nicht, wir versuchen, hinter den Kulissen zu helfen. Es liegt nicht in unserem Interesse, Japan untergehen zu sehen. Außerdem haben Massenhysterie und Wahnsinn die schlechte Gewohnheit, sich auszubreiten.«

»Ich wusste es«, meinte Lawrence. »Die Amerikaner wissen seit dem Krieg über die *yokai* Bescheid. Es würde mich nicht wundern, wenn sie versucht hätten, sie anzuheuern.«

»Was mich im Moment vor allem interessiert«, überging Cal den Kommentar, »ist eure Geheimwaffe.«

»Wovon reden Sie?«, fragte Sato.

Call zeigte mit dem Finger wie mit einer Pistole auf Kenny. »Von ihm. Ihr macht alles von einem Fünfzehnjährigen abhängig. Dass er eure Monster sehen kann und einige von ihnen bereits erledigt hat, dürfte dabei eine Rolle spielen.«

»Was wissen Sie über meinen Sohn?«, fragte Charles und stellte sich vor Kenny.

Anstatt ihm zu antworten, rief Cal: »Schatz, kommst du bitte herein!«

Die Tür glitt auf und die Person, die jetzt hereinspazierte, war die Letzte, mit der Kenny gerechnet hätte.

»Ich habe Donuts mitgebracht«, flötete Stacey und hielt eine Papiertüte hoch.

37

»Ken-*san*, du kennst dieses Mädchen?«, fragte Sato.

»Ja, von der Schule. Wir sind befreundet«, antwortete Kenny. »Dachte ich wenigstens.«

»Warum hast du sie nie erwähnt?«

»Seit wann interessiert es Sie, mit wem ich zur Schule gehe?«

»Wenn sie die Tochter des CIA-Chefs in Tokio ist, interessiert mich das sogar sehr!«, schrie Sato beinahe.

»Aber das wusste ich doch nicht.«

»Hey Leute, regt euch ab«, ging Stacey dazwischen. »Dad macht bloß seinen Job und ich meinen.« Sie lächelte ihren Vater an und hielt die Tüte außer Poyos Reichweite.

Kenny sah sie wütend an. »Du hast deinem Vater alles über mich erzählt?«

»Sekunde! Ist es vielleicht meine Schuld, wenn du so

unvorsichtig bist und dich in der Sternwarte von den Kameras filmen lässt?«

»Es gehört zu meiner Arbeit, die Augen nach Leuten mit einzigartigen Talenten offen zu halten«, sagte Cal. »Und wenn ein Junge Menschen aus einem brennenden Gebäude rausholt, stelle ich Fragen.«

»Aber warum bringen Sie ausgerechnet sie ins Spiel?«, fragte Kenny, der Stacey immer noch wütend anstarrte.

»Schatz, zeig es ihnen«, sagte Cal.

Stacey blickte sich langsam im Raum um. »Dad, das glaubst du nicht! *Tengu*. Drei von ihnen da hinten. Und nach dem Schatten des alten Manns zu urteilen, ein *kitsune* mit neun Schwänzen!«

In Kennys Kopf drehte sich alles. »Du kannst *yokai* sehen? Und die ganze Zeit erwähnst du das mit keinem Wort?«

Stacey zuckte mit den Schultern. »Ich hab dir erzählt, dass meine Mum Japanerin ist. Ich kann sie sehen, stimmt, aber erst seit ich dich kenne.«

»Und jetzt wisst ihr auch, warum ich sie mitgebracht habe«, sagte Cal. »Ihr nehmt es mit einer unsichtbaren Armee auf, mit Kämpfern, die unsterblich sind. Ihr werdet alle Augen brauchen, die ihr kriegen könnt.«

»Und Sie, Cal? Was werden Sie tun?« Satos Stimme troff vor Misstrauen.

»Ich treffe euch dort. Aber vorher besorge ich euch

noch alles an Satellitendaten und Geheimdienstnachrichten, was ich kriegen kann. Außerdem koordiniere ich mich mit Admiral Clark, damit ihr bekommt, was ihr braucht. In Ordnung?« Er streckte seine Hand aus.

Sato verneigte sich. »In Ordnung.«

»Beeilt euch! Um neun Uhr geht es los!«, schallte Harashimas Stimme durch das ganze Haus.

Stacey sah Kenny dabei zu, wie er ein paar Gegenstände in einen Rucksack warf. »Du spielst hier also die Rolle der Pandora?«

Kenny hielt verärgert inne. »Wovon redest du?«

»Von der griechischen Sage. Pandora öffnete die Büchse, die alle Übel der Welt enthielt.«

»Sie enthielt aber auch die Hoffnung«, bemerkte Kiyomi, die an der Tür aufgetaucht war. Sie trug ihre schwarze Lederkluft, hielt in einer Hand den *yumi*-Bogen und in der anderen ihr *katana*. »Ken-*chan*, bist du soweit?«

Er nickte, zog den Reißverschluss des Lederoveralls zu, den sie für ihn bereitgelegt hatte, und griff nach Ikutachi, dem Schwert des Lebens.

Minuten später spürte Kenny das Peitschen einer scharfen Seebrise im Gesicht und öffnete die Augen. Er stand auf einem niedrigen Hang mit Blick auf eine weite, von Feldern eingenommene Ebene. Hinter ihm parkten mehrere

Laster. Sie gehörten zu Harashimas Leuten, die damit beschäftigt waren, ihre Waffen zu laden.

Kokibo verschwand, um kurz darauf mit Stacey und Genkuro wieder aufzutauchen. Es dauerte nicht lange, und der *tengu* hatte alle aus dem Haus hergeholt.

Stacey hielt sich den Bauch. »Puh. Das war heftig. Wie funktioniert das? Eine räumliche Verdichtung? Ein Miniwurmloch?«

Sato reichte Kenny einen Feldstecher. »Sag mir, was du siehst.«

Kenny hob das Fernglas an die Augen, ließ den Blick über die Wiesen und Äcker schweifen und fluchte. »Sie sind da drüben, hinter der Baumreihe.« Er versuchte, sich ein Bild zu machen. »Es sind Tausende.«

»Wir können froh sein, dass hier kaum wer wohnt«, meinte Kiyomi.

»Meine Leute haben die Bauernhöfe in der Gegend evakuiert«, sagte Harashima. »Unter dem Vorwand eines Chemieunfalls.«

Kenny las sich seine Notizen noch einmal durch, dann wandte er sich an Genkuro. »*Sensei*«, sagte er und gab ihm die Zettel. »Die müssen vernichtet werden. Und würdet Ihr jetzt bitte meine Erinnerung an die letzten Stunden löschen?«

Genkuro nickte. Der alte Lehrer legte je zwei Finger an Kennys Schläfen, schloss die Augen und bewegte lautlos die Lippen. Seine Fingerspitzen leuchteten kurz auf, dann zog er seine Hände zurück.

Kenny blinzelte. »Sind wir da? In Matsue?«

»Ja«, antwortete Sato.

»Und Susies Armee erwartet uns?« Kenny holte tief Luft. »Okay. Machen wir uns bereit.«

Die Rebellenarmee teilte sich in Kompanien auf. Sojobo rief seine dreihundert *tengu*; Genkuro sprach zu seinen zweihundert *kitsune*; Poyo verteilte Donut-Häppchen unter den hundert *tanuki*; Sato gab seinen Dachsen und Wieseln Anweisungen; und Harashima hielt eine letzte Lagebesprechung mit seinen Leuten ab.

Lawrence fasste Charles am Ellbogen. »Du solltest jetzt gehen«, sagte er. »Ich bitte einen der *tengu* –«

»Nein, Vater, ich bleibe.«

»Charles, das ist absurd. Du weißt nicht –«

»Ich weiß, dass Kenny jeden von uns braucht. Ihr beide wolltet mich immer schützen und mich aus allem heraushalten, so funktioniert das aber nicht. Ich gehöre dazu. Das ist eine Familienangelegenheit.«

Lawrence musterte seinen Sohn unschlüssig.

»Dad, wäre ich nicht gewesen, wäre Kenny jetzt nicht mehr am Leben. Ich habe mir das Recht verdient, selbst zu entscheiden. Ich bleibe und kämpfe an der Seite meines Sohns – und meines Vaters.«

Lawrence verzog die schmalen Lippen zu einem Lächeln. »Kenneth ist offenbar nicht der einzige Apfel, der nicht weit vom Stamm gefallen ist, eh?« Er nahm Charles in die Arme.

Kiyomi zog Kenny beiseite. »Ken-*chan*, jeder von uns hat eine Aufgabe zu erfüllen. Du auch.«

»Wirklich? Was muss ich tun?«

»Es steht hier drin.« Sie gab ihm einen weißen Umschlag. Er riss ihn auf, zog den Zettel heraus und las ihn.

»Welcher Idiot hat sich das denn ausgedacht?«

»Du. Es ist dein Plan. Noch was.« Kiyomi nahm sein Gesicht in beide Hände und küsste ihn. »Der soll dir Glück bringen.«

Als das tiefe klagende Dröhnen eines Blashorns erklang, rief Genkuro: »Es ist so weit! Die Vorsehung wartet.«

»Äh, was passiert jetzt?«, fragte Stacey, als sich die ersten Truppen in Bewegung setzten.

»Wir begeben uns auf das Schlachtfeld«, sagte Sato. »Es wird zu einer Kampfansage kommen und danach zum Krieg.«

38

»Heilige Scheiße«, stieß Stacey hervor, als sie das Ausmaß der von Susano-wo aufgebrachten Streitmacht sah. Ein rascher Marsch über die Felder und durch den angrenzenden Baumbestand hatte sie auf eine große Weide gebracht. Die Legionen *Yomis* hatten einen Kilometer von ihnen entfernt Stellung bezogen. Sie bildeten Einheiten, deren Längsreihen aus je zweihundert Kämpfern bestanden und die fünfzig Reihen tief waren. Susano-wo, der seinen weißen Kittel und die roten *hakama* gegen eine schwarze *o-yoroi*-Rüstung eines Samurai getauscht hatte, war nicht zu übersehen. Er überragte seine Kämpfer und hielt einen Schild an seinem linken Arm hoch.

»Tretet vor, meine göttlichen Brüder und Schwestern, das ist ein Befehl!«, rief er mit donnernder Stimme. »Euer neuer Herrscher fordert seinen Tribut!«

»Was passiert gerade?«, fragte Harashima, der nur eine leere Weide sah und das im Wind schwankende Gras.

»Susano-wo ruft die Götter«, sagte Kiyomi.

Zu beiden Seiten des Felds geriet die Luft flimmernd in Bewegung und dann erschienen Hunderte Götter, viele von ihnen in ihren prächtigsten Gewändern.

»Seid gegrüßt, meine treuen Untertanen«, sagte Susano-wo, den Mund zu einem höhnischen Grinsen verzogen. »Viele von euch sind zu jung, um sich meiner zu erinnern. Erlaubt mir, mich vorzustellen. Ich bin Susano-wo, der Sohn Izanagis und der Bruder Amaterasus und Tsukuyomis. Ich befehle über den Himmel, das Meer und die Stürme.« Er hob die Arme und sandte einen gewaltigen Blitz über den Himmel.

»Was war das?«, fragte Charles mit einem Blinzeln zum dunkelgrauen Himmel.

»Eines muss ich ihm lassen«, murmelte Kenny. »Der Typ ist zwar völlig durchgeknallt, aber er weiß, wie man einen Auftritt hinlegt.« Er stahl sich davon und trat den Weg über die Weide an.

Susano-wo fuhr unterdessen fort: »Damit niemand mein souveränes Recht in Zweifel stellt, sollt ihr wissen, dass ich Träger der drei Heiligen Schätze bin. Kraft dieser Symbole und ihrer göttlichen Autorität befehle ich euch, euch zu unterwerfen und mir zu Willen zu sein.«

Hachiman löste sich aus der schweigenden Menge.

»Zeig mir die Insignien«, sagte er. »Wie sonst sollen wir wissen, dass das nicht wieder eine deiner famosen Lügen ist?«

»Sei vorsichtig, wie du mit mir sprichst, du Wicht«, knurrte Susano-wo. »Ich weiß von deinem Verrat und werde mich bei Gelegenheit erkenntlich zeigen. Aber für all jene, die noch zögern, hier ist der Spiegel.« Er hob den Arm mit dem runden Schild und drehte ihn, damit die geschliffene Innenseite sichtbar wurde.

»Den Spiegel hat er also ständig bei sich«, sagte Kiyomi. »Er benutzt ihn als Schild.«

Susano-wo hob die rechte Hand. »Und hier – seht her – Kusanagi, das Himmelsschwert!«

Kenny spürte einen Stich, als er das Schwert in der Hand des Feinds auftauchen sah.

»Und schließlich das Juwel des Lebens!« Susano-wo griff in seinen Brustpanzer und zog den gebogenen Jadestein heraus, der an einem Lederband um seinen Hals hing.

»Nun, da mein Anspruch unter Beweis gestellt ist, werdet ihr mich anerkennen, indem ihr vor mir niederkniet«, knurrte Susano-wo. »Kniet nieder!«

Einer nach dem anderen, zuerst noch zögernd, doch dann immer schneller, fielen die Götter auf die Knie. Alle bis auf sechs.

»Ich weiß, wer sich gegen mich verschworen hat«, sagte

Susano-wo mit wütendem Blick auf die Rebellen. »Niemand entgeht dem Auge des Spiegels. Auf die Knie mit euch!«

Aus den drei heiligen Gegenständen drangen rot glühende Lichtfäden und legten sich um Inari, Amaterasu, Kuebiko, Ryujin, Tsukuyomi und Hachiman. Die Gesichter der Götter verzerrten sich vor Schmerz, sie stießen qualvolle Laute aus und fielen schließlich auf die Knie.

»AHHH! Hör auf damit! Ich kann nicht knien, selbst wenn ich es wollte!«, kreischte Kuebiko.

»Das hätten wir also«, erklärte Susano-wo. Hinter ihm brüllten die *oni* aus Tausenden Kehlen und schlugen mit ihren Eisenschlägern auf die Erde.

»Die Erde bebt«, sagte Sato, den Blick auf das leere Feld gerichtet. »Was ist los?«

»Der bärtige Riese hat alle in die Knie gezwungen. Jetzt lässt er sich von seiner Armee feiern«, sagte Stacey. »Sieht nicht gut aus.«

»Ganz Japan fürchtet mich«, verkündete Susano-wo. »Und aus gutem Grund. Die Sterblichen haben dieses Land besudelt, sie haben es mit ihren Maschinen und ihrer Gier vergiftet. Aber ich werde –«

»Lernen, mein aufgeblasenes Ego zu bändigen und nicht so nachtragend zu sein?«, fragte Kenny, der vor dem Riesen aufgetaucht war.

»Kuromori! Du wagst es, vor mein Antlitz zu treten?«

»Ach was, tu nicht so. Du hast mich erwartet. Außerdem: Wir *gaijin* haben eben keine Manieren. Platzen einfach in dein kleines Coming-out.«

»Schweig!«, wurde Susano-wo wütend.

»Ich habe keine Angst vor dir«, fuhr Kenny ungerührt fort, obwohl er innerlich seine butterweichen Knie beschwor, ihn nicht zu verraten. »Wäre ich nicht gewesen, würdest du immer noch in deinem verfaulten Drecksloch sitzen. Ich war es, der dich zum König gemacht hat, und ich bin es, der dich stürzen kann.«

»Du bist ein unverschämter Lümmel und sonst nichts.«

»Ja, ja. Wie du weißt, habe ich da hinten eine Armee. Aber wozu noch mehr Blut vergießen? Gewalt war noch nie eine Lösung. Was hältst du von einem Zweikampf? Du gegen mich. Der Verlierer trollt sich nach Hause und das war's?«

»Bist du des Wahnsinns?«

»Ja oder nein? Oder hast du Angst?«

Kenny spürte Susano-wos Verstand in seinem. Der Gott las seine Gedanken. »Das ist ein Trick!«, zischte er. »Dein schwacher Verstand ist sogar noch hohler als sonst. Versuche nie, den Falschspieler mit falschen Karten zu überlisten. Ich durchschaue dich. Die Antwort lautet Nein. Kehre zu deinen Kriegern zurück. Wir kämpfen – und ihr«, sein Finger zeigte auf die versammelten Götter, »haltet euch raus.«

Kenny kehrte zu seinen Gefährten zurück.

»Und?«, fragte Lawrence. »Hat er den Köder geschluckt?«

»Mit Haken, Schnur und Schwimmer«, antwortete Kenny. »Zeit für Phase zwei.«

»In Ordnung.« Lawrence winkte Genkuro und Charles, während Sato sich an die Mädchen wandte: »Ihr beide kommt mit mir.«

Sie rannten zu den Lastern zurück. Kiyomi und Stacey stiegen vorne ein, Genkuro, Lawrence, Charles und Sato sprangen auf die Ladefläche.

Kenny wartete zwischen den Bäumen, bis sich der Laster in Bewegung gesetzt hatte, dann rief er: »Nehmt eure Stellungen ein!«

Die mit Stöcken bewaffneten *kitsune* bildeten die erste Reihe, hinter ihnen folgten die Dachse, Wiesel und *tanuki*, Harashimas Männer schlossen so gut sie konnten die Lücken, und Sojobos *tengu* bildeten den Abschluss.

Drei Kolonnen Waldwesen gegen fünfzig Legionen Höllengespinst. Kenny wusste, dass das nicht zu gewinnen war. Ihre Gegner waren ihnen haushoch überlegen, außerdem wurden sie von Minute zu Minute mehr.

Kenny atmete tief durch, gab das Zeichen zum Abmarsch und seine Truppen setzten sich in Bewegung.

Der Laster fuhr nach ungefähr einem Kilometer auf einen verlassenen Parkplatz und hielt an. Sato sprang mit seinem Handy in der Hand von der Ladefläche.

»Alle hinter den Laster!«, rief er und hob das Telefon an sein Ohr. »Cal, wo seid ihr?«

»Da!« Stacey zeigte auf zwei Punkte am Himmel, die sich aus westlicher Richtung und mit einem von Sekunde zu Sekunde lauter werdenden dumpfen Pochen näherten.

Als die Helikopter über ihnen waren, setzte ein gedrungener Black Hawk auf dem Parkplatz auf, während der zweite, ein Apache-Kampfhubschrauber, noch einmal kreisen musste, ehe er ebenfalls landen konnte.

Cal Turner schob die Tür des Black Hawk auf und sprang heraus. Er rannte zu Sato.

»Beide Piloten haben den Befehl, die Anweisungen exakt zu befolgen und keine Fragen zu stellen!«, schrie er über den Lärm der Rotorblätter hinweg.

»Was ist mit dem anderen Vogel?«, brüllte Sato.

»Wie stellen Sie sich das vor? Wissen Sie überhaupt, wie viele Strippen ich ziehen musste, damit sie mir diese beiden genehmigten?«

»Das ist mir scheißegal! Sie sprechen auf der Stelle mit Admiral Clark. Wir brauchen ihn – sonst heißt es Game Over, verstanden?«

»Ich kann nur hoffen, ihr wisst, was ihr tut«, brummte Cal.

»Da sind wir schon zwei«, murmelte Sato in seinen Bart. Er winkte Kiyomi, Lawrence, Charles und Genkuro zum Black Hawk.

Cal legte den Arm um die Schultern seiner Tochter und lief mit ihr zum Apache. Er half ihr ins Cockpit, wo sie sich auf den Sitz des Co-Piloten schob.

»Mach deinen Daddy stolz«, sagt er. »Und komm heil zurück.«

Stacey streckte den Daumen hoch, Cal schlug die Tür zum Cockpit zu, sprang auf den Asphalt und rannte zum Laster.

Kennys Smartwatch summte. Er las Kiyomis Nachricht: SIND IM ANFLUG. ERWARTEN DEIN SIGNAL.

Fünfhundert Meter von ihm entfernt stampften Susano-wos *oni* mit den Füßen, brüllten obszönes Zeug und schürten ihren Blutrausch. Zwischen ihren Reihen huschten alte Vetteln umher und hinter einer Legion aus berittenen Skeletten, die die erste Reihe bildete, kauerten Gestalten in diversen Stadien der Verwesung.

Kenny warf einen Blick auf die immer noch knienden Götter. Inari erwiderte seinen Blick und nickte unmerklich – es war so weit.

Susano-wo trat einen Schritt vor. »Kuromori!«, rief er. »Da heute mein Krönungstag ist, bin ich großzügig gestimmt. Mein Angebot steht. Schließe dich mir an, übernimm den Befehl über meine Armeen und du wirst reich belohnt. Weigere dich und du wirst den heutigen Tag nicht überleben.«

Kenny zuckte die Achseln. »Sterben müssen wir alle irgendwann. Warum also nicht heute?«

»So sei es.« Susano-wo streckte Kusanagi zum Himmel. Seine Krieger ließen ihre Muskeln spielen und machten sich bereit. Das Schwert schnitt durch die Luft und zeigte zur Hölle.

Unter schaurigem Gebrüll griffen die Truppen *Yomis* an.

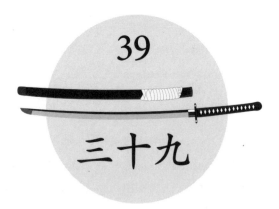

39

Kiyomi klebte mit dem Gesicht am Fenster des Black Hawk. Unter ihnen flogen die Gemüsefelder dahin. Im Süden reichten sie bis an einen an einen Kanal des Nakaumi-Sees, der sie von den Ausläufern der Vorstädte von Higashi Izumo trennte, und auf den Nebenstraßen und Feldwegen waren so viele *oni* unterwegs, dass es aussah, als wälzten sich dicke schwarze Schlangen über die Felder.

Nach wenigen Minuten stieg der Hubschrauber über einen dichten Waldbestand und begann zu kreisen. Sato beugte sich zu ihr. Er musste schreien, um sich über dem Lärm der Motoren Gehör zu verschaffen.

»Das ist Yomotsu Hirasaka – das Portal auf unserer Seite! Sind wir so weit?«

»Noch nicht!«, antwortete Kiyomi. »Ich warte noch auf Ken-*chans* Signal!«

Die Erde bebte unter dem Ansturm der wüst brüllenden und zu allem entschlossenen *oni*. Ihr Anblick war so fürchterlich, dass Kenny größte Mühe hatte, seinen Fluchtinstinkt zu unterdrücken und zu bleiben, wo er war. Er hatte keine Wahl. Das war sein Kampf – er hatte ihn begonnen und er musste ihn zu Ende bringen.

»Noch nicht!«, schrie er den *kitsune* zu, die sich kaum noch beherrschen konnten. »Haltet die Reihe!« Die Füchse fletschten knurrend die Zähne und zuckten wild mit den Ohren, aber sie warteten.

Die berittenen Skelette führten die Front an. Mit Lanzen und Speeren in den Krallen fielen sie auf ihren Knochenpferden in den Galopp.

»Wartet noch!«, befahl Kenny. »Ihr greift erst an, wenn ihr das ... äh ... Schwarze in ihren Höhlen seht.«

Blitze leuchteten am Himmel, der Gestank des Todes wälzte sich über die Weide, und dann war die Knochenkavallerie nur noch wenige Meter entfernt.

»Jetzt!« Kenny zog Ikutachi und erzeugte mit der linken Hand ein Kraftfeld. Die Kavallerie knallte mit solcher Wucht in die unsichtbare Wand, dass es sie in ihre Bestandteile zerlegte: Wirbelknochen sprengten in alle Richtungen davon, Brustkörbe barsten, Schädel flogen himmelwärts, Gebeine gingen zu Bruch und lösten sich knackend aus den Gelenken.

Die *oni* bremsten ab und wollten den sich auftürmenden Knochenhaufen ausweichen, aus denen die Bruchstücke wie Pfähle ragten, hatten aber keine Chance. Sie wurden von der Stampede hinter ihnen einfach überrannt oder in die Haufen hineingetrieben.

Mit einem Sprung in die Luft setzten die *kitsune* über die Gefallenen hinweg und landeten inmitten der *oni*. Kenny sah voller Bewunderung zu, mit welcher Eleganz und Anmut sie ihre Bewegungen aufeinander abstimmten und wie präzise und kraftvoll sie ihre Stöcke einsetzten. Ein Hieb ins Knie brachte den *oni* zu Fall und seinen Kopf in die richtige Position, um ihm mit dem anderen Stockende einen Stoß gegen die Schläfe zu versetzen, den Stab in derselben Bewegung in den Nacken des zu Boden gehenden *oni* zu stemmen und sich über seinen Körper zu katapultieren und dem Nächstbesten mit den Beinen voran einen Doppelkick gegen den Kopf zu verpassen.

Als sich der Schatten eines ockerfarbenen *oni* über Kenny legte und der Riese mit einem lauten Brüllen seinen Eisenknüppel auf ihn heruntersausen ließ, sprang Ikutachi blitzschnell in Aktion, wehrte ihn ab und schnitt den Knüppel entzwei. Kenny wich seitlich aus, schwang die Klinge zurück und trennte das linke Bein des *oni* ab. Der *oni* knickte ein und ging zu Boden. Als Kenny ihn mit dem nächsten Hieb erledigte, zerfiel der Körper zu Staub und wurde von der Brise fortgetragen.

Die *kitsune* setzten ihren anmutigen Walzer fort und

wehrten die *oni* ab, so gut es ging, konnten aber nicht verhindern, dass immer noch Hunderte unversehrt an ihnen vorbeikamen. Sie wurden von Poyo und seinen tapferen, mit Knüppeln bewaffneten *tanuki* und von Satos Wieseln und Dachsen in Empfang genommen. Viele von ihnen hatten menschenähnliche Gestalten angenommen, die anderen fletschten die Zähne und fuhren scharfe Krallen aus.

Als der erste *oni* über den Knochenhaufen trampelte, fielen mehrere *tanuki* über ihn her, zogen sich an ihm hoch und deckten ihn am ganzen Körper mit Knüppelschlägen ein, bis er sich nicht mehr auf den Beinen halten konnte, zusammenbrach und benommen liegen blieb.

Die Wiesel schwangen kurze Krummschwerter. Sobald sich ein *oni* näherte, sprangen drei von ihnen in die Luft, wirbelten blitzschnell um die eigene Achse und attackierten den *oni* mit ihren Schwertern von drei Seiten. Dadurch entstand der Eindruck, als wäre der *oni* in einen Rasenmäher geraten und würde mit rasender Geschwindigkeit in Stücke geschnippelt.

Harashima, der mit seinen Männern noch abwartete, bot sich das sonderbarste Bild: *Kitsune*, die aussahen, als würden sie auf einem leeren Feld ein Ballett aufführen und dazu Tai-Chi-Übungen machen, und *tanuki*, die Knüppel schwingend in der Luft auf und ab rannten. Harashima achtete auf jede noch so unscheinbare Bewegung, und als er sah, dass das Gras unter näher kommenden kreisförmigen Gebilden flachgedrückt wurde, hob er sofort sein Sturmgewehr und feuerte in sie hinein. Grüne Tropfen *oni*-Blut spritzten auf, der getroffene Körper des Monsters wurde kurz sichtbar und dann fiel Asche zu Boden.

Hunderte *oni* hatten den Rand des Schlachtfelds erreicht und preschten weiter in Richtung der Anhöhe, die sie von der Stadt Matsue trennte. Als die Ersten den Hügel erklommen, lief ein Flimmern über seinen Kamm und dreihundert *tengu*-Krieger kamen zum Vorschein.

»Kehrt um, wenn euch euer Leben lieb ist«, grollte Sojobo. »Diese Linie werdet ihr nicht überschreiten.«

Als die *oni* unter trotzigem Gebrüll weiter den Hang hinaufstampften, hoben sich die *tengu* plötzlich in die Luft, landeten hinter ihnen und streckten sie mit ihren Schwertern nieder.

Kenny war mittlerweile von so vielen Monstern umringt, dass er den Himmel nicht mehr sah. Ikutachi hatte ein Eigenleben angenommen und erschlug die *oni* zu Dutzenden, es half aber nichts: Kaum ging einer von ihnen zu Boden, traten drei andere an seine Stelle.

Kenny wich um sich schlagend einen Schritt zurück, als sich eine kräftige Hand um seinen Knöchel legte und ihn zu Fall brachte. Er landete neben einem verwundeten *oni*, der seinen Arm mit dem Schwert packte und festhielt, während ein anderer über ihm mit dem Schläger ausholte. Doch dann erstarrte er mitten in der Bewegung, ging röchelnd in die Knie und fiel tot um. In seinem Staub, die Hände glitschig vom Dämonenblut, hockte ein schwarzer Lumpenhaufen, aus dem dürre Gliedmaßen ragten. Die Vettel aus der Hölle hob ihr grausiges Antlitz, leckte das Blut von ihren Fingern und grinste Kenny an, ehe sie zu einem schmierigen schwarzen Fleck verschwamm und in der nächsten Sekunde ihre Krallen um seinen Hals gelegt und das Maul zum tödlichen Biss aufgerissen hatte.

Im selben Moment landete mit einem lauten Krachen eine ziegelrote Gestalt in der Hocke neben Kenny, legte eine Hand auf seine Schulter und löste mit der anderen einen Windstoß von der Stärke eines Orkans aus, der in das Getümmel fuhr und Hunderte *oni*, unter ihnen die alte Vettel, wie Kegel auseinandersprengte. Sojobo senkte seinen Fächer mit den sieben schneeweißen Federn und half Kenny auf die Beine.

»Jetzt«, sagte er.

Mit einem Nicken drückte Kenny auf das Display seiner Smartwatch.

Kiyomi blickte aus dem Hubschrauber und sah mit Schrecken zu, wie die *oni* aus dem Loch in der Erde quollen, über dem noch bis vor Kurzem ein gewaltiger Felsblock gelegen hatte.

»Wie schlimm ist es?«, rief Sato hinter ihr.

»Schlimm«, antwortete sie. »Es werden immer mehr.«

Ihre Smartwatch summte. »Das ist Ken-*chan*!«, rief sie. »Es geht los!«

Sato griff nach seinem Handy. »Stacey, ihr seid dran!«

Im Cockpit des Kampfhubschraubers streckte Stacey den Daumen in die Höhe. »Feuer frei!«, rief sie in ihr Helmmikrofon. »Mach sie alle.«

»Roger«, antwortete der Pilot und schaltete sämtliche Waffensysteme ein.

Charles und Lawrence hatten sich zu Kiyomi ans Fenster gesellt und sahen zu, wie der Apache sein gesamtes Arsenal an achtunddreißig präzisionsgelenkten Raketen und acht Hellfire-Missiles abfeuerte.

Eine Rakete nach der anderen schlug in das Loch ein, aus dem massenhaft *oni* drängten, und riss die aus *Yomi* fliehenden Ungeheuer in Stücke.

Auf der anderen Seite des Portals, in *Yomi*, flitzten die Lenkraketen den Pass hinunter, brachen riesige Felsbrocken aus den Wänden der Schlucht und jagten die anrückenden *oni* auseinander, die – nunmehr blind, taub und orientierungslos – in Deckung gingen.

»Der Weg ist frei«, sprach Stacey in ihr Mikrofon. »Viel Glück.«

Kiyomi schob sofort die Ladeluke des Black Hawk auf, warf eine Strickleiter hinunter und fing mit dem Abstieg an. Sato folgte direkt hinter ihr.

Charles hatte die Hand bereits an der Leiter, als Lawrence ihn am Arm packte. »Charles, du musst nicht mitkommen.«

Charles riss sich los, drehte sich um und stieg auf die Sprossen. »Kenny braucht jede Hilfe, die er kriegen kann.«

»Dann nimm das hier.« Lawrence reichte ihm eine halbautomische Maschinenpistole.

Unten angekommen, hielt Kiyomi die Strickleiter für Sato und Charles fest. Genkuro und Lawrence sprangen aus dem Hubschrauber, segelten die rund dreißig Meter herunter und landeten neben ihnen auf dem weichen Boden. Und jetzt tauchten auch die beiden *tengu* Zengubu und Kokibo auf.

»Los«, sagte Kiyomi. »Wir müssen uns beeilen. Sie müssen sich erst wieder sammeln, aber sobald sie merken, was wir vorhaben, ist der Teufel los.«

»Sekunde noch«, sagte Sato. Er griff in seine Anzugtasche und zog eine mit Klebeband und Superkleber notdürftig reparierte Sonnenbrille heraus. Er brach sie am Nasenbügel entzwei und gab Charles eine Hälfte. »Charles-*sensei*, damit sehen Sie die *yokai*. Halten Sie sich das Glas wie ein Monokel vors Auge.«

Kiyomi trat an den schmalen Bombentrichter in der Erde, ging in die Hocke und spähte in die Schwärze. Sie setzte sich so hin, dass ihre Beine über den Rand baumelten. Mit den Worten »Wir sehen uns in der Hölle« stieß sie sich ab.

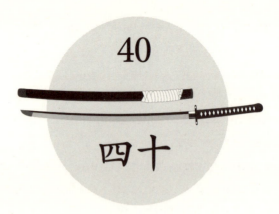

40

Sojobo kehrte mit Kenny zur Anhöhe zurück. Beide Seiten hatten zum Rückzug geblasen, um sich neu zu formieren und um ihre Verluste zu zählen.

Susano-wo stolzierte zur Mitte des Schlachtfelds und breitete die Arme aus, als wollte er es einfangen.

»Kuromori!«, rief er. »Das war erst der Probelauf. Ich wollte deine Truppen testen. Sie lassen zu wünschen übrig. Du hast ein Drittel deiner Anhänger verloren, während ich ständig neue dazugewinne. Sieh her!«

Kenny warf einen Blick zurück. Auf der Straße, die vom Portal wegführte, standen Hunderte *oni* bereit, um sich wieder in Susano-wos Armee einzureihen.

»Das ist hoffnungslos«, murmelte er. »So können wir das nie gewinnen.«

»Da gebe ich dir recht«, stimmte Sojobo ihm zu. »Dennoch verlangt es die Pflicht. Und solange noch einer von uns am Leben ist, haben sie nicht gewonnen.«

Harashima humpelte mit einer Wasserflasche herbei. »Kuromori-*san*, du hast gekämpft wie ein Besessener.«

Kenny sah, dass Harashimas rechtes Bein voller Blut war. »Sie sind verletzt.«

»Bloß ein Kratzer«, beschwichtigte Harashima, dann senkte er den Blick. »Ich habe rasch durchgezählt.«

Kenny ließ den Kopf hängen. »Und?«

»Den *tengu* ist es noch am besten ergangen«, berichtete Harashima. »Es ist schwer, etwas zu töten, das sich in Luft auflöst. Die *kitsune* hatten nicht so viel Glück; von ihnen sind nur noch hundertzwölf am Leben. Auch unsere kleineren Gefährten wurden schwer getroffen.«

»Und Ihre Leute?« Kenny fürchtete die Antwort.

Harashima starrte zum See. »Wir können das Unsichtbare nicht bekämpfen. Jeder *oni*, der die Reihen durchbricht, ist im Vorteil. Ich habe dreiundzwanzig gute Männer verloren.«

Kenny stiegen brennende Tränen in die Augen. »Das ist alles meine Schuld. Ich sollte Susano-wo zum Zweikampf auffordern, damit die anderen verschont bleiben.«

»Nein, Kuromori-*san*«, antwortete Harashima. »Hab Geduld. Deine Chance wird kommen.«

Kenny spürte ein Zerren an seinem Bein und senkte den Blick.

»Poyo, du bist noch da!« Kenny bückte sich, um den dicken, mit Blut besudelten *tanuki* aufzuheben. »Wie viele hast du erledigt?«

Poyo hielt drei Finger hoch.

»Drei? Gut gemacht.«

Und da war es wieder: das Dröhnen des Kriegshorns von der anderen Seite, das ein wummerndes Echo erzeugend über das Feld schallte.

»Die Pause ist vorbei«, murmelte Kenny. »Es geht weiter.«

In diesem Moment kehrte der Laster zurück und hielt am Rand der Anhöhe. Cal Turner sprang von der Ladefläche. »Ich habe ein paar Panzerfäuste mitgebracht!«, rief er. »Könnt ihr sie brauchen?«

»Ich gebe Ihnen Bescheid«, sagte Kenny und wandte sich wieder zum Schlachtfeld um.

»Kuromori!«, bellte in diesem Moment Susano-wo. »Sieh her! Ich habe einen neuen Gegner für dich.«

Im ersten Moment dachte Kenny, der Wind wirbelte lauter Papierfetzen durch die Luft, doch dann stellte er mit Entsetzen fest, dass die Knochenhaufen in Bewegung geraten waren. Wie Eisenspäne unter der Kraft eines Magneten lösten sich weiße Scherben und Splitter aus den Haufen, während größere Knochen über den Boden fegten und sich zu mächtigen Säulen verbanden. Langsam aber sicher fügten sie sich zu einem gigantischen Skelett zusammen.

»Ernsthaft jetzt?«, hauchte Kenny.

»Was ist?«, sagten Harashima und Cal wie aus einem Mund.

»Das wollen Sie lieber nicht wissen.«

Kiyomi landete in einem grauen Aschehaufen. Hinter ihr schimmerte das Portal wie die türkisblaue Wasseroberfläche eines Swimmingpools. Der blaue Glanz wurde kurz dunkel, dann war Charles Staub aufwirbelnd neben ihr. Er blickte sich mit großen Augen um. »Das ist *Yomi*?«, staunte er. »Wo kommt eigentlich das Licht her?«

»Keine Ahnung«, brummte Kiyomi. »Aber wir sind nicht zum Sightseeing hier.«

Ihr Onkel kam als Nächster durch das Portal. Mit einem raschen Blick nahm er das Gelände in Augenschein. Sie befanden sich an der Spitze einer Geröllhalde, die zum Boden einer schmalen Schlucht abfiel. Die Felswände zu beiden Seiten stiegen senkrecht empor und weiter hinten wurde der Pass von den Trümmern der mächtigen Holzbarriere versperrt. Zwischen den Trümmern lauerten Hunderte *oni*, die vor dem Raketenangriff in Deckung gegangen waren.

Sato hob das gesprungene Monokel an sein Auge. »Kiyomi-*chan*, sie haben uns gesehen. Sie kommen.«

Lawrence, Genkuro und die beiden *tengu* waren mittlerweile auch zu ihnen gestoßen.

»Es hat funktioniert«, sagte Lawrence. »Der Apache hat den Weg frei gemacht.«

»Ja, aber den Überraschungseffekt können wir vergessen«, sagte Kiyomi mit einem Nicken auf die *oni*. »Charles-*sensei*, Sie kommen mit mir, und Ihr auch, Zengubu-*san*. *Oji*, du weißt, was du zu tun hast. Nimm Kokibo-*san* mit.«

Sato nickte.

»Was ist mit dir, Dad?«, fragte Charles.

Lawrence verneigte sich vor Genkuro. »Es war ein langer Weg bis hierher, *sensei*. Es ist daher nur angemessen, dass wir auch das letzte Stück zusammen gehen.«

»So ist es, mein junger *oshiego*. Alles, was wir je getan haben, hat uns hierher gebracht.«

Die beiden alten Männer gingen los und stiegen die Halde hinunter.

»Dad!«, rief Charles. »Wo wollt ihr hin?«

»Sie verschaffen uns kostbare Zeit«, sagte Kiyomi. »Nutzen wir sie.« Sie kletterte die Felswand hoch, bis sie einen schmalen Vorsprung erreicht hatte, wo Zengubu mit Charles bereits auf sie wartete.

»Wie geht es jetzt weiter?«, fragte Charles, der seinen Vater nicht aus den Augen ließ.

Kiyomi öffnete ihren Rucksack, in dem sich Dutzende Blöcke C4-Plastiksprengstoff befanden. »Damit verschließen wir den Pass und riegeln das Portal so lange ab, bis Kenny seinen Teil erledigt hat.«

»Und wie kommen wir wieder raus?«

»Keine Ahnung.« Kiyomi wandte sich an Zengubu. »Wir müssen die Dinger möglichst tief in den Felsen hineinbohren, weil es sie sonst wegschleudert. Geht das?«

Zengubu legte seine Hände auf den Felsen und strich mit den Fingerspitzen über den Stein. »Jedes Ding hat Schwachstellen«, sagte er. »Unebenheiten, Sprünge, kleine Risse – man muss nur wissen, wie man sie findet.« Als er in der Bewegung innehielt, lag sein Zeigefinger auf einer aus dem Schiefergestein ragenden Scherbe. »Hier dürfte es gehen.«

Charles beugte sich näher heran. »Also, ich weiß nicht, das ...«

BAMM-BAM! Zengubus Zeigefinger schlug wie ein Hammer auf den Felsen ein, bis entlang einer Nahtstelle ein waagrechter Riss aufging. »Ist das gut so?«, fragte er.

»Es müsste tiefer sein, eher wie ein Tunnel«, antwortete Kiyomi.

»Das dauert ein wenig.« Zengubu holte tief Luft, dann hieb er mit der Faust wie mit einem Presslufthammer auf den Felsen ein. Während das Echo der Schläge durch den Pass hallte, rieselte das Gestein anfangs noch wie feiner Kiesel aus dem Riss, doch schon bald brachen die ersten größeren Brocken heraus.

Charles spähte durch das gesprungene Glas seines Monokels und schrak zusammen, als sein Blick auf die

Horde dämonenartiger Riesengestalten fiel, die die Geröllhalde zum Portal hinaufstolperte. Das einzige Hindernis, das sich ihnen in den Weg stellte, waren zwei alte Männer: Genkuro und sein Vater.

Auf dem Schlachtfeld hatte sich das gigantische Skelett zu einem vierzig Meter hohen Koloss aufgerichtet. Dahinter standen Reihe um Reihe die *oni* und schlugen mit ihren Schlägern auf die Erde.

Kenny sah ein dumpfes gelbes Glimmen in den Augenhöhlen aufleuchten, dann lief ein Schaudern durch den Riesenkörper und das Skelett erwachte zuckend zum Leben. Sein Unterkiefer kippte nach unten und es stieß gellend seinen Namen »*Gashadokuro!*« aus, ehe es einen seiner riesigen knöchernen Füße anhob und ihn so donnernd wieder aufsetzte, dass die Erde bebte.

In Kennys Truppen machte ausnahmslos jeder unfreiwillig einen Schritt zurück.

Cal, der nur das leere Feld sah, musste sich am Laster festhalten, um nicht das Gleichgewicht zu verlieren. »War das ein Erdbeben?«, fragte er.

Mit einem Winken erteilte Susano-wo seiner Armee den Befehl, dem *gashadokuro* zu folgen.

Kenny wandte rasch den Kopf. Entgegen jeder Hoffnung hoffte er, Kiyomi oder Genkuro vorzufinden, irgendjemanden, der ihm sagen konnte, was er gegen diese monströse Kreatur tun sollte. Stattdessen blickte er in die Augen Hunderter Verbündeter, die ihn ansahen, als wüsste er, wie es jetzt weiterging.

Sojobo trat vor. »Gegen ihn können wir nicht kämpfen«, erklärte er und auf sein Zeichen löste sich das *tengu*-Kontingent in Luft auf.

»Wo sind sie hin?«, fragte Kenny fassungslos. »Sind sie weggelaufen?«

Die Angst ließ das Blut in seinen Adern gefrieren und sein Herz schlug so heftig, dass es ihm den Atem verschlug. Er hatte gerade seine halbe Armee verloren ... doch ihm blieb keine Zeit, darüber nachzudenken, denn der gigantische Fuß war bereits über ihm und drauf und dran, ihn zu zertreten.

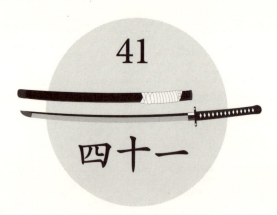

41

Genkuro und Lawrence hatten ihre Position gut gewählt. Sie waren schon allein durch die Höhe ihrer Stellung im Vorteil, wurden aber auch dadurch begünstigt, dass sich der Pfad nach oben hin zu einem natürlichen Flaschenhals verengte und maximal zwei *oni* auf einmal durchließ.

Das erste Ungetüm, das sie erreichte, war pechschwarz mit drei Augen. Als es mit erhobenem Eisenschläger auf Genkuro losging, schnippte der alte *sensei* nur kurz mit dem Finger. Der Schläger prallte zurück, traf den Kopf des *oni* und hämmerte ihn zwischen seine Schultern. Der zweite *oni*, ein schiefergrauer Riese, stürzte sich auf Lawrence. Der alte Mann machte einen Schritt vor, stellte ihm mit der Ferse das Bein und wirbelte auf dem Absatz herum, um ihm einen so kräftigen Tritt zu versetzen, dass er mit dem Kopf voran gegen die Felswand schmetterte.

Die nächsten beiden *oni* nahmen ihre Plätze ein und der Pass hallte von ihrem Gebrüll wider.

Auf dem Felsvorsprung musste Zengubu eine Rast einlegen. Er war außer Atem und seine Knöchel bluteten. In der Felswand klaffte ein ungefähr zehn Zentimeter breiter und fünfzig Zentimeter tiefer Stollen.

»Das muss reichen«, sagte Kiyomi. Sie packte einen C4-Block nach dem anderen hinein und schob dann noch mit der Faust nach, um sie möglichst fest aneinanderzupressen.

Charles sah immer noch dem weiter unten tobenden Kampf zu. Sein Vater und Genkuro waren so hoffnungslos unterlegen, dass sie früher oder später überrannt werden würden. Doch plötzlich funkelte es vor seinen Augen und dann verstellte ihm eine große Gestalt die Sicht.

»Ha, ich wusste es!«, krächzte der Silberne. »Deshalb habe ich mich freiwillig gemeldet und bin hiergeblieben. Ich wusste, dass du aufkreuzen würdest.« Seine Pranke klatschte Charles beiseite wie eine lästige Fliege und warf ihn in die Tiefe.

»*Chikara!*« Kenny wich mit einem gewaltigen Sprung zur Seite aus, schlug auf der Erde auf und rollte sich in dem Moment ab, als der gigantische Fuß krachend aufsetzte. Hinter ihm folgten die *oni*, sie rollten auf sie zu wie eine unaufhaltsame Flutwelle.

»Nein!« Kenny warf ihnen mit beiden Händen ein Kraftfeld entgegen, das sie so abrupt zum Stillstand brachte, dass eine Reihe *oni* nach der anderen in die Energiebarriere krachte. Jetzt zentrierte Kenny sein *ki*, stellte sich einen mächtigen Aufwind vor und schoss wie eine Rakete kerzengerade in die Luft.

Er landete auf dem Rücken des *gashadokuro*, balancierte mit den Füßen auf den obersten Rippen und hielt sich an den Halswirbeln fest. Er hatte das Gefühl, auf einem Schiff auf hoher See zu sein, das sich zu den weit ausholenden Schritten des Riesenskeletts hob und senkte.

Kenny blickte an dem Schädel vorbei. Die niedrigen Industriegebäude am Stadtrand von Matsue waren keine zwei Kilometer mehr entfernt. Mit seinen Riesenschritten würde der Koloss sie in wenigen Minuten erreicht haben.

Er zog sein Schwert und stach es bis zum Anschlag in die Lücke zwischen zwei Halswirbel. Dann nahm er den Griff in beide Hände und sägte, säbelte und schnitt durch das Gelenk, bis die Klinge durch war.

Der *gashadokuro* holte gerade zum nächsten Schritt aus. Als seine Ferse aufsetzte, lief der Rückstoß sein Bein hinauf und ratterte die Wirbelsäule entlang, bis er den Hals erreicht hatte und ein lautes Knacken zu hören war. Der gewaltige Schädel fing zu wackeln an wie bei einem Schwergewichtsboxer nach einem K.-o.-Schlag.

Kenny duckte sich weg, als der Schädel nach hinten zu

kippen drohte, doch dann schwang er ein letztes Mal vor, ehe er sich vom Rumpf löste. Der *gashadokuro* winkelte die knöchernen Arme an und fing den Schädel in den Händen auf. Nach einem kurzen Moment der Verwirrung drehte er ihn mit dem Gesicht nach vorne um und setzte seinen Marsch fort.

Vom Schlag des *oni* aus dem Gleichgewicht gebracht, spürte Charles die Kante unter seinen Füßen wegrutschen und die panische Gewissheit, dass er in seinen sicheren Tod stürzen würde. Im Fallen wandte er sich zur Wand um, streckte die Arme aus und schabte mit den Fingern über die Felswand.

Dann schnitt die scharfe Kante eines Vorsprungs in seine Fingerspitzen und er blieb mit einem schmerzhaften Ruck in der linken Schulter hängen. Eine Sekunde lang baumelte er an einem Arm und scharrte mit den Füßen an der Wand entlang, ehe es ihm gelang, seine rechte Hand hochzustrecken und sich mit beiden Händen an den Vorsprung zu klammern.

»Diesmal gehörst du mir«, sagte der Silberne zu Kiyomi, die vor ihm zurückwich. »Und wenn ich dich erst getötet habe, bleiben wir für immer zusammen. Du und ich, die Schöne und das Biest!«

Plötzlich tauchte Zengubu zwischen dem Silbernen und

Kiyomi auf. Er bewegte sich mit Lichtgeschwindigkeit und deckte den *oni* mit einer Kombination aus Tritten und Boxhieben ein.

»Mann! Halt endlich still!«, wurde der Silberne wütend, als der *tengu* auftauchte und wieder verschwand, sich hin und her teleportierte und die Schläge wie ein Trommelfeuer auf ihn niedergehen ließ. Ein Tritt in die Kniebeuge warf den *oni* schließlich auf alle viere und ein Stoß mit dem Ellbogen gegen den Kopf löste ein Wimmern aus.

»Okay, okay, genug!« Der Silberne hob geschlagen die Hände.

Zengubu stand mit geballten Fäusten über ihm. »Ich nehme deine ehrenhafte Kapitulation an.«

»Nicht!«, schrie Kiyomi.

»Trottel!« Der Silberne schnellte hoch, vergrub seinen Kopf in der Brust des *tengu* und schmetterte ihn an die Felswand.

Zengubu schnappte mit aufgerissenen Augen nach Luft. Als der *oni* seinen Kopf zurückzog, troff Blut von seinen Hörnern und rann über seinen glänzenden Schädel in seinen offenen Mund.

»Ihr solltet eigentlich wissen, dass ihr mich auf meinem eigenen Territorium nicht besiegen könnt«, knurrte er Kiyomi an. »Hier unten kann ich nicht sterben, da könnt ihr machen, was ihr wollt. Du hingegen …«

Kiyomi zog ihre beiden *tanto*-Schwerter und nahm ihre

Kampfhaltung an. »Ich hingegen kann dich so zurichten, dass du dir wünschst, du *wärst* tot.«

Harashima und Cal lagen auf dem Dach des Lastwagens. Sie sahen dem bizarren Schauspiel zu, das ihnen der in vierzig Metern Höhe auf und ab tanzende Kenny bot, und spürten das Beben, das das Stampfen der wieder auf dem Vormarsch befindlichen *oni*-Armee auslöste.

»Ist das eine Art Panzer auf Beinen?«, fragte Cal. »Kann er ihn zu Fall bringen, bevor er die Stadt erreicht?«

»Wenn es einer kann, dann er«, schnaubte Harashima.

Und plötzlich hatte Kenny einen Geistesblitz. Er nutzte die Rippen des *gashadokuro* wie ein Gerüst und kletterte am Rücken entlang bis zu den beiden unteren Rippen. Von hier hatte er eine gute Sicht auf die mit dem Beckenring verbundenen Beine, die bei jedem Schritt schlenkerten.

Das Monster trampelte über ein Salatfeld. Kenny konzentrierte sich und kanalisierte sein *ki*. Die Konsistenz des Ackers verwandelte sich von fest in matschig. Als der riesige Fuß in den Morast trat, sank er bis über den Knöchel ein, und jetzt ließ Kenny den Boden steinhart werden.

Ein überraschtes Wimmern ausstoßend kippte das Skelett nach vorne, doch dann fing es sich wieder und stoppte den Sturz mit seinem anderen Bein. Während es noch um sein Gleichgewicht rang, wiederholte Kenny den Trick und jetzt steckten beide Füße fest.

Kenny legte die Hände trichterförmig an den Mund und schrie in Richtung Laster: »Schießt auf mich!«

»Hat er gesagt, wir sollen auf ihn schießen?«, fragte Cal.

»Ja«, antwortete Harashima. »Ich glaube, ich weiß, was er meint.« Kiyomis Vater glitt vom Dach auf die Pritsche, humpelte ans andere Ende und kehrte mit einer ein Meter langen Eisenröhre zurück. Er legte die Panzerfaust an, zielte auf die Stelle direkt unterhalb von Kennys Füßen und drückte ab.

Als es aus der Röhre blitzte und weißer Rauch entwich, stieß sich Kenny von der Rippe des *gashadokuro* ab. Die Granate traf das Rückgrat des Skeletts und explodierte.

Kenny, den der Wind davontrug, sah zu, wie ein Feuerball im Brustkorb des Monsters aufflammte und ihn in Stücke riss. Die obere Hälfte kippte rückwärts und stürzte auf die *oni* dahinter. Den Bruchteil einer Sekunde später schlug der Schädel wie eine Bombe ein und zersprang in tausend Scherben, die eine zusätzliche Schneise in Susanowos Armee rissen.

Kenny landete neben dem Laster. Beim Anblick der aus dem Boden ragenden gigantischen Skelettbeine und den Tausenden *oni* auf dem Rückzug stahl sich ein grimmiges Lächeln auf sein Gesicht.

»Es reicht!«, kreischte Susano-wo vor Zorn. »Kuromori, dafür wirst du teuer bezahlen!«

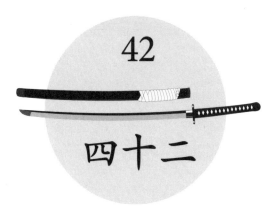

42

Hoch oben auf dem schmalen Vorsprung schlug und stach Kiyomi mit ihren kurzen Schwertern nach dem Silbernen. Er duckte sich weg, wich ihr aus und schaffte es, außerhalb der Reichweite ihrer Schwerter zu bleiben.

Charles war es unterdessen gelungen, seine Füße auf einer aus der Wand ragenden Kante abzustellen. Das Monokel ins Auge geklemmt, schob er sich Zentimeter um Zentimeter höher.

»Ergib dich und du musst nicht leiden, das verspreche ich dir«, sagte der Silberne.

»Niemals«, zischte Kiyomi und schwang eine Klinge von unten auf sein Knie.

»Au! So ein Miststück!« Der Silberne kickte in den Kieshaufen, den Zengubu aus dem Fels gehämmert hatte, und sandte einen Staubregen in Kiyomis Gesicht. Als sie instinktiv die Augen schloss und kurz den Kopf senkte, griff der Silberne an. Seine Pranke schoss vor, legte sich um ihren Hals und drückte zu. Kiyomi bekam keine Luft und spürte, wie sich das Blut pochend in ihrem Kopf staute und ihr schwarz vor Augen wurde.

»Es ist vorbei«, knurrte der Silberne.

Charles, der kein geübter Schütze war, zog sich über den Rand des Vorsprungs, bis er sich auf seinem Ellbogen aufstützen und die Maschinenpistole in der anderen Hand auf das nächstbeste Ziel richten konnte – den Fuß des Silbernen. Er drückte ab und schoss das Magazin leer.

Der *oni*, dessen Fuß zu Brei zerschossen wurde, brüllte vor Schmerz und ließ Kiyomi los. Um auf dem schmalen Vorsprung nicht das Gleichgewicht zu verlieren, ruderte er mit den Armen wie eine Windmühle.

Kiyomi schlug gnadenlos zu. Eine ihre Klingen bohrte sich in das Ohr des *oni*, die andere stach in sein linkes Auge. Mit dem Rücken zur Felswand, versetzte sie dem Silbernen einen Doppeltritt in die Brust und warf ihn über die Kante in die Tiefe.

Charles räusperte sich. »Äh, würdest du mir bitte helfen?«

Kiyomi blickte Kennys Vater keuchend an, dann war sie mit einem Satz bei ihm und zog ihn auf den Vorsprung und neben den verletzten *tengu*.

Der Silberne schlug auf einem Felsblock auf, prallte ab und rollte noch ein Stück weiter. Als er stöhnend sein unversehrtes Auge öffnete und den Kopf hob, sah er nicht weit von sich die anderen *oni*, die um den Zugang zum Portal kämpften.

Lawrence und Genkuro kämpften Schulter an Schulter und wehrten die *oni* ab, so gut sie konnten, es drängten aber immer mehr in den Pass.

»Es sind zu viele«, sagte Lawrence und feuerte einen Blitz ab, der durch einen *oni* hindurchging und einen anderen knapp dahinter umwarf.

»Ja, weil dein Enkelsohn gute Arbeit leistet«, antwortete Genkuro, während er einen *oni* in Stein verwandelte und mit der Faust zerschmetterte. »Je mehr er tötet, desto mehr müssen wir abwehren.«

»RAAAHH!«, bellte eine heisere Stimme hinter ihnen und im selben Moment legten sich zwei silberne Pranken um den Unterschenkel von Lawrence und brachen ihn entzwei.

Als der alte Mann mit einem Schrei zu Boden ging, wirbelte Genkuro herum und sah einen silberfarbenen *oni* mit verrenkten Gliedmaßen und ausgestochenem Auge, der das Bein seines Freunds zerquetschte. Er schleuderte seinen Stab wie einen Speer. Noch in der Luft wurde seine Spitze messerscharf, durchbohrte den verletzten *oni* und spießte ihn auf.

Die anderen *oni* hatten die Ablenkung genutzt, um ihre Verteidigungslinie zu durchbrechen, und drängten an Genkuro und Lawrence vorbei zum Portal. Es war zu Ende.

»Formiert euch!«, befahl Kenny. Seine aus Menschen und Waldwesen bunt gemischte Truppe stellte sich in einer Reihe auf.

»Wir haben noch zweihundertfünfzehn Kämpfer«, berichtete Harashima. »Nicht ganz eine Reihe.«

Kenny wischte sich den Schweiß von der Stirn. »Wissen wir, wie viele Susie verloren hat?«

»Vielleicht ein paar Tausend?«

»Okay.« Kenny blickte wieder auf seine Notizen. »Haben wir Nachricht von Kiyomi?«

Harashima schüttelte den Kopf. »Nein, nichts.«

»Dann brauchen sie noch mehr Zeit.« Kenny zog Ikutachi, kehrte auf das Schlachtfeld zurück und überquerte es. Als sie ihn kommen sahen, hoben die auf den Knien liegenden Götter überrascht die Köpfe.

»Ich hab's gewusst!«, hörte er Kuebikos schrille Stimme. »Hab ich's nicht gesagt? Er ist nicht tot.«

Susano-wo löste sich aus den Reihen seiner abwartenden Armee und ging Kenny entgegen. »Kuromori, es ist viele Jahre her, seit ich einem Sterblichen begegnet bin, der so lästig ist wie du.«

»Man tut, was man kann«, erwiderte Kenny. Wieder spürte er den Verstand des Gottes in seinem.

»Hä? Du wünschst dir den Tod? Durch meine Hand?«, rief der bärtige Gott verwundert. »Wenn das so ist«, sagte Susano-wo und kehrte auf dem Absatz um. »Macht euch bereit zum Angriff!«, befahl er.

»Kiyomi, wo immer du bist«, murmelte Kenny, während er zu seinen Truppen zurückkehrte. »Beeile dich.«

Kokibo tauchte mit Sato auf dem Felsvorsprung auf. »Wir haben unsere Aufgabe erfüllt«, berichtete er Kiyomi.

»Der Sprengstoff und die Zünder sind an Ort und Stelle«, fügte Sato hinzu, dann fiel sein Blick auf Charles, der den blutüberströmten Zengubu in den Armen hielt. »Was ist hier passiert?«

»Das erzähle ich euch später«, antwortete Kiyomi. Sie rollte das Elektrokabel aus, das aus der Lücke in der Felswand ragte. »Wir sind so weit.«

Kokibo, der an der Kante kniete und nach unten schaute, wandte sich an Kiyomi. »Es gibt ein Problem.«

Kiyomi trat zu ihm und schrie auf. Genkuro und der verletzte Lawrence waren von Dutzenden *oni* umringt, während andere an ihnen vorbei zum Portal drängten.

»Wir müssen ihnen helfen!«, rief sie.

»Dazu sind wir in keiner Verfassung«, entgegnete Sato. »Sieh uns doch nur an.«

Genkuro schlug mit der Handkante auf den Boden und löste eine Druckwelle aus, die in die *oni* einschlug und sie zersprengte, als wären sie Zinnsoldaten. Er half Lawrence auf die Beine und richtete den Blick nach oben. »Schließt den Pass«, befahl er. »Jetzt.«

»Nein, *sensei*!«, rief Kiyomi. »Wenn wir euch sterben lassen, kommt ihr hier nicht mehr weg.«

»Das entscheiden wir selbst«, sagte Lawrence mit schmerzverzerrter Miene. »Charles? Bist du da?«

Charles trat an den Rand. »Ja, Dad.«

»Sei für Kenny der Vater, der ich für dich hätte sein sollen. Versprich es mir.«

Charles nickte mit Tränen in den Augen. »Ich verspreche es. Ich …«

»Nein!«, schrie Kiyomi. »Ich mach da nicht mit … Ich kann …«

Genkuro seufzte und hob die Hand. »Dann tue ich es.«

Einen Arm um Lawrence gelegt, um ihn aufrecht zu halten, schnippte Genkuro mit den Fingern. Die Sprengsätze explodierten einer nach dem anderen. Sie lösten in den Felswänden zu beiden Seiten der Schlucht ein Knacken aus, das wie ein Lauffeuer durch das Gestein lief, bis die ersten Risse entstanden und schließlich unter tosendem Lärm gewaltige Platten aus den Wänden brachen.

Der silberne *oni* hob sein unversehrtes Auge und sah die Mutter aller Lawinen auf sich zustürzen. Er hatte noch

Zeit zu schlucken, ehe Tausende Tonnen uralten Felsgesteins ihn unter sich begruben und den Pass auf ewige Zeiten verschlossen.

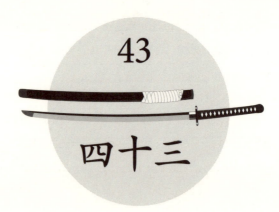

43

»Bleibt in einer Reihe!«, befahl Kenny, den Blick auf die dunkle Masse der *oni* gerichtet, die auf sie zurollte und mit ihrem Stampfen die Erde erschütterte. »Wartet noch!«

»Das ist verrückt«, stammelte Cal. Er stand neben Harashima beim Laster und sah, wie sich die Halme auf dem Feld flachlegten, als fegte ein Orkan darüber. »Die Reihe hält nie im Leben stand.«

»Wartet!« Kenny schlotterten vor Angst die Knie. Fünfzig Meter … vierzig … dreißig … »Wa–?«

Das Schlachtfeld lag auf einmal im Schatten, so als hätte sich eine dichte Wolke vor die Sonne geschoben. Kenny hob den Kopf – und schrie.

Am Himmel war eine schwarze Schlangengestalt von über einem Kilometer Länge und Tausenden Tonnen Gewicht aufgetaucht. Ihr gezackter Rücken ging in einen riesigen Schädel mit nach hinten gekrümmten Hörnern und Barteln am Maul über und das eine intakte Auge loderte vor glühendem Hass.

Die dreihundert von Sojobo angeführten *tengu* schwirrten um den Drachen herum wie ein Schwarm Läuse, und da begriff Kenny: Sie waren nicht davongelaufen, sie hatten sich auf die Suche nach Hilfe gemacht – und sie in der Gestalt von Namazu gefunden, dem Erdbebendrachen und Erzfeind des Himmelsschwerts Kusanagi.

Die *oni* blickten nun ebenfalls verdutzt nach oben. Beim Anblick des Drachen, der wie eine Lenkrakete auf sie zuschoss, stieben sie panisch auseinander und die Luft war erfüllt von ihrem entsetzten Geschrei.

Susano-wo hatte gerade noch Zeit, ein fassungsloses »Nein!« auszustoßen, als Namazu ihn bereits in den Boden rammte, eine Schneise in den Acker riss, die Erde zum Beben brachte und Hunderte *oni* unter sich begrub.

»Verdammt, was ist jetzt los?«, schrie Cal, den es umgeworfen hatte.

»Die Kavallerie ist da«, antwortete Kenny.

»Ich kann sie sehen!«, schrie Stacey in dem in der Luft stehenden Apache. »Sie haben es geschafft!«

Kokibo trug Zengubu aus der Öffnung, dahinter folgten Charles, Kiyomi und Sato. Der Black Hawk setzte lange genug auf, um sie an Bord zu nehmen.

»Bringen Sie uns über den See nach Iucho«, wies Sato den Pilot an.

Kiyomi schob die Tür auf und setzte sich hinter die sechsläufige Minigun, die an der Luke montiert war.

Kenny hatte noch einen Blick auf Susano-wo erhascht, bevor das Maul des Drachen auf ihn gefallen war wie ein einstürzendes Hochhaus. Kusanagi hatte grell leuchtend in seiner Hand gelegen und es hatte so ausgesehen, als wäre das Schwert Namazu an die Gurgel gesprungen.

Der Drache wälzte sich herum wie ein Hund, der einen Floh wegzubeißen versucht. Sein gewaltiger Schwanz schlug peitschend aus und zermalmte die *oni* zu Staub, während er mit seinen Krallen die Erde aufwühlte und die Dämonen zu Hunderten in die Luft schleuderte. Die, die es an ihm vorbeischafften, wurden von den *tengu* erledigt.

Schließlich drehte sich Namazu wieder auf den Bauch, stellte seine vier Pfoten auf die Erde und stieß ein triumphierendes Brüllen aus.

Sojobo verneigte sich vor Kenny. »Es ist gelungen. Namazu hat seinen Erzfeind besiegt. Das Schwert ist nicht mehr.«

Kenny machte vor Jubel einen Satz in die Luft. »Das ist so genial! Wer hatte die Idee, ihm einen Drachen auf den Kopf fallen zu lassen?«

»Du«, sagte Sojobo. »Eine Gestalt von dieser Größe zu teleportieren, stellte uns *tengu* vor eine Herausforderung.«

»Aber es hat geklappt. Und Susie mindestens die Hälfte seiner Armee gekostet. Bravo. Nur, wie bringen wir ihn jetzt wieder nach Hause …?« Kennys Stimme verlor sich beim Anblick des Drachen.

Namazu schüttelte seinen gewaltigen Schädel, dann rollte er mit den Schultern. Er drehte sich mit erstaunter Miene im Kreis, bis seine Beine einknickten und er zusammenbrach. Als sein Kopf aufschlug, stöhnte er leise.

Durch Namazus langen Schwanz lief ein Zucken, bis aus seiner Spitze ein schimmerndes Licht entwich und ein Geräusch erklang, als würde langsam ein Blatt Papier entzweigerissen.

»Oh nein«, murmelte Kenny.

Die schwarzen Schuppen des Drachen wurden grau und er zerfiel zu Asche. An der Stelle, wo die Schwanzspitze gewesen war, stand Susano-wo und bürstete sich den Staub ab. »Kein schlechter Trick«, sagte er. »Aber ich habe dir schon einmal gesagt: *Ich* bin der Drachentöter.«

»Es ist noch nicht vorbei.« Kenny versuchte, zuversichtlicher zu klingen, als er sich fühlte. »Was hatte ich sonst noch für Ideen?«, wandte er sich flüsternd an Sojobo.

Der König der *tengu* zuckte die Achseln. »Ich tat, was du mir befahlst. Was du den anderen aufgetragen hast, weiß ich nicht.«

»Wartet«, hörten sie Susano-wo, der sich umsah und seine stark dezimierten Truppen überblickte. »Wo bleibt die Verstärkung?« Dann ging ihm ein Licht auf und er zeigte mit dem ausgestreckten Finger auf Kenny. »Kuromori, du hast mich nur aufgehalten, damit andere das Tor nach *Yomi* schließen konnten.«

»Und das heißt«, wandte sich Kenny an die demoralisierten *oni*. »Dass von jetzt an jeder, den es erwischt, nicht zurückkehrt. Das gilt für euch alle.«

Susano-wos Augen blitzten vor Zorn. »Ich spüre deinen Wunsch, durch meine Hand zu sterben, und das ist auch der einzige Grund, warum ich ihn nicht erfülle. Aber wisse, dass ich mit meiner Geduld am Ende bin.«

»Hey, was ist das?« Kenny hörte in der Ferne eine Art surrendes Pochen.

»Schluss jetzt«, schnappte Susano-wo. Er wandte sich an seine Truppen. »Die Welt gehört uns. Ich bin ihr Gebieter und niemand – kein Gott, kein Sterblicher und ganz gewiss nicht dieser Junge – wird mich aufhalten. Ihr seid meine Armee. Zeigt, wozu ihr imstande seid, und besiegt sie. Ein Angriff noch und wir bringen es zu Ende.«

Kenny hatte den Kopf nach oben gereckt und suchte nach der Ursache für das rasch näher kommende Geräusch. Und dann sah er sie: zwei Hubschrauber, die direkt über den Baumwipfeln flogen.

Ein Apache-Kampfhubschrauber flog voran und eröffnete aus der unter seinem Vorderrumpf montierten Bordkanone sofort das Feuer.

Unter Staceys Salven zerfielen die *oni* in Scharen zu Staub. Direkt dahinter folgte der Black Hawk mit Kiyomi an der sechsläufigen Minigun. Das rotierende Laufbündel feuerte Tausende großkalibrige Projektile auf die flüchtenden *oni* und mähte sie mit tödlicher Präzision nieder.

Susano-wo raste vor Wut. Knisternde Energie kräuselte sich um die Knöchel seiner Hände. »Schluss damit!«, schrie er und zeigte mit gespreizten Fingern auf die beiden Hubschrauber. Aus seinen Händen schossen zwei Blitze, die in einem Bogen auf die beiden Fluggeräte trafen und ihre elektrischen Systeme lahmlegten.

Sojobo verschwand, während Kenny starr vor Entsetzen zusah, wie die beiden Helikopter trudelnd vom Himmel fielen und auf die *oni* stürzten. Die Rotorblätter bohrten sich in die Erde, brachen ab und schleuderten davon, dann explodierten die Hubschrauber.

»Dad! Kiyomi!«, schrie Kenny mit Tränen in den Augen, in denen sich die Flammen spiegelten.

»Hier bin ich«, sagte Kiyomi hinter ihm. »Hast du mich vermisst?«

Sojobos Hände lagen auf Charles und Kiyomi, daneben stand der verletzte Zengubu, die Arme auf den Schultern von Stacey und Sato. Die beiden Piloten hingen mit grünen Gesichtern an Kokibo.

»Puh, das war knapp«, sagte Sato.

»Ist das alles, Kuromori?«, schäumte Susano-wo, der mit wildem Blick inmitten der Verwüstung stand. »Oder hast du noch mehr Tricks für mich bereit, ehe ich dich bei lebendigem Leib häute?«

Kenny stieß Sato an. »Ist das alles?«

Sato zwinkerte und deutete auf Cal, der seine Tochter in den Arm genommen hatte. »Admiral Clark hat sich gemeldet«, sagte Cal. »Der Vogel ist unterwegs. Sorg dafür, dass er weiterquasselt.«

Sato legte eine Hand auf Kennys Rücken. »Du bist dran, Kuromori-*san*«, sagte er.

Kenny nickte und schlenderte über das Feld, um sich dem Sturmgott zu stellen. »Letzte Chance«, sagte er. »Ergib dich, händige mir die Schätze aus und wir reichen uns die Hände und gehen nach Hause.«

»Was? Du wagst es? Du unverschämter Rotzlümmel!«

Kenny hob die Schultern an. »Tja, sorry, *gaijin* und so.« Er blickte zu den Göttern, die ihn mit verstörten Mienen ansahen, und wandte sich wieder an Susano-wo. »Also? Willst du diesen Wahnsinn beenden?«

»Und wenn nicht?«

Kenny schluckte und nahm seine ganze Überzeugungskraft zusammen, ehe er die nächsten Worte aussprach: »Dann trete ich dir in deinen doofen Arsch.«

Kiyomi stand der Mund offen.

»Hey!«, flüsterte Stacey ihr ins Ohr. »Hörst du das?«

Kiyomi neigte den Kopf zur Seite und jetzt hörte sie es auch: Ein summendes Brummen, das rasch näher kam.

»Wir bringen das jetzt zu Ende!«, brüllte Susano-wo und signalisierte seinen verbliebenen Truppen, sich zu sammeln. »Kuromori gehört mir. Du möchtest sterben, Junge? Dein Wunsch sei dir gewährt.«

Kiyomi rannte zu Kenny und packte ihn an der Schulter. »Wovon redet er? Er liest deine Gedanken und ... du möchtest sterben?«

»Es geht nur so«, sagte Kenny.

»Bist du übergeschnappt?«

»Ich habe es begonnen. Ich muss es beenden. Ein für alle Mal.«

»Und deshalb muss er dich töten?«

»Vertrau mir.« Kenny nahm Kiyomis Gesicht in beide Hände und küsste sie.

Kiyomi schob ihn weg, kämpfte mit den Tränen und hieb schließlich mit den Fäusten auf seine Brust. »Nein. Ich will dich nicht auch noch verlieren. Du brauchst mich. *Yin* und *yang*, weißt du noch? Ohne den anderen sind wir nichts, zusammen sind wir unschlagbar.«

»Ich weiß«, antwortete Kenny und drückte Kiyomi einen zerknitterten Umschlag in die Hand. »Der ist für dich. Lies ihn aber gleich, nicht erst, wenn ich tot bin.« Er drehte sich um und wandte sich an seine Armee aus Tieren, *tengu* und Menschen. »Sind wir bereit?« Sie brüllten wie aus einem Mund. »Dann schicken wir sie zur Hölle zurück!«

Das *oni*-Horn blies zum Angriff, Susano-wo senkte sein Schwert und die Streitkräfte *Yomis* rannten ein letztes Mal über das Schlachtfeld.

Kenny holte tief Luft und ging seinem Tod entgegen.

44

Diesmal bildeten die *tengu* die erste Verteidigungslinie, dahinter folgten *kitsune*, *tanuki*, Wiesel und Marder. Am anderen Ende des verwüsteten Schlachtfelds zählten Susano-wos Truppen trotz ihrer enormen Verluste immer noch an die viertausend Kämpfer und kamen jetzt wie eine wild gewordene Büffelherde über das Schlachtfeld auf sie zu.

Kenny ließ sie nicht aus den Augen. Er befahl seinen Leuten zu warten, als etwas an seinem Bein zerrte und er den Blick auf ein dickes Fellknäuel senkte. »Poyo! Was machst du da? Geh sofort zu Kiyomi. Sie braucht dich.«

Das Gebrüll der *oni* wurde immer lauter.

Poyo schüttelte den Kopf und zeigte auf seine Brüder.

»Du bist kein Kämpfer«, zischte Kenny und schüttelte den *tanuki* ab. »Mach schon. Das ist ein Befehl!«

In diesem Moment stießen die ersten *oni* auf die *tengu*. Aus der Nähe erkannte Kenny, warum die Vogeldämonen zu den gefürchtetsten Kriegern Japans zählten. Sie waren schnell und bärenstark und ihre Fähigkeit, sich zu teleportieren, ermöglichte ihnen, sich mit einem Blinzeln ein- und auszublenden und blitzschnell den Angriffswinkel zu ändern. Klingen klirrten, Blut spritzte, Asche wirbelte durch die Luft, und mittendrin stand ein fünfzehnjähriger Junge aus England mit einem Schwert in den Händen, das für ihn kämpfte.

Ikutachi stieß zu, blockte ab, parierte und stach und hieb auf alles ein, was sich Kenny in den Weg stellte. Ein *oni* nach dem anderen fiel der Zauberklinge zum Opfer, während Kenny sich zu Susano-wo durchschlug.

Der Sturmgott war aus der anderen Richtung auf dem Weg zu ihm. Kusanagi glitt durch Fleisch und Knochen, durch Stahl und Holz und bahnte sich einen Weg zu seinem Erzfeind.

Als der seine *oni*-Truppen überragende Susano-wo nur noch wenige Meter von Kenny entfernt war, zerriss plötzlich ein ohrenbetäubender Knall die Luft. Ein F-22-Raptor der US Air Force fiel vom Himmel und donnerte im Tiefflug über das Kampfgeschehen. Aus dem Augenwinkel erkannte Kenny, dass das Jagdflugzeug eine präzisionsgelenkte Bombe abgeworfen hatte.

Die Bombe nahm Kurs auf einen sechzehn Meter hohen Erdwall, der am Rand des Nakaumi-Sees zur Landgewinnung aufgeschüttet worden war. Als die zweihundert Kilogramm TNT in den Damm einschlugen, flog er wie eine steinerne Kuppel in die Luft.

Susano-wo wandte in dem Moment den Kopf, als die Wassermassen des Sees durch die Öffnung barsten, zu einer Welle anschwollen und sich über das Feld ergossen.

Es dauerte nicht einmal eine Minute, bis das Schlachtfeld leer gespült war. Die Flut riss unterschiedslos alle mit: *Oni* und Höllenhexen, *kitsune* und *tanuki*. Die *oni* ruderten mit Armen und Beinen und versuchten, im einen Meter hohen Wasser die Füße auf die Erde zu bekommen. Die Strömung war jedoch so stark, dass es sie sofort wieder umwarf.

Während die *tengu* ihre Verbündeten in Sicherheit brachten, schrie der erste *oni* auf und ging gurgelnd unter, gleich darauf folgte der nächste und dann noch einer. Die Krieger Susano-wos wurden von einer Unterwasserarmee in die Tiefe gezerrt und ertränkt.

Kenny kam prustend auf die Beine und blickte sich um. Bis auf ein paar *oni*, die völlig verstört aus dem tödlichen Gewässer platschten und sofort das Weite suchten, war Susano-wos Armee vernichtet.

»Gut gemacht, hä?«, krächzte eine bekannte Stimme hinter ihm.

Er wandte den Kopf und blickte in das vertraute glupschäugige Gesicht mit dem kleinen Schnabel und den schwarzen, um die Schädeldelle abstehenden Haaren.

»Sehr gut gemacht«, begrüßte Kenny die *kappa*. »Ich wusste, du würdest kommen.«

»Ja«, erwiderte die kappa. »Wenn es sein muss, helfen wir.« Jetzt tauchten die kleinen Köpfe Hunderter *kappa* aus dem Wasser und winkten ihm.

»Du!«, bellte Susano-wo. Er watete durch das seichte Wasser und fixierte Kenny. »Du stirbst jetzt!«

Auf dem Rückweg zur Anhöhe las Kiyomi die durchnässte Nachricht noch einmal.

»Das kann nicht sein Ernst sein«, murmelte sie. »Das ist die irrste Idee aller Zeiten.« Sie warf einen Blick auf die zurückkehrenden Krieger und hielt nach einem von den kleineren Ausschau.

Sato watete an ihr vorüber. »*Oji*«, sagte sie. »Kannst du die Panzerfaust herbringen?«

Kusanagi schnitt durch die Luft und zielte auf Kennys Kopf. Ikutachi schnellte hoch, parierte den Hieb und wurde – zu Kennys Erleichterung – nicht am Heft abgeschnitten.

»Du bist also im Besitz einer Waffe, die Kusanagi standhält«, sagte Susano-wo und bewegte sich im Kreis um ihn herum. »Und verlässt dich darauf, dass sie für dich kämpfen wird? Wie jämmerlich. Du solltest wissen, dass der Krieger die Waffe beherrscht, nicht umgekehrt.« Sein nächster Angriff kam von unten. Kennys Schwert schnellte herunter und wehrte den Stich ab.

Kenny überlegte rasch. An Stärke war er dem um mehrere Meter größeren Gott unterlegen, das Einzige, worauf er hoffen konnte, war, schneller als er zu sein und den Höhenunterschied zu seinem Vorteil zu nutzen.

Susano-wo attackierte ihn mit einer Kombination aus Hieben und Stößen, wobei es so aussah, als würde die Spitze seines Schwerts komplizierte Muster in die feuchte Luft weben. Und so als wäre es mit Kusanagi in eine Art tödlichen Tanz verwickelt, schlug Ikutachi aus, wehrte die Schläge ab und konterte. Die Luft war erfüllt vom Klirren der aufeinanderprallenden Klingen, und alle – ob Mensch, Tier, Ungeheuer oder Gott – sahen mit angehaltenem Atem zu.

Alle außer Kiyomi und Sato. Kiyomi ging mit Poyo auf den Schultern neben dem Laster in Stellung, während Sato die Panzerfaust auf der Kühlerhaube in Position brachte, sich das Monokel ins Auge klemmte und sein Ziel ins Visier nahm.

Die auf ihn einprasselnden Schläge wurden von Sekunde zu Sekunde heftiger, und obwohl Ikutachi so schnell parierte, dass es in der Luft verschwamm, sah sich Kenny gezwungen, zurückzuweichen. Er musste zum Angriff übergehen. Er hechtete blitzschnell unter Wasser und tauchte zwischen Susano-wos Beinen hindurch. Der Gigant stieß ein Brüllen aus und stach blindlings nach unten. Kenny schnellte hinter ihm durch die Oberfläche, versenkte sein Schwert im Unterschenkel des Riesen und versuchte, die Achillessehne zu durchtrennen.

Susano-wo stampfte wild auf und ab, um seinen Gegner zu zertreten.

Kenny tauchte erneut unter. Als er hochkam, sah er, dass sich die Wunde bereits wieder schloss. Wieder schlug er zu, diesmal auf den Fuß, aber Susano-wo hatte damit gerechnet und versetzte ihm einen Schlag mit seinem Schild.

Kenny schlug in zehn Metern Entfernung auf. Sein Kopf drehte sich und er sah alles doppelt. Zwei Susano-wos stürzten sich auf ihn und verschmolzen zu einem, als der Sturmgott über ihm stand, Kusanagi anhob und die Klinge auf seine Brust hinabsausen ließ. Ikutachi sprang ihr entgegen und stoppte sie, doch Susano-wo legte seine ganze Kraft und sein ganzes Gewicht in sein Schwert und drückte nach unten, um es Kenny ins Herz zu bohren.

Und plötzlich rührte sich Kusanagi nicht mehr.

Susano-wos Gesicht wurde rot vor Anstrengung, seine Muskeln spannten sich an, doch das Schwert verweigerte ihm den Gehorsam. »Das ist Verrat!«, schrie er.

»Es will nicht mehr«, sagte Kenny, der sich rückwärts

krabbelnd entfernte. »Kusanagi leistet Widerstand. Es trifft seine eigene Wahl.«

»Nein! Es gibt keine Wahl. Es gibt keine Freiheit. Es gibt nur meinen Willen!«

»Jetzt«, sagte Kiyomi und Sato feuerte die Panzerfaust ab.

Die Granate zischte über das überflutete Feld, traf Susano-wo unterhalb der Kehle und explodierte.

Susano-wo geriet ins Taumeln, ruderte mit den Armen und blieb auf den Beinen. Sein Brustpanzer war mitten durchgesprengt und im aufgerissenen Fleisch um seinen Hals glänzten weiße Knochen.

Gurgelnd langte er nach seiner zerfetzten Kehle, wo sich das Gewebe bereits wieder zusammenfügte.

Mit den Worten »Hol ihn dir!«, spannte Kiyomi einen Pfeil in ihren Langbogen.

Kenny schnellte hoch, stach sein Schwert in die offene Wunde und trieb die Klinge tief in Susano-wos Brust hinein. Die Augen des Gottes traten hervor, ehe sie sich vor Hass verengten.

Ohne Schwert wich Kenny einen Schritt zurück – und da durchbohrte ihn Susano-wo mit Kusanagi.

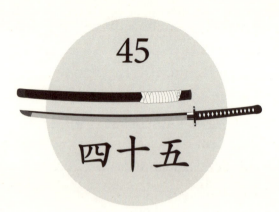

Kenny schnaufte, dann knickten seine Beine ein und er fiel auf die Knie, den starren Blick auf das aus seiner Brust ragende Heft gerichtet. Sein Mund brachte keinen Ton hervor, da das Blut bereits blubbernd in seine Lunge drang.

Die Lippen weiß vor Anspannung ließ Kiyomi den Pfeil los. Er flog surrend über das Schlachtfeld. Aus dem Augenwinkel sah Susano-wo das Geschoss auf sich zurasen. Er wandte sich blitzschnell zur Seite, schwang seinen Schild hoch, und der Pfeil blieb in ihm stecken, ohne Schaden anzurichten.

Susano-wo lächelte siegessicher und griff nach dem Heft des in seiner Brust steckenden Schwerts. Das war der Moment, als er das Kitzeln kleiner Pelzpfoten in seinem Nacken spürte, das Nagen der spitzen kleinen Zähne hörte und den Jadestein von seiner Brust gleiten spürte.

Kenny schaffte es gerade noch, die Hand zu heben. Poyo hatte jedoch perfekt gezielt, und als der Stein in seiner Hand lag, kippte er nach vorne und versank im trüben Wasser.

Susano-wo richtete sich zu voller Größe auf und tappte panisch nach dem Stein. Dann fiel er auf die Knie und platschte mit den Händen im Wasser, bis er Kennys Bein zu fassen bekam. Als er sich taumelnd erhob, baumelte der Junge kopfüber in seiner geballten Faust. »Gib ... mir ... meinen Stein ...«, stammelte er, »... bevor ich ihn ...«

Kenny hielt den Stein mit beiden Händen fest, war sich aber bewusst, dass es hoffnungslos war. Um ihn sich zu holen, musste ihm Susano-wo einfach nur die Arme ausreißen.

»Oh nein«, polterte eine tiefe Stimme. »Der Stein ist zu seinem rechtmäßigen Besitzer zurückgekehrt.« Hachiman, der Gott des Krieges, legte eine Hand auf Susano-wos Brust und packte mit der anderen sein Handgelenk. »Lass den Jungen los oder ich breche dir den Arm.«

»Du ... hast ... keine Macht ... über ... mich ... du Lakai ...«, pfiff es aus Susano-wo. »Ich ... bin ... dein ... Herrscher ...«

»Wahr«, erwiderte Hachiman, »doch nur als Träger der *drei* Heiligen Schätze.«

In Susano-wos Blick dämmerte die Erkenntnis.

»Von hier besehen«, fuhr Hachiman fort. »Zähle ich

nur zwei. Und das heißt – ich darf das.« Er holte aus und versetzte Susano-wo einen Kinnhaken, der den Sturmgott aus den Latschen hob und hundert Meter weit wegschleuderte.

Kiyomi kam platschend durch das Wasser gerannt und fischte unterwegs den klatschnassen Poyo auf.

»Ken-*chan*! Wir haben es geschafft!«, strahlte sie vor Freude und fiel neben Kenny auf die Knie.

»Wer hatte die Idee, Poyo mit einem Pfeil auf ihn zu schießen?«, fragte Kenny.

»Ach, das? Das hat sich so eine Flasche ausgedacht, die ich zufällig kenne. Ziemlich clever.«

»Das habe wirklich alles ich geplant?«, staunte Kenny. »Wow! Bin ich gut oder was?«

»Bleib auf dem Teppich. Sogar eine kaputte Uhr geht zwei Mal am Tag richtig. Außerdem: Ohne mich hätte es niemals funktioniert.«

Kenny zog Kiyomi an sich und war froh über die Wärme ihres Körpers auf seiner nassen kalten Haut.

»Habe ich einen Kuss verdient?«, fragte er und wurde rot dabei.

»Na gut«, sagte Kiyomi. Als Kenny die Augen schloss und die Lippen schürzte, drückte sie Poyos haarige Schnauze darauf.

»Hey!« Er verzog prustend den Mund.

»Kenny! Gott sei Dank! Dir ist nichts passiert!« Charles

watete durch das Wasser. »Ich … ich liebe dich und ich bin so stolz auf dich. Und … und dein Großvater auch.«

Während Kiyomi den Kopf senkte, blickte Kenny sich um. »Wo ist Opa? Ich sehe ihn nirgends.«

»Dad hat es nicht geschafft«, sagte Charles leise. »Und Genkuro auch nicht.«

Kenny sah ihn verwirrt an. »Das glaube ich nicht.«

»Sie haben sich geopfert, damit wir das Tor schließen konnten und wieder herauskamen.«

»Was? Sie sind in *Yomi* gestorben? Aber dann kommen sie da nicht mehr weg. Und ihre Seelen gehören jetzt Susie!« Kennys Stimme wurde immer schriller. »Das geht nicht. Wir müssen sie holen.«

»Es tut mir so leid«, sagte Charles mit tonloser Stimme. »Aber es war ihre Entscheidung.«

»Fürchte nicht um sie.«

Kenny erkannte augenblicklich Inaris Stimme. Als er den Blick hob, war die Göttin nur ein paar Schritte von ihm entfernt. »Ihre Seelen sind in Sicherheit«, sagte sie. »Niemals würde ich zwei so mutige und loyale Getreue wie sie im Stich lassen. Komm bitte mit, Kuromori.« Sie entfernte sich, ohne mit den Füßen das Wasser zu berühren.

»Äh, ja, klar«, stammelte Kenny und folgte ihr.

»Kuromori«, sagte Inari. »Als du dich einverstanden erklärtest, mir zu dienen, ließ ich etwas von meinem Wesen in dich einfließen.«

»Echt?«

»Ja, als ich deine Stirn berührte. So konnte ich stets bei dir sein. Ich sah, was du sahst, und fühlte, was du fühltest. Ich war die ganze Zeit bei dir.«

»Heißt das, Ihr habt mich gesteuert wie ... wie eine Marionette? Konnte ich deshalb dieses ganze seltsame Zeug?«

»Ich habe keine Macht über dich, Kuromori. Alles, was du tatest, geschah aus deinem eigenen Willen.« Inari schwieg kurz. »Du hast mir außerordentlich gut gedient, viel besser, als ich es je zu hoffen wagte.«

»Wirklich? Dabei dachte ich, ich hätte alles total vermasselt, weil ich nicht auf Euch gehört habe.«

»Glaubst du denn, ich hätte nicht gewusst, dass das passieren würde? Als ich dich erwählte, Kuromori, wusste ich bereits, dass dich deine Liebe für das Mädchen in die Irre führen würde und du die Insignien unserem Feind ausliefern würdest.«

»Ihr habt es gewusst? Und mich trotzdem nicht daran gehindert?«

»Sieh doch, was geschehen ist«, antwortete Inari. »Die Götter sind zum ersten Mal vereint. Unser Zusammenhalt gegen einen gemeinsamen Feind ließ uns unsere kleinlichen Streitereien vergessen.«

»Soll das heißen, Ihr habt es geschehen lassen, damit Friede einkehrt?«

»Du hast am eigenen Leib erfahren, wohin Zank und Missgunst führen. Jetzt, da die heiligen Insignien unter meiner Kontrolle sind, kann ein neues Zeitalter beginnen.«

»Da habt Ihr aber ganz schön hoch gepokert«, meinte Kenny. »Ich meine, was, wenn ich versagt und am Ende Susano-wo die Herrschaft übernommen hätte?«

Zum ersten Mal sah er Inari lächeln. »Weißt du, manchmal vermögen selbst die Götter, an einen Sterblichen zu glauben.«

Mit der tatkräftigen Hilfe Tausender Götter dauerte es nicht lange, bis die Spuren der Schlacht beseitigt und die Verletzten geheilt waren. Hachiman begleitete Susano-wo persönlich nach *Yomi* zurück, wo er seine Strafe abwarten würde. Amaterasu brannte die Wolken weg, damit die Sonnenstrahlen mit ihrer Wärme die Erde trockneten. Ryujin trieb das Wasser in den See zurück, und wieder andere reparierten den Damm.

»Wie wollen Sie das vertuschen?«, fragte Kenny Sato.

Der Geheimdienstagent kratzte sich am Kopf. »Oh, da fällt mir schon etwas ein. Was hältst du davon: Eine Brandschutzübung, die schieflief, und ein Hubschrauber, der bei einer Manöverübung abstürzte?«

Kiyomi zog Kenny beiseite. »Von nun an hat Inari das Kommando und das verdankt sie dir.«

»Glaubst du, jetzt kehrt Friede ein?«, fragte Kenny.

»Wir werden sehen.«

Tsukuyomi schwebte mit Kuebiko auf den Schultern vorbei. Als er Kenny bemerkte, hielt er an und neigte den Kopf. »Kuromori, du hast dich gut geschlagen. Gar nicht schlecht für einen *gaijin*.«

»Ich hab doch gesagt, er schafft es«, fügte Kuebiko hinzu. »Ich hab's gewusst.«

Amaterasu streckte Kenny und Kiyomi die Hände entgegen. »Kuromori, für das, was du getan hast, sollst du belohnt werden. Nenne deinen Preis.«

»Oh nein. Denk an das letzte Mal«, stöhnte Kiyomi.

»Entspann dich«, sagte Kenny. »Ich habe meine Lektion gelernt.« Er runzelte die Stirn und dann lächelte er. »Also, es gibt da so ein pfirsichfarbenes Milkshake, das ich immer schon ausprobieren wollte.«

Kiyomi schlug sich mit der flachen Hand auf die Stirn. »Kenny, was bist du nur für eine Flasche!«

»Oh, Verzeihung, das war wirklich dumm von mir«, sagte Kenny immer noch grinsend. »Ich wünsche mir natürlich auch eins für dich.«

»Nein«, tadelte Amaterasu ihn sanft. »Ein echter Held verdient eine richtige Belohnung. Du kannst haben, was dein Herz begehrt.«

Kenny zog Kiyomi lächelnd an sich.

»Aber das habe ich doch schon.«

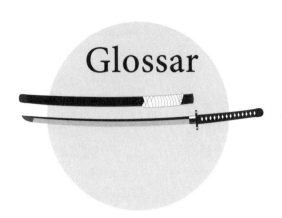

Glossar

bakayaro	Idiot, Narr, Trottel
(Name +)-chan	Ausdruck von Zuneigung, am Ende des Namens angehängt
chikara	Kraft
ema	kleine Holztafel, auf die Gebete oder Wünsche geschrieben werden
futon	dünne gepolsterte Matratze
gaijin	Ausländer, Außenseiter
gashadokuro	ein gigantisches Skelett
gyojin	Fisch mit menschlichen Eigenschaften, eine Art Meermann
hai	ja
haiku	japanische Gedichtsform, die aus drei Zeilen zu fünf, sieben und fünf Silben besteht

hakama	traditioneller gefalteter Hosenrock
hitodama	menschliche Seele in Form eines leuchtenden Feuerballs
Hyakki Yagyo	die Nächtliche Parade der Hundert Dämonen
itachi	ein Wiesel
itadakimasu	guten Appetit; Mahlzeit
kamishimo	traditionelles japanisches Gewand bestehend aus einem Kimono, weiten gefältelten Hosen und ärmelloser Jacke
kanabo	mit Nägeln gespickter Metallschläger
kanji	japanische Bezeichnung für chinesisches Schriftzeichen in der japanischen Schrift
kappa	Wasserdämon
katana	langes Samurai-Schwert mit einfacher Scheide
ki	Energie, Geist, Lebenskraft
»ki-aii!«	kurzer Schrei vor einem Angriff in den Kampfsportarten
kihaku	Witz, Mut
kijimuna	eine Art Holzgeist mit knallroten Haaren, der einem

	Menschen von der Größe eines Kindes ähnelt
kitsune	Fuchs
magatama	Krummjuwel (in der Form eines Kommas)
minshuku	Frühstückspension in japanischem Stil
mujina	Dachs
mukade	Riesentausendfüßer
»*Nandaro?«/»Nandayo?«*	»Was willst du?«/»Was ist los?«
Nihonjin	Japaner/Japanerin
ninja	in den Kampfsportarten ausgebildete Person, die für Sabotage, Auftragsmorde oder Spionage angeheuert wird
okaasan	Mutter
obi	Schärpe für einen Kimono
Obon	Totenfest, das jeden Sommer stattfindet
oji / ojisan	Onkel
oni	Dämon, Teufel, Ungeheuer oder Troll
onibaba	Dämonin, Hexe
onmoraki	Vogeldämon
oshiego	Schüler
o-yoroi	traditionelle Samurai-Rüstung

rokumonsen	sechs alte japanische Münzen
ryu	Juwel, Drache
Ryugu-jo	Palast des Drachengotts
sakura	Kirschblüte
(Name +)-sama	Ausdruck von Respekt, wird an den Namen angehängt
Samurai	Angehöriger der japanischen Kriegerkaste
(Name +)-san	Ausdruck von Respekt, wird an den Namen angehängt
sanshu no jingi	Die drei Heiligen Schätze Japans, die Kaiserlichen Insignien
sashimi	rohe Fischstückchen, die u. a. mit Sojasoße, Rettich oder Karotten gegessen werden
sensei	Lehrer
»*Shinji rarenai.*«	»Ich glaube es nicht.«
shuriken	Wurfstern aus Eisen
»*Sono bakayaro wa dokoda?*«	»Wo ist dieser Idiot?«
tanto	kurzes Schwert, zwischen 15 und 30 cm lang
tanuki	japanischer Marderhund
temizuya	Reinigungsbecken, das zu einem Schrein gehört

tengu	Vogeldämon mit langer Nase
tenshukaku	die Waffenkammer einer japanischen Festung, der zentrale Turm
uguisubari	Holzboden mit besonderen Nägeln, die piepsen, wenn man darauf geht
ushi-oni	Ungeheuer mit dem Kopf eines Stiers und dem Körper einer Spinne oder Krabbe
wagyu	Prämiumsorte japanischen Rindfleischs
watakuri	eine mit Widerhaken versehene Pfeilspitze, auch Darmzerreißer genannt
Yasakani no Magatama	Juwel des Lebens, einer der drei Heiligen Schätze
»*Yatta!*«	»Geschafft!«/»Ja!«
Yin yang	chinesisches philosophisches Konzept von den harmonisch handelnden Gegensätzen
yokai	übernatürliches Wesen wie zum Beispiel ein *oni*
Yomi	die Unterwelt; das Land der Toten; die Hölle

Yomido ni sayarimasu okami	Name des riesigen Felsens, der am Iya-Schrein den Eingang nach *Yomi* blockiert
Yomotsu-shikome	Höllenhexe
yumi	asymmetrischer Langbogen
yurei	Gespenst, Geist der Verstorbenen

© privat

Der Autor Jason Rohan liebt Abenteuer.
Er ist in Australien mit Haien getaucht,
hat im Norden Indiens mit Kamelen gekämpft
und ist den Fuji in Japan dreimal hochgeklettert.
Japan hat ihn so sehr begeistert, dass er dort
fünf Jahre als Englischlehrer verbracht hat.
Zurzeit lebt er mit seiner Frau
und seinen fünf Kindern in London.
Kuromori ist sein Debüt im Kinderbuch.

Ravensburger Bücher

Ein episches Wikinger-Abenteuer

Richard Dübell

Der Speer der Götter
Viking Warriors, Band 1

Ein durchtriebener Plan des listigen Gottes Loki katapultiert Viggo zurück in die Vergangenheit – in die kämpferische Zeit der Wikinger. Dort soll er angeblich seine leiblichen Eltern finden – und den Untergang aller bekannten Welten verhindern ...

ISBN 978-3-473-**40142**-0

Richard Dübell

Der Ring des Drachen
Viking Warriors, Band 2

Durch einen Trick des Gottes Loki wurde Viggo in die Zeit der Wikinger katapultiert. Um den drohenden Weltuntergang Ragnarök zu verhindern, braucht er nun den magischen Zwergenring Draupnir – doch der ist in Besitz des gefährlichen Drachen Fafnir ...

ISBN 978-3-473-**40146**-8

Richard Dübell

Der Pfeil des Verräters
Viking Warriors, Band 3

Als Viggo und die Wikinger die Küste der neuen Welt erreichen, wird Thorkell bei einem Angriff durch ihre Feinde schwer verletzt. Nur die Heilkraft der Valkyre Hildr kann ihn noch retten – doch das ruft den rachsüchtigen Drachen Fafnir auf den Plan.

ISBN 978-3-473-**40151**-2

www.ravensburger.de

Ravensburger

LESEPROBE

»Viking Warriors. Der Speer der Götter«
(Band 1)
von Richard Dübell
ISBN 978-3-473-40142-0

Das Essen, das bei Anbruch der Dämmerung ausgeteilt wurde, war für die Gefangenen wie für die Schiffsbesatzung das gleiche: kalter Brei mit Speckstücken. Alle erhielten auch die gleiche Menge.

Viggo probierte einen Bissen und ließ dann den hölzernen Löffel sinken. Der Brei schmeckte fade und war voller Spelzen und kleiner Steinchen. Er hatte sowieso keinen Hunger, obwohl er sich nicht daran erinnern konnte, wann er zum letzten Mal etwas gegessen hatte. Ihm war wieder übel. Als er die hungrigen Blicke der anderen Gefangenen bemerkte, schaufelte er einen Teil seiner Portion in die Schüssel der Frau, die ihn gepflegt hatte, und den anderen in Bodos Schüssel. Bodo segnete ihn und die Frau küsste ihn auf die Stirn. Viggo beachtete sie kaum.

Sklave. Er sollte als Sklave verkauft werden? Als ein menschliches Werkzeug, ein Nutztier auf zwei Beinen, völlig ohne Freiheit, ohne eigene Persönlichkeit, ohne Selbstbestimmung, ohne irgendwelche Rechte außer dem Recht zu sterben, wenn seine Zeit gekommen war. Er würde irgendjemandes Besitz sein! Ob sein Besitzer ihn pfleglich behandelte oder totschlug, würde niemanden interessieren.

Irgendetwas musste grauenhaft schiefgelaufen sein. Loki konnte doch nicht gewollt haben, dass er als Sklave endete! Viggo erstarrte, als ihm ein entsetzlicher Gedanke kam: Was, wenn seine leiblichen Eltern auch Sklaven waren? Wenn er zum selben Herrn käme wie sie? Dann hätte Loki sogar Wort gehalten!

»Bist du seekrank?«, fragte Bodo, der beobachtet hatte, wie Viggo bleich geworden war. »Du bist im Gesicht weiß wie Schnee. Ich dachte, Nordmänner würden nicht seekrank werden.«

Nein, das konnte einfach nicht sein. Aber vielleicht war es seine Aufgabe, seine Eltern zu befreien? Wenn Loki ihn deshalb geholt hatte? Weil kein anderer hier dazu in der Lage war?

Es passte nicht zusammen. Nichts hier ergab einen Sinn. Viggo legte sich auf seinem Lagerplatz nieder und drehte sich zur Zeltwand, damit die anderen nicht sahen, wie viel Angst er hatte.

Kurz danach rüttelte ihn jemand an der Schulter. Er dachte, es wäre Bodo, und wandte sich um, aber ein Besatzungsmitglied kauerte neben ihm.

»Du da«, sagte der Mann. »Krok will was von dir.«

Krok saß auf einer Seetruhe neben dem Steuermann im Heck des Schiffs und war, wie sich herausstellte, der Kapitän. Er war ein großer, dunkelhaariger, hellhäutiger Mann mit einem Urwald von Bart und unterschied sich kaum von den übrigen Mannschaftsmitgliedern. Viggo hatte ihn sogar am Nachmittag, als der Wind einmal nachgelassen hatte, auf einer Ruderbank sitzen und kräftig mitrudern sehen. Er wäre nie auf den Gedanken gekommen, dass dieser Mann der Kapitän des Schiffs war.

Viggo konnte es kaum glauben, dass er einem leibhaftigen Wikinger gegenüberstand. Krok trug eine pelzverbrämte lederne Mütze, unter der sein Haar lockig hervorquoll, und eine Tunika in verwaschenen grauen und braunen Farbtönen. Um seinen Hals hing ein halbes Dutzend Talismane – Muscheln, hammerförmige Schmuckgegenstände und Tierzähne – und an dünnen Lederbändern und im Gürtel ein langes Messer, eine Axt und ein Hammer. Das Schiff ritt immer noch schwankend über die Wellen, aber es näherte sich schon der Küste. Wahrscheinlich würden sie, ehe es dunkel wurde, irgendeinen geschützten Liegeplatz ansteuern und dann dort die Nacht verbringen.

»Du«, sagte Krok. »Wie heißt du?«

»Viggo.«

»Woher kommst du, Viggo?«

Überrascht fragte Viggo: »Wisst Ihr das nicht? Ich dachte, Ihr hättet mich ...«

»Red nicht so dumm daher. Mir war gleich klar, dass da

irgendwas faul sein muss, als der Kerl mit dem Ruderboot auf uns zukam und dich für einen Wasserschlauch an uns verkaufen wollte.«

»Ein Kerl mit einem Ruderboot …?«

Krok deutete auf einen muskulösen Mann, der am Steuer stand. »Berse meinte, du wärst entweder der missratene Sohn von diesem Kerl, den er schon lange loswerden will, oder der Sohn seines Nachbarn, den er als Vergeltung für irgendeine Missetat in die Sklaverei verkauft hat. Er hielt es für besser, dich zusammen mit dem Kerl im Ruderboot zu ertränken. Man hat nur Schwierigkeiten, wenn man zwischen die Fronten einer Blutrache gerät. Aber ich hatte so ein Gefühl, als könntest du uns Glück bringen, und Glück braucht ein Anführer vor allem. Bis jetzt hast du gehalten, was ich mir von dir versprochen habe: So günstigen Wind, und das tagelang, hatten wir schon ewig nicht mehr. In den letzten Jahren gab's ja entweder nur Flauten oder Stürme. Wo du nun endlich wach bist, möchte ich mal wissen, ob dein Glück weitergeht und wir mit dir einen schönen Verdienst haben werden. Also, sprich dich aus: Wer ist dein Vater, und ist es besser, wenn wir dich gegen Lösegeld eintauschen, oder wenn wir dich auf dem Sklavenmarkt verkaufen?«

Unwillkürlich stieß Viggo hervor: »Wer würde denn in meiner Lage sagen, dass er lieber als Sklave verkauft werden will?«

Krok grinste. »Einer, der Schiss davor hat, mit dem Großen Krok und seinen wilden Gesellen zu rudern.« Der Kapitän des

Wikingerschiffs schien zu bemerken, dass Viggo nicht verstand, was er meinte, denn er setzte hinzu: »Solange dein Vater das Lösegeld nicht zahlt, giltst du als Besatzungsmitglied. Glaubst du, wir füttern dich ohne Gegenleistung durch? Wenn es tatsächlich stimmt, dass du uns Wetterglück bringst – und es sieht fast danach aus –, dann können wir dich gut brauchen, und wir machen deinem Vater einen vernünftigen Preis. Du hast niemandem Schaden zugefügt, als du auf mein Schiff gekommen bist, deshalb hat auch niemand Rache gegen dich zu üben. Ich würde dir daher Frieden geben für deine Zeit auf meinem Schiff und du wärst unter Freunden.«

Unwillkürlich schaute sich Viggo unter den Männern um, deren Ruderbänke in seiner Nähe waren. Die wenigsten beachteten ihn. Die es taten, musterten ihn abschätzig. Sie waren alle bärtig, langhaarig und muskulös, ihre Gesichter und die bloßen Arme braun gebrannt. Die meisten waren blond wie Viggo, einige hatten Zöpfe ins Haar oder in die Bärte geflochten, aber alles in allem waren sie ein bunter Haufen und sahen viel unterschiedlicher aus, als Viggo sich die Nordmänner immer vorgestellt hatte. Durch ihre Bärte und die vielen Falten um die Augen, die vom Zusammenkneifen der Lider beim Rudern im Sonnenlicht herrührten, wirkten sie alle um einiges älter als Viggo. Obwohl er bei genauerem Hinsehen erkannte, dass manche dieser Bärte noch dünn und fransig waren wie bei jungen Männern. Diejenigen, deren Blicken er begegnete, nickten ihm gleichmütig zu. Es ging keine Feindseligkeit von ihnen aus, höchstens eine verächtliche Belustigung.

»Was hat dir der Geschorene erzählt?«, fragte Krok. Er machte eine Kopfbewegung in Richtung des Zeltes, unter dem die Gefangenen lagen. Viggo war klar, dass der Kapitän den Mönch meinte. »Wollte er dich bekehren zu seinem Hungerleidergott, den sie am Stadttor aufgehängt haben?«

Krok fasste an einen Talisman an seiner Halskette. Viggo hatte vorher erkannt, dass es ein Thorshammer war, ein gängiges Schutzzeichen unter den nordischen Heiden und im Grunde nichts anderes als das Kreuz, das mancher Christ um den Hals trug.

»Jesus hing nicht an einem Tor, sondern am Kreuz«, erwiderte Viggo. Er war nicht besonders religiös, fühlte sich aber bemüßigt, Kroks Fehler zu berichten.

»Hör nicht auf den Geschorenen, Junge! Seinesgleichen bringt nur Ärger! Sie kommen und predigen, dass ein Mann kein Mann mehr sein soll, sondern seine Waffen niederlegen und sich nicht wehren soll, wenn ihn einer auf die Wange schlägt. Und wenn dann alle Männer zu Memmen gemacht worden sind, holen sie Soldaten und reißen alles für ihre Kirche an sich, was sie kriegen können.« Krok tippte sich an die Stirn. »Ich meine, das hat direkt etwas Wikingisches, was sie da tun. Nur wie sie es tun – vornherum vom Frieden singen und einem hintenherum die Axt über den Schädel hauen –, das ist ganz und gar nicht wikingisch.«

»Ein Wikinger grinst seinem Feind ins Gesicht, bevor er ihm den Schädel spaltet, nicht wahr?«, fragte Viggo, halb geistesabwesend, halb sarkastisch.

Krok strahlte. »Odin sei Dank, du bist noch ein echter Nordmann!«

Dann wies der Kapitän zur Küste hinüber. »Das da drüben ist eine große Insel, die Irland heißt. Ihre Südküste, um genauer zu sein. Wir steuern auf Corcach Mór zu und werden es morgen im Lauf des Tages erreichen.«

»Bodo meinte, das wäre die südenglische Küste!«

»Die haben wir schon vorgestern hinter uns gelassen. Also, was ist? Sklave oder Kamerad?«

Viggos Gedanken rasten. Als Sklave verkauft zu werden, kam für ihn nicht infrage. Schließlich hatte er so keine Chance, seine Eltern zu finden – oder gar den Rückweg nach Hause. Und als Besatzungsmitglied auf Kroks Schiff käme er zwar in der Welt herum, würde aber auf Plünderfahrten früher oder später in einen Kampf geraten und Gefahr laufen verletzt zu werden oder umzukommen. Mit Entsetzen ging ihm auf, dass er in einer Welt gelandet war, in der verletzt zu werden oder umzukommen wahrscheinlicher war, als in seiner eigenen Welt einem Lehrer unangenehm aufzufallen, wenn er zu schnell über den Pausenhof rannte.

Ravensburger Bücher

Der Schüler des Schwertmeisters

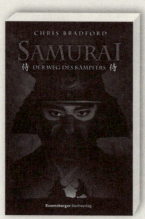

Band 1
ISBN 978-3-473-**58384**-3

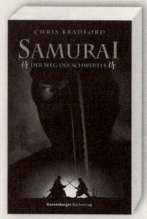

Band 2
ISBN 978-3-473-**58394**-2

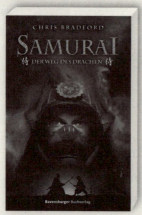

Band 3
ISBN 978-3-473-**58408**-6

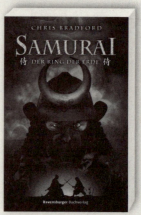

Band 4
ISBN 978-3-473-**58420**-8

www.ravensburger.de